GULSIFAT SHAKHIDI

My Neighbourhood Sisters

HERTFORDSHIRE PRESS

Published in United Kingdom
Hertfordshire Press Ltd © 2016
9 Cherry Bank, Chapel Street
Hemel Hempstead, Herts.
HP2 5DE, United Kingdom
e-mail: publisher@hertfordshirepress.com
www.hertfordshirepress.com

MY NEIGHBOURHOOD SISTERS
&
THE CITY WHERE DREAMS COME TRUE
by Gulsifat Shakhidi ©
English / Russian

Edited by Laura Hamilton
Translated by Tatiana F. Kinzhalova & Altima Group
Typesetting Aleksandra Vlasova & Allwell Solutions
Illustrations by Olim Kamolov, Sarvinoz Khodjieva
Project Manager Anna Suslova

*British Library Catalogue in Publication Data
A catalogue record for this book is available from the British Library
Library of Congress in Publication Data
A catalogue record for this book has been requested*

ISBN: 978-1-910886-35-9

CONTENTS

FROM THE EDITOR

In the wake of her previous novel, The City Where Dreams Come True, Shakhidi once again brings to the page, a powerful and heart-wrenching tale centred on life in Tajikistan during the country's senseless and cruel, civil war.

Narrated by Zulfiya, the neighbourhood doctor, we are presented with portraits of her female friends and neighbours as each wrestles to balance traditional family life with changes imposed by both political and domestic unrest. Their customs and local environment – the communal courtyard where the neighbours gather to talk and drink tea on a raised bed- may belong to Central Asia, but the hardships they endure are universal: infidelity, addiction, abuse, poverty, death. And it is this, so sensitively described by Shakhidi that will resonate with readers the world over.

Zulfiya's 'sisters' include feisty professionals and housewives, grandmothers and new brides, and as the novel unfolds, we learn how they value being able to share their problems and support each other in times of trouble. At first, Lola, Zebo and Lyubasha appear to lead perfect lives until faced with the misdemeanours of their husbands; they are forced to revaluate what is important and then find the courage to break out on their own. In the aftermath of war, Barno, Soro and Rano each struggle with poverty and the break-up of their families as their menfolk are forced to find work abroad, with harrowing consequences. As the older residents, headed by community sage and war veteran Grigory Semenovich watch events unfold, each recalls their own hardships during the previous war and sensitive to the plight of their neighbours, draw on their individual experiences to offer support and guidance. The most tragic character is undoubtedly Shirin, sadly widowed at a young age. Not all of the women, especially the intolerably arrogant Nigora and Marvorid, incite our sympathy but through her skilful crafting of all of their portraits, Shakhidi ensures that in each one, we will recognise aspects of ourselves and people we know.

My Neighbourhood Sisters is a novel of reflection and for reflection, which focuses not only on the value of love and respect for our fellow beings but also, that close camaraderie between neighbours and sense of community which in our current age, are fast disappearing.

— *Laura Hamilton, editor*

INTRODUCTION

"My Neighbouhood Sisters" by Gulsifat Shakhidi

A new book written by Gulsifat Shakhidi entitled "My Neighbour-hood Sisters" is now ready. And again I, as her close friend and fellow journalist, was its first reader and editor.

Let me remind you that the previous novel by Gulsifat Shakhidi, "The City Where Dreams Come True", was the winner of the annual International Literary Festival in London, 2015. And the author was decorated with the highest award - the Medal of "A Dove of Peace"- for her talented embodiment of the themes of peace, friendship and mutual understanding between nations.

In March 2016, London hosted a presentation of "The City Where Dreams Come True" in English, and information about this event appeared in the mass-media of various countries.

Meanwhile, Gulsifat and I made intensive efforts to publish her new collection of short stories: "My Neighbourhood Sisters". Each story was published on the author's website and we were astonished by the sheer mass of response from readers, as well as reviews and general feedback. Here are some of my own impressions.

The novel includes ten stories and a heartfelt preface by the author:

"My dear women of Tajikistan: You are proud, hardworking and patient! I am one of you, and I bow before you." Gulsifat substantiates every word of this address in her stories about the female characters, whose lives are worthy of reflection. But the author does not criticize any of them. In her novel she seeks out the crumbs of the greatest engine of life: love. All the characters, conflicts and troubles are described with faith in love, and this encourages readers to take to heart, both the amusing and tragic lifelines in the stories.

One of the readers writes: "My Neighbourhood Sisters", is like a mosaic that encapsulates fragments from the lives of Tajik women. And the author's thoughts and reasoning on their different destinies flow smoothly from one topic to another'. In another review it is written: "Gulsifat has not invented her characters' actions; they each connect to facets of all of our lives. The stories are written in clear, simple, language and are simultaneously imbued with national colour and human values."

· The verisimilitude of characters allows the reader to almost hear their voices, as the stories unfold and merge like scenes in a film. Many Tajiks, who fled their homeland because of the civil war in 1990-1993, will recognize themselves, friends and neighbours in the collective images. They confess that life has been divided into "before" and "after." In the peaceful, flourishing Tajikistan of the past, people were not divided into nations and clans. Instead, they lived as friends often sharing a common courtyard, where everyone was near and dear. This is the homeland that Gulsifat Shakhidi tells us about; painfully reminding her fellow citizens of what has been lost.

The novel revolves around two main characters: Zulfiya, a pediatrician, on behalf of whom the tales are related, and Grigory Semenovich, a decorated soldier, sage and mentor. Central to all action is his couch in the courtyard between multistoried buildings. The couch in the yard is like a fine *dastarkhan* or tablecloth; a symbol of friendship and hospitality beneath one sky, where the sun shines equally on everyone.

Zulfiya's character is convincing and authentic – the kind of friend and neighbour that we all dream about. Both the old and the young come to her to improve their health. As an experienced psychologist, Zulfiya automatically conducts a "spiritual diagnosis" of her neighbours, by judging their faces, gait and voices. And she hurries to their homes not only with her tonometer and remedies, but also with words of support, sympathy and compassion.

Zulfiya realizes however, that she alone cannot measure or determine the fate of anyone, since the destiny of each and every one is pre-ordained by God. She was lucky to be born and raised in a big city, in a respectable and loving family. But Barno, her neighbour in the story "Obliged Work", is less fortunate. During the Civil War her parents sold her to a family as the second wife of an elderly warlord in exchange for a sack of flour and a bag of rice. How can we fail to pity her lot?

And what a terrible fate befalls Soro in the same story! Her experience of life has gradually deteriorated since her youthful days of growing up in a poor family in a remote village. She has always envied anyone richer than her and longs for that additional dress or at the very least, a plain ring. So when she and her husband move to Dushanbe city, she sends her triplet sons to Russia as migrant workers, and her family becomes richer. Soro begins to carelessly spend the money sent to her, boasting about her new and expensive clothes and gold ornaments. But one day her happiness is ruined: instead of money, her husband brings home two of their sons in zinc coffins. The Tajik boys had tried to defend a Russian girl as she was attacked in the street by drunken wasters and both were stabbed with a knife…

It is impossible not to shudder at the description of Soro's repentance and the scene in which she says her farewell to her sons. And Zulfiya weeps and suffers alongside her neighbour, equally distraught with grief.

Not everything goes smoothly in the lives of Zebo and Lola – Zulfiya's close friends, and equals in age, intelligence and education. Nobody in the world can give guarantees of a happy female life, and it is not possible to win it in a lottery.

Zebo, a beauty, in the story "A Sunny Woman" justifies her name. She does not show off, but offers people her kindness, charity, and support in times of trouble. Her husband's adultery hurts her, but even in this situation Zebo does not lose her dignity and does not allow the event to humiliate her. A so called "well-wisher" phones to tell her tells her the address of her rival, but Zebo does not rush to the lovers to create a scene. Instead, she steals over and quietly takes her husband's shoes from the hallway. He returns home from his date dressed in a woman's rubber shoes. Zebo later returns this footwear, elegantly giftwrapped, to her rival. Meanwhile, unable to forgive her husband, she sends him forth to the four winds...

Such a course of action is not for every woman. It is seen to challenge Eastern tradition which decrees that a divorced woman can never happily remarry and is destined to wallow in poverty and loneliness. But for Zebo, all is not lost: She moves to another city and finds a good man who falls in love with her and takes care of her children.

In the story entitled "God suffered and told us to be Patient" Zulfiya experiences sorrow about one more of her friends - Lola. Lola never ceases to surprise everyone around her. She is a strict teacher and a 'delicate tulip', a truth-seeker and a faithful wife. She tolerates and forgives the drunken sprees of her husband with philosophical understanding, and because he is a famous poet, considers him a man of rare talent and one of God's elect.

Lola decides to commit a "drunken feat", by downing a full glass of vodka immediately after it is poured by her husband. Zulfiya appears just in time to rescue her and prevents her friend from poisoning herself. And then there is the episode in which the drunken poet drops his briefcase into a deep pit, necessitating its retrieval by boys from the yard, who descend like mountaineers, roped together with clotheslines.

But still, faithful Lola, in spite of hearing taunts about her husband, does not allow herself to reproach him in public.

Zulfiya cherishes her favourite neighbour, Uncle Grisha, for his advice on resolving quarrels of any complexity. He first appears in the story; "God suffered and told us to be Patient". Lola is offered new accommodation in the capital. But conflict occurs when someone else moves into the apartment. Lola, the legitimate tenant, tries to resolve the issue by presenting her papers to the member of the militia who has secretly occupied her property with the intention of setting up a police station. The war veteran, who has recently moved to his new flat from a regional area, appears dressed as though on parade, in a smart uniform decorated with military awards. Lola's new neighbour, Grigory Semenovich, does not know any of the tenants, but immediately rushes forward, as if at the Front, to defend justice and the rules of the law. The policeman surrenders under the pressure of his convincing speeches, meekly passes the keys to Lola, and goes away. From this moment on, Grigory Semenovich tacitly becomes a loyal friend and spiritual father to all of the new tenants. He provides directions on how to best equip and weed the yard, and proposes the placement of seating so that they can gather for conversations over tea.

In "The Old Man and his Grief", Grisha confides in Zulfiya. His life has been hard. He was the son of dispossessed Don Kossacks (paramilitary peasants) and when just a boy, was sent to a remote foreign country: Tajikistan. In the sultry Vakhsh district, Grigory found a second home and then went off to fight with the fascists during the Great Patriotic War. Awaiting his return from the Front is Matryonushka, also a Don Kossack, who fell in love with him on a migration train when she was just a girl. Her love for her soldier saves him from death in battles, helps him survive head injuries and forget his terrible job on the battlefield where he had to carry wounded soldiers and bury the dead.

Remarque, a German writer and soldier, exemplifies courage and wisdom for Grigory, a great admirer of books. He quotes by heart, words wedged in his soul from his favourite works by Remarque and in different situations, they find resonance in the hearts of people of all nationalities in the yard.

As a person experienced in love, Grigory Semenovich is attuned to other people's feelings. He is the first to note the power and beauty of the relationship between a young couple with the poetic names Farhad and Shirin, in "The Doves". It is Grisha, with his wife Matryona, who coddle Zarina, their long-awaited daughter and 'fruit of fairy tale love'. And he is the first to come and help Shirin through her grief when she becomes a widow. Farhad is shot by militants during excavation work on an archeological expedition by those evil people who started the fratricidal civil war in Tajikistan. His body is brought to his home yard and when Shirin struggles to find the strength to face his funeral, it is Grigory Semenovich who calms her; calling her 'my daughter'. He convinces her to be strong, because love cannot be killed. And he adds a phrase that both pains her and shows how she must adjust, if her life is to continue: "Look, they are already carrying a mourning shawl to you..."

Shirin survives and lives to see her daughter marry at a wedding ceremony in which faithful Grisha plays the role of father -of -the -bride. He and his close friend Zulfiya are later entrusted by Shirin, dying as a result of a terrible disease, to arrange her funeral. There are to be no tears and mourning, because her beloved Farhad will be waiting for her, ready for their joyful reunion in Heaven.

Grigory Semenovich carves two lovingly entwined doves on Farhad's headstone. And words by Remarque are inscribed in the place of an epitaph: "We will never forget each other, but we'll never return to each other." It sounds like a mandate for the living: "Cherish love".

Grigory Semenovich develops a very touching relationship with Marfa, his oldest neighbour; known in the yard as a *bibidzhon* or storyteller. In the story of the same name, the author lovingly describes the destiny of this near hundred year old granddaughter of a guardian of the seal of a library belonging to Emir of Bukhara. She grew up surrounded by luxury, wealth and love but after the revolution, she and her husband Sirodzh, endured persecution, hardship, deportation and prison. In the early days of the Great Patriotic War, her husband Sirodzh goes to the Front, leaving her with five children. He anticipates his death and beseeches his son Firuz not to say anything to his mother which will deprive her of hope for his return. Better that she waited, holding on to that belief...

Grigory Semenovich has long guessed the real outcome guessed but gives no hint of it during the last post-war decades. He affectionately calls her *Marfoa* or sister Marfa, and admires her strength of spirit and her extraordinary faithfulness to her husband. Moreover, he admires the "wealth" that Marfoa has managed to accumulate in her five highly educated children and 22 grandchildren. She is not angry with life and is grateful for everything.

Bibidzhon invents 'serialized' fairy tales using examples from everyday life for the kids in the yard. They carefully support their favourite storyteller by the elbows to help her down from the first to the ground floor, and then gather around her on the couch, enumerating their activities in the house and the yard, eager for praise and pats on the head. And then the old woman with a smile on her lips rewards them with a new and magical story.

Marfoa and her husband Sirodzh are not fictional characters. They are the grandparents of Gulsifat Shahidi and I, with the permission of my friend, share this truth with you.

Uncle Grisha and his wife Matryona Ivanovna are also real people and a true event is related by the author in "Someone Else's Work"; a story about a bicycle tyre, in which an enterprising neighbour, a guest worker, stores earned rubles and foreign currency. Grigory Semenovich and Zulfiya, suspecting something untoward, decide to buy the old bike which belongs to a poverty-stricken neighbour called Rano. For some unknown reason, the owner has hung the old bike on the wall to preserve it, instead of using it. And when they find a great sum of money in it, the old soldier advises Rano to spend some of the cash on the apartment, furniture and clothing for her children. Uncle Grisha even offers up his own share of the money, owed to him for the 'discovery of values', for the purchase of a new transformer for the yard. He then decides to interrogate Rano's husband, Sherali, when he comes home and threaten to inform the police of his illegal storage of cash unless he deposits it all in Rano's bank account.

Grigory Semenovich is a symbol of justice for all the neighbours: a judge, lawyer and prosecutor embodied in one man. The old man knows that leading adults to the right path of behaviour is no easy matter, yet does not lose hope in reaching every soul. For example, in the story "Marvared Thatcher", he manages to explain to a business lady, a party official, that she has sacrificed marital happiness, love and the care of loved ones, for her career. Despite having a gentle name, Marvorid meaning pearl in Tajik, she has an indomitable lust for power and high office that turn the pearls of her soul into iron oxide scales. The yard's nickname "Marvared Thatcher" flatters her pride, because she is ranked, at least in her dreams, amongst the Great of the World. That is why she does not "stoop" to gatherings with neighbours to gossip on the couch, and why she shifts all responsibilities for her house and little daughter to her uncomplaining husband.

During the Reformation period, district Party offices were closed and the number of high positions decreased, leaving Marvorid angry at the whole world. Grigory Semenovich reveals the iron woman's greatest problems: She has lost her soul and human sincerity and cares for no-one. She does not stop to wonder why all the neighbours appreciate and respect her husband Karim, or why they are surprised by his devotion to his headstrong wife. They understand that in his eyes, she will forever remain the pearl-girl, with whom he fell in love at first sight.

Engineer Vladimir Pavlenko, who loses himself in alcohol, in the story "A Beauty and Confucius", does not evoke the sympathy of his neighbours; no one, neither male, nor female is willing to show him solidarity. Grigory Semenovich cannot justify the man's lack of willpower, cowardice, irresponsibility or lack of support for his family. Cheerful and hard-working, Vladimir's wife is nicknamed "Lyubasha-Confucius" for her wisdom and her ability to see beauty in everything. The whole yard admires her, and envious of her popularity, Vladimir dishonours himself with his drunken antics, scandals, theft and the sale of valuables from his house. His "flight" from the second floor balcony becomes the final straw, for which he receives the nickname "the first cosmonaut of Tajikistan." While his wife and son are on vacation, Volodya cowardly runs away, leaving a pitiful note with ridiculous excuses. Ljubasha finds support in her neighbours and especially, Zulfiya and Uncle Grisha. They inspire her to hope for new love and in this case, it actually happens…

In the story, "Auntie Gold Embroideress", Gulsifat Shakhidi shows how unrestrained parental love can have fatal consequences for children. The author tries to understand how a vile, ungrateful and criminal minded daughter could emerge from a happy, hard-working family. The adored and idolized young woman Nigora, whose name means "beloved", transforms the lives of her relatives and loved ones into a living nightmare, forcing them to submit to her whims and fancies. No one wants to marry her even though she fancies herself as beautiful and clever. Her parents therefore marry her off to a distant relative. In response to this action, she terrorizes both her parents, and her husband whom she does not love.

With ill intent, Nigora decides to choose a bride for her brother Malik, but he falls in love with the girl and they happily marry. She begins to loathe her new sister-in-law and abused, humiliated and tormented by Nigora, the girl is driven to the brink of suicide. Grigory Semenovich and Zulfiya save the poor young woman by staging a "family court", at which Nigora is forced to request forgiveness and stay away from her parents' house. If Nigora disobeys, they must promise to send their aggressive daughter for treatment at a psychiatric clinic. This tragic turn of events strikes a terrible blow to her kindest aunt Saodat, a favourite with the yard. It is all too late for them to realize the error of their ways illustrated by the excessive love poured upon a cruel and treacherous daughter and Saodat's perpetual defense of her in front of all the neighbours. And now the "Gold Embroideress" has sadly been given a lesson to remember for the rest of her life.

The ability to emphasize with the pain of others and find compassion in their hearts for everyone, takes its toll on Grigory Semenovich and Zulfiya. The Civil War, that mangled the fates of the female neighbours, also impacts on the main characters. In "Farewell to a Couch", Zulfiya's husband, an archaeologist with a PhD forced to work in Moscow as a janitor, is dying. He is grateful to Fate for giving him such a wonderful wife and grieves that he will leave his beloved all alone.

Grigory Semenovich also dies but before his death he wills his apartment, military awards, photos and documents to faithful Zulfiya. He also makes his favourite neighbour promise to bury him next to his wife Matryona and to place on his grave, a stone he has already inscribed with the words: "Here lies an Old Man and his Grief".

Zulfiya cannot forget a phrase, from Remarque, which Grigory Semenovich was fond of quoting: "What can one person do for another, besides offering solace? And is there anything more than that? ".

Strong and resistant Zulfiya says 'goodbye' to everybody in the yard before leaving to join her children in the suburbs of Moscow. And she says 'farewell' to the ruined couch, the wooden boards of which have been burned by new neighbours to provide fuel...

On the website readers claim that "My Neighbourhood Sisters" by Gulsifat Shakhidi helps them to better understand themselves. By sharing her reminiscences, the author offers us a reminder of the past. We thank her for that.

— Vera Deynichenko, Journalist

AUTHOR'S NOTE

"When you want to write about a woman, perch your
pen upon a rainbow and shake the pollen off butterfly wings"

Denis Diderot

A beautiful and wise thought, is not it? I admire the elegance of the style of the French writer known as a connoisseur of women. Competing with him is not appropriate for any of us mortals.

My collection of short stories "My Neighbourhood Sisters" represents a purely feminine view of the beautiful half of humanity. I share with you my impressions and memories of my girlfriends who once lived nearby and shared a common yard. This is already history, since after all; time relentlessly lays down other laws of life.

My dear women of Tajikistan! You are most attractive, amiable, proud, hardworking, wise and patient - I'm one of you, and I bow to you. We learn in childhood the main thesis of the holy book- "Seek Paradise under the Feet of Mothers"- and as grandmothers, mothers, sisters, wives, girlfriends and daughters transfer this great science from one generation to another.

There is a Tajik proverb which reads: "A woman is stronger than granite and softer than a rose petal." And it is this that lies at the heart of all of my stories.

— Gulsifat Shakhidi

Part I

A SUNNY WOMAN

If a woman did not irradiate her beams, we would be left without warmth,
Becoming like crude wines in vats exposed to the light of a day.
If a woman did not give continuation to the eternal path,
How would our names and our essence make their way?
If a woman did not pour out her love, our homes would turn into ice,
And the dawn that glows scarlet, would stop sparkling in our eyes.

Mirzo Tursunzade

Let's Get Acquainted

About forty years ago we lived in what was at the time, a good five-storied apartment building near the centre of the city. A year later, an identical building was built directly opposite and we were given a traditional courtyard, where our kids grew up. We all knew each other and lived openly, always visiting each other and arranging common holidays. I taught at a Medical School and was a little older than many of the neighbours who had been allocated apartments as young professionals, but younger than the people who were there as a result of being in housing queue.

Many things remain in my memory and I would like to tell you about every citizen in our courtyard. But I have decided to dedicate my story to my dear female neighbours and girlfriends. They were all different: flirtatious or too serious for their age, busy at work or housewives, modest yet very imposing, old and young, highly experienced or on the cusp of adulthood. In fact, everything followed its turn, as it should.

I'll start with myself. A few years ago I had graduated from Medical University and was working at the Department of Pediatrics.

Within a year I got married and gave birth to my first child. I worked as a doctor in a large country - not an easy matter. But my mother was also a doctor and a party activist. By then, she was working for the district party committee, but still found the resources and time to help me a lot. My mother passed away early and the pain of her loss has never left me.

I knew all of our close neighbours and remembered by heart, their ailments and children's problems. I never refused health care to anyone. They brought the kids for check-ups at my home, and there were some I had to visit myself. And so, it happened that I became a witness of many interesting events in the families of the neighbours. We became good friends with many of them; some became mentors in my life whilst others' life experiences taught me by example, how to live a better life. Everyone called me Zulfiya-duhtur (Zulfiya - our house physician).

My husband Rahim was a promising scholar and worked at the Institute of Archaeology. He defended his thesis and then every summer, went off on some archeological tour. I spent a lot of time in the evenings in the courtyard, since it had quickly became shaded by overgrown trees. We put a big couch – rather like a sunbed supported on a high iron base and legs- in the middle of the yard and spread out a carpet and "kurpachi" (national quilted blankets), in the centre of foliage which we watered abundantly with a hose. It was here that we entertained ourselves until late at night; conversing, drinking green tea and eating whatever delicious dishes were brought along. On Sundays we had pilaf, giving rise to real culinary competition, but no matter how hard other women tried, the best and most delicious pilaf was always cooked by our neighbour Lola (about whom there is a separate story).

The couch was our protection against heat: in summer the temperature soared to 40-55 degrees C, and staying inside stuffy apartments even with air conditioning, was impossible. We sat on the couch; a close circle of women apart from one man who often joined us - a war veteran named Grigory Semenovich. We were very fond of him and his fascinating stories about life.

Many interesting things were revealed to me at these gatherings, about the different fates of the women. For good or for bad, I couldn't say, but it just so happened that in our yard everything seemed to merge, becoming a single organism in which we were all invisibly linked.

We tried to support each other in difficult times and in joyful times. And so at weddings and funerals, we all turned into a big family, understanding the importance of respecting the traditions of those happy or sad events.

The family living next door to us was that of a colleague of my husband. His wife and my girlfriend's name was Zebo, which in Tajik, means "a beauty". She well matched her name. Zebo's beauty was noticed by everyone: both old and young looked at her with admiration and men would twist their necks for a better look, whenever she passed by. Zebo's character complemented her beauty: with all her virtues she was simultaneously cheerful, modest and open-hearted. We two pullets, jokingly called ourselves "sisters in arms", because every summer we stayed with the children alone, while our husbands were busy with archeological excavations.

Zebo

Zebo was always by my side, in times of sorrow and joy. She did so with ease, and it was nice to know that I was not a burden to her.

When we moved into our house, Zebo already had two children: a son Ali and a younger daughter Amina. Soon my second child was born, and our children grew up together in a very friendly atmosphere.

All the neighbours thought that Zebo was happy with her husband and her family life seemed calm and steady. Zebo was tall and rather plump, with well-cared looks and a noble bearing, and even in those days of total shortages, was always well-dressed. In short, everything looked rosy for her! Children in the yard adored her and ran to meet her as she returned from work. Zebo, in turn, would produce from her bag, treats of sweets of ice cream in reward for their smiles and good cheer.

The universal love of the courtyard did not elevate her above anyone else but only showed brighter, Zebo's sincerity and goodwill. There was so much warmth and light in her that she seemed illuminated with happiness. The poet Mirzo Tursunzade called such a woman "sunny":

> *First hope she wakes up in me,*
> *Then pierces my soul with the breath of ice.*
> *I say with love: Oh, let her be,*
> *A sunny woman, ever nice!*

She worked as a research fellow at the Central Republican public library named after Firdausi. She was a bibliographer by education and she considered books a source of true wealth. She was always in the know regarding the best new books and publications. Zebo amassed a good library at home and whenever she found a spare moment, she sat on the couch and read. Often she spoke to us, explaining what she was reading and advised us on which books should definitely be read. Her colleagues treated her with respect and admiration. Some of the men were even in love with her but knew she was devoted to her family.

We thought that Zebo's husband, Shodi, was proud of her beauty and was glad that he had such a treasure. But not everything was so smooth in my friend's life. They say: if one misfortune comes – it opens the gate for others. That's the truth.

At the end of that memorable Spring, specialists at the Institute where our husbands worked were preparing for another expedition and we began to notice that Shodi was putting in longer hours.

Zebo jokingly asked my husband where her faithful man had buried himself. In response, she was assured that her husband, a responsible man, was putting his paperwork in order prior to travelling. Zebo calmed down. But one day on her way home from work, she dropped into Shodi's institute. In response to Zebo's inquiries, the director's secretary told her that her husband had been on time when leaving for home over the past two weeks. And pursing her lips, the secretary had sarcastically advised Zebo to follow her husband to see where he went on his way home. Swallowing her pride and ignoring the insulting remark, Zebo had turned with a charming smile and retorted: "I would have thought that a secretary would have more pressing duties than keeping watch over every man in the team". She then turned heel and sailed proudly out of the office, in all her beauty.

But on the way home her heart was stirred by "a worm" of doubt. The moment she stepped through her doorway, the phone rang. A man, calling himself a well-wisher, sympathetically inquired whether she was looking for her husband. Momentarily taken aback, Zebo replied:
- "People look for what they have lost. What am I supposed to be looking for?"
She dropped the receiver, but at her heart was far from calm when she came to see me. She asked my Rahim what time it was, when he last saw his colleague at the institute, and told us about the secretary's observations. And then suddenly, she turned everything into a joke:
- 'I apologize for the indiscretion, but it looks as though there's truth in the saying: 'a beautiful wife is like a sweet cake, it is impossible to eat a lot: Too sugary!' She then got up hurriedly and left.
I ran after my friend with anxiety in my heart, worried about how this would end. We sat in silence on the couch in her home, sharing the same thoughts. After exchanging glances, I rushed to the phone. Zebo's apparatus had a memory function, which de-

tailed callers' numbers; a relative had brought it from abroad. She found the last number and redialed. Someone answered and they spoke briefly; the well-wisher turned out to be a neighbour, who always looked longingly at Zebo. He told her that he knew of Shodi's whereabouts; just across the street from Zebo's house. 'And if', he said, 'you do not believe me, go and check for yourself'. Zebo looked scared and harassed. She repeated in bewilderment:

- 'Just imagine "across the road"! Isn't he afraid of being seen?'

She asked me to stay with the kids and ran to the named address. She returned, looking pale. I saw her husband's shoes in her hands. I waited for her in the courtyard on the couch and asked in surprise:

- 'Where did you find the shoes?'

Zebo smiled bitterly:

- 'The door of my rival was not locked. And Shodi's shoes were standing in the hallway. I must admit that I am disgusted by a glimmer of admiration for his style! I took the shoes to see how he gets home.'

-'Well, perhaps he was simply assisting a neighbour by repairing a tap or something? And you're just thinking the worst?' I tried to calm my friend.

'Well, let's see' she replied.

Rubber Shoes

Darkness fell quickly, but we saw Shodi from afar. He walked along, shuffling his feet in a woman's rubber shoes, three sizes too small. The scene was so bizarre that we didn't know whether to laugh or cry!

I was not at all happy that I was witness to all that was happening. Zebo called out to Shodi and asked why his footwear appeared to be too tight. He said that he had left his shoes at the cobbler's. He walked up to the couch and was about to sit down next to his wife, when he saw his shoes. Zebo noticed his glance and taking a deep breath, asked:

- 'And the shoemaker; what is his name? Or should I ask: What is her name?!'

- 'So, was it you who took my shoes? Were you there?' asked Shodi in surprise.

-'No! They walked here by themselves! I've been told everything: where you spend your time now and then; why you stay so long at work. The "well-wishers" informed me of something. So I followed the scent like a faithful dog!'

I realized that I needed to get away. I did not want to witness a showdown, especially a family one. But Zebo looked pleadingly at me:

- 'If you leave now, there will be a scandal. And again I will be guilty, because I'm a woman!' Zebo said. 'You are someone whom I trust, and my husband respects you. I want to talk calmly'.

The conversation, in fact, turned quiet. I sat and listened. The couple said nothing to reproach each other. It was only when Shodi said that according to the Koran, he was entitled to take four wives, that my girlfriend snapped:

- 'Have you already held the wedding rite "nikokh"? If not, then you are a sinner! You have the right to marry. But will you manage to provide fully for me and the children, as well as a second, third and even fourth wife? Where are you going to invite them to live? Or do you have another house? The Koran does not say that a man may live in his wife's house. Do you remember Omar Khayyam? It is about you, this verse:

We are always full of incompatible desires:
One hand is with a glass of wine, the other is on the Koran.
That is the way we live under the skies,
Being half-Muslims and partially godless guys.

My friend was right. It occurred to me that many of our men just recite the Koran in any situations, and select the parts which best suit their needs. But when they drink, play cards or leave their children without a penny, they forget what is forbidden by the Koran. Indeed, the sacred book should be read and understood. And distortion of its meaning is a terrible sin.

The conversation was long and it was clear that the couple tried hard to keep their tempers in my presence. "Did Shodi love his wife? - Yes. Did Shodi love his mistress? - No, that was a mistake. Had it gone on for some time? - No, just a month.'

Shodi reproached his wife by telling her that all his life, she had made him jealous: Men always stared at her and what was more; she liked it. Zebo was surprised and replied that no one had ever received any sign of affection in return. And if it was only her husband's suspicious character that had forced him to betray her, then it would be better to separate.

She requested that he take off the rubber shoes and put on his own. Suspecting nothing, Shodi did as she asked. Zebo placed the rubber shoes at her side and said:

- 'You can go wherever you want to, I will not forgive you. I know it will be difficult for me, because we had lived together for so many years. You'll never be able to prove that this is the first time you've been untrue to me. I'll keep the rubber shoes as evidence of your infidelity and betrayal, and sometime in passing, will return them to their owner. You need not worry about the children. I'm strong, I can cope. I have nine brothers and sisters; they will not leave me in trouble. I do not need anything from you. Take your things from the house. And be happy!

It was evident that her husband did not expect such a statement. He stood in silence and barely managed to utter:

- 'Good. Only let's agree that you'll wait for the divorce till my return from the expedition, to avoid traumatizing the children. I beg you!'

- 'Do you think I'll forgive you eventually? There's not a hope! You cheat, drink and are jealous for no reason, in the confidence that because you're a man, you can do anything. And we, the wives, as faithful dogs, are expected to forgive everything. I'll wait for your return, but not in the way I have always waited. Only my pain would be extended for another three months', said my friend.

She stood up, embraced me and thanked me for withstanding that difficult conversation, and we both walked slowly towards the house. I nodded goodbye to Shodi. He looked awful but retained his composure. And Zebo was crying quietly, so that no one could hear, and in the light of the lantern large tears ran down her flushed cheeks.

My habit of recalling the sayings of favourite authors, led me that time to E.M. Remarque: "The most fragile thing in the world is woman's love. One wrong move, a word, a look, and nothing can be restored." It is a pity that not all men understand this, especially, here in Tajikistan'.

Shodi left Zebo and immediately began to collect her things with the intention of moving in with relatives in Pyanj. What could I do to sooth my friend? She was calm and nothing betrayed her inner feelings. Her children, Ali and Amina, understood everything, because they were teenagers. They quietly retired to another room in order not to interfere.

- 'Zulfiya, honey, can I leave the keys at yours'? I do not want to wait for his return,' asked Zebo.

- 'Of course, you can. But is this really necessary? Have you ever known a guy who has not made any mistakes in his life?' I asked her another question.

- 'And did your Rahim betray you?' Zebo's voice faltered.

- 'I don't know and don't want to know! Everyone will have to report to God,' I said quietly.

- 'I cannot forgive him, because I was at that woman's ... How could he commit adultery with her? If you saw her, you would not believe it. Honey, I understand and I pity the kids, but I cannot change my mind. He can pick up his own stuff and I'll put the apartment up for sale. The money will of help to the children, and will come in handy,' she finished her speech.

The next day Zebo and her children went to her relatives in Pyanj. Without her the yard was no longer what it was, because there was not enough sunny warmth and light-heartedness.

A Nice Reunion

I met up with Zebo again after 10 years. She was still blooming: a beautiful and stately, cheerful and friendly woman. We immediately hugged each other. And friend invited me to the wedding of her son – now a famous player at a Moscow football club.

Zebo and I could not stop talking. She barely had time to answer my questions about her private life. She told me that she had married a good man, who had adopted her children and helped with their education. She was very happy with him.

I inquired about her former husband and whether she knew what had happened to him and where he was living.

- 'I know, because Shodi visits the children, and constantly reiterates that he has never met anyone like me. He ran away from his last mistress like the plague. And he still can't come to terms with how he destroyed our family,' explained Zebo .

It was evident that she was happy. So, she had done the right thing, leaving her husband, hadn't she? But my grandmother and my mother, as well as all the male members of our family, believed that a divorced woman would never be happy in her second marriage. The fate of women is to humbly endure hardships and humiliations, bigotry and hypocrisy, treachery and betrayal. They say, men jog around and then return to their families. When I tell them about Zebo, many of the men do not hesitate to announce that her's is an isolated case; an exception to the rule. For the most part, women without a husband remain alone and are very poor.

I could not go to Zebo's son's wedding, because my mother in law died that day. I did not even call her, so as not to upset her with the grief I had suffered on such a momentous day for her and her son. Later on she found out about it herself and understood everything. We decided to meet and to look at our old courtyard.

- 'Oh, how I long to come back and oh how I want break back into this town!" ' Zebo sang a well-known song. 'And shall we be eating the most delicious famous pilaf made by our favourite Lola? Whenever I think about it, my mouth waters!'

- 'How could we not have pilaf? Lola will do her best for you,' I assured her.

The courtyard, of course, had changed over the past ten years. Many people had moved to new apartments and new neighbours had settled in. Zebo's old apartment was now occupied by the family of a young archaeologist. But our couch still stood proudly in the yard and there sat our beloved neighbor Grigori Semenovich. On seeing Zebo, he was so happy that tears sprung to his eyes.

Just like the old times, we had prepared a lot of delicious dishes for dinner and Lola had made her famous pilaf. We sat, remembering the old days. It was dark when Zebo started for home. Expressing gratitude to the neighbours, she asked me to accompany her.

- 'Do you remember the rubber shoes?' my friend asked, slyly laughing.

- 'Why, of course, I remember', I smiled.

- 'You know, I wrapped them in gift paper and presented them to his mistress. Her little eyes just about popped out of her head in fear and surprise. Just an anecdote!' Zebo continued, 'Imagine receiving such a gift?!'

- 'You were the one who stood up for all of us women who failed to respond appropriately to betraying men. How do others live with it? They suffer, but tolerate it', I added.

Zebo understood that we were talking about Lola. I thought that we were not all that strong in our ability to fight for our happiness. How often do we just close our eyes to the disgraceful attitude of our men, and live for the sake of the children, or just fear the gossip and human judgement? I wish there were more strong women like you, my Zebo. And I read aloud to her a line from a poem by the famous poet Mirzo Tursunzade:

When a woman is in love, she caresses,
When she does not fall in love, she distresses,
She sears, tortures, gradually leads to death,
Being full of anger and inflaming breath.

Zebo smiled and shook her head. She paused and turned the conversation to Lola.

- 'Our friend is a fine girl, but I am anxious about her. She tolerates everything and with perseverance builds her well-being. Everyone knows how difficult it is for her, but she hides it, although in her heart she is constantly suffering. And she does not allow anyone to say a single bad word about her husband, a poet. As for me, I would have sent him off to hell long ago. He does not appreciate Lola, or understand that she cares about him, without thinking about herself. She deserves a medal!'

Zebo looked at me somewhat searchingly.

- 'Probably, our weakness and our strengths are incorporated in patience. Lola's not the only one. Many of our women are living without ever knowing happiness or the love of their husbands, as a result of following the desires and whims of relatives', I responded to my girlfriend sadly.

Zebo impulsively hugged me as she said goodbye. I followed her with my eyes, not knowing that that was our last meeting. Even in our nightmares we could not have guessed that an incomprehensible, senseless civil war would soon break out in peaceful and flourishing Tajikistan. My girlfriend went abroad to her daughter's.

And I, my dear readers, may only tell you about my other female neighbours.

Part II

"GOD SUFFERED AND TOLD US TO BE PATIENT"

A Favourite Teacher

While I was the doctor for the children of our courtyard, Lola was unanimously recognized by our neighbours as everyone's teacher. At the school which was located nearby, she taught children from the first forms through to providing literature lessons for senior forms, so almost all of the neighbourhood kids were her pupils. And parents visited Lola to discuss their children's academic performance and problems at school. Our "roles" were alike: I was an expert on health, and she was a specialist in education.

Our Lola was an attractive, intelligent, good-natured and hard-working woman. She worked, as she jokingly confessed, four shifts: at school, at home, in the family and in the yard. And she also corrected her pupils' exercises most nights. She had time to cope with everything! Owing to her constant motion, Lola was as slim as a cypress tree and as graceful as a ballet dancer. In the yard she was known as muallimadzhon (a favourite teacher), and although she was very strict, she was also fair, and the kids loved her. They constantly harassed her with endless questions about why this and why that...

The fact that Lola was a born teacher could be seen in her children. Her son Romiz and her daughter Suman studied were perfect students at high profile schools. They were also happy to play games with the boys in the yard and to creep into construction pits whilst always be willing to help their mum at home. They cleaned the flat, cooked, and even baked cakes, keenly sensitive to how tired their mum was. When neighbours praised Lola's children, she replied with a smile that her profession obliged her to teach them properly. And she added:

- 'If the "muallimadzhon" had children with problems, how could her pupils respect her? And all of the parents would tell me to concentrate on raising my own kids properly before starting to educate theirs.'

Everyone loved Lola, and she did not spare kind words: She imbued a powerful charge of optimism in everyone around her.

An Amusing House Move

All the neighbours remembered Lola from the first days of her moving to the new flat. The scene they had imagined was the arrival of a car loaded with the new owners' possessions followed by a rush to move everything in to their new apartment. But there was no such luck! It transpired that the Ministry of Interior had decided to convert Lola's home into a police station. A policeman on duty said that there was an error with orders, and suggested that the family settle instead, in an apartment across the street. Lola decided not to make a scene and find out what had happened later on. Her things were brought into a neighbouring apartment.

The search for the truth took five days and a proper explanation for the curious situation was nowhere to be found. And then the new tenants arrived with a warrant officer and a demand for Lola to vacate the apartment which they claimed she was occupying illegally. Unable to tolerate such injustice, Lola went to the police office to sort things out. The neighbours supported her, because she had a legitimate warrant in her hands! Lola's husband, a famous poet, was not involved in that fuss. He only pretended to go and deal with the authorities. He looked at his highly distressed wife, reproachfully shaking his head, as if trying to show we neighbours how restless Lola was.

But Lola was determined and once again, went to the police office.

- 'Come on, vacate my legitimate apartment!' she said angrily, waving the warrant at a policeman's nose.

- 'I will not go anywhere! I am a representative of the authorities, and it is not you who decides what to do. Besides, I have already spent a lot of money on repairs,' - he replied, trying to push the neighbour out of the police office.

- 'What kind of repairs?' Lola was not appeased, 'Why have you torn away the wallpaper and painted the walls in the dirty green colour of "a holding cell"? I'll now have to repaint the walls! I'm telling you before all these witnesses, to either vacate the apartment, or else live with my family under one roof until the court reaches a decision. Have you got it? Let's see who has rights!'

And then suddenly a man who had recently moved into another new apartment, decided to defend Lola. His name was Grigory Semenovich. A veteran of World War II, he arrived in full parade dress, and his entire chest was decorated with combat awards. He gave the young police officer a severe tongue-lashing, reprimanding him on a lot of points, until he understood his error. Giving the keys to the real owner of the apartment, the police officer went home without a backward glance.

So, Lola's moving-in became a very amusing anecdote! It was retold with various additions at all our gatherings on the couch. Lola with a happy smile thanked her neighbour Grigory Semenovich and from that moment on, he and his wife, "grandmother Matrona", became true friends with us all.

I must admit that Lola was first and foremost a teacher. She always spoke the truth and was frank in her dealings with her opponents. She was fair but did not hesitate to criticize the youngsters for treating their elders without respect. Once neighbours' boys had a fight in the yard, and their parents quarreled because of it and stopped communicating with each other. Lola shamed them by telling them that their actions set a bad example of how to behave after a quarrel. After all, their children would be quickly reconciled and they would be playing together the next day, whilst their elders' would poor relationship would linger for a long time...

Lola's husband was a famous and very talented poet. His poems were known to all – the old and the young, since he had new books published almost every year. The poet always "wetted" his fees with friends and often came home drunk. It was traditional in the creative environment to celebrate any event. And everything might be fine for a while but addiction to alcohol could often lead to fatal diseases. Some people died early because of alcoholism, and some left their families, "tempted by other women". We neighbours felt pity towards Lola, since a drunk husband was sure to bring trouble to his family. But we did not offer advice, believing that our "muallim" would cope by herself. And so it happened.

The Construction Pit Campaign

One early Sunday morning Lola's children dropped by to see my son Farrukh, who was going off to ride his bike. They whispered about something and my son asked me to give him a clothesline. I thought Lola wanted it and suspecting nothing untoward, gave it to them. And then I saw through the window that down on the street, the boys were asking for ropes from all of the neighbours. They connected them to form one long rope then moved behind the house to where a deep pit had recently been dug for a multi-storied building.

I was scared: What if the children decided to descend to the bottom? I ran after them. Lola's son Romiz fastened one end of the rope around a tree trunk and the other around his torso. He checked the rope several times – to see whether the tree would hold his weight - and slowly descend into the pit. His mates and spectators shouted loudly, pointing at some object at the bottom of the pit.

The noise attracted the attention of neighbours and onlookers. It turned out that Lola's husband had accidentally dropped his briefcase into the pit when returning from one of his poetry evenings. It was only in the morning that he remembered where he had lost it. Feeling ashamed, he didn't leave the house himself and instead, called upon the children to rescue his briefcase. Worried about them, Lola silently prayed to God that no one would be hurt.

- 'Perhaps, our poet's lost his fee?' shouted a neighbour merrily, whilst cheering on the "mountaineer".

- 'No, the fee is exactly where he "wetted" it! All's that's left in his bag are his verses' added another. 'The pack is heavy; that's why he dropped it.'

The audience began to laugh.

- 'Hashim, an actor, likes to carry bricks in his bag to make his hands stronger. And our poet tried the same, but was too weak!' joked "know-it-all" Ljubasha, as her words were drowned in laughter.

- 'If there's money in there, shall we buy ice-cream?' the boys started making terms.

- 'If there had been any money in the bag, I'm sure that it wouldn't have dropped into the pit,' interjected Lola, unable to keep her silence. 'And as for ice cream,' she continued smiling, you are definitely owed some!'

Then the boys began to shout: "The fish has been caught! We'll help you to bring it ashore!" And they began to pull up the rope, tied around "muallimadzhon's" son. In one hand the boy grasped the briefcase and with the other, he kept tight hold of the rope.

- 'Well, how was operation "Z"?' a neighbour shouted from the fourth floor.

- 'Safe!' shouted the children joyfully.

Lola's husband finally appeared at the entrance door. People greeted him as "ustod": the manner that respected and talented people are addressed by Tajiks. He cheerfully answered their greetings. And then he turned to his wife:

- 'What are you so upset about? Things happen…'

- 'Honey, if I didn't fuss, it would probably have been you instead of the briefcase, that we had to raise from the pit', Lola replied good-naturedly.

... And this time only men of "ustod" status sat on the couch. One could only guess the topic of their conversation. But as for their verses, everyone listened in.

Lola gathered together the participants of the "Pit" campaign, and thanked them all. The children unleashed the homemade "climbing rope" and returned the clotheslines to their mothers. No one noticed when Lola ran to the store for a big bag of goodies and all of the children received treats and the promised ice cream.

- "Muallimadzhon", thank you! If you ever need us, we'll always be there to help you', chorused the boys, before fleeing to get on with their own business.

We went with Lola to the yard, and I noticed her eyes wandering towards the couch.

- 'Do you feel sorry for me, Zulfiya? Yes, my poet drinks and often treats me with disrespect. But he is very talented and perhaps his creative spirit causes him to behave in this way? It's hard, but it's my burden, my obligation. I believe that Allah sends us trials and grants us patience', my girlfriend said quietly and earnestly.

- 'Maybe you're right', I replied, 'But God doesn't give patience to everyone'.

And Lola added:

- 'I believe that one day this will end; he will come to understand that man should not become his own worst enemy! And in the meanwhile, I'll do anything for him, and tolerate these difficulties'.

- "The main thing is to take care of yourself; and your children also need you,' I advised.

- 'Thank you for being here!' Lola hugged me goodbye and went home.

And I remained lost in my thoughts.

Two Hundred Grams For Courage

On one occasion, when I was returning late at night after being called out to attend to a neighbour's kid, I noticed three swaying silhouettes. I immediately recognized one of them: it was Lola's husband, accompanied by another man and woman. They were cherry-merry and talking loudly, as they approached the entrance. I sat on the bench, eager to see how it would end. I was worried and wondered whether my help would be required. I knew that sometimes Lola went out at night to sit on the couch, when no one was there.

- 'Hello, my dear sister-in-law, welcome your guests!'- I heard the cheeky voice of Lola's sister-in-law.

- 'Hello!' Lola replied anxiously, 'You're out late. I would never go visiting at this hour'.

The door closed and it was not clear what happened next. But soon my Lola flushed and visibly drunk, ran out of the apartment. She felt so bad that she could not answer my questions. I hugged my friend and followed her to the couch. I quickly brought her a jug full of water and forced her to drink it in order to clean out her stomach. Lola shrugged and told everything.

- 'Can you imagine: I made my husband pour me a full glass of vodka and I downed it in one. This is such crap! I felt bad, but everyone laughed at my terrible state. I promised my husband that every time he comes in drunk, I will do the same. Maybe, this will teach him?' Lola asked, sobbing.

- 'Why should you destroy yourself? If your husband likes a wild life, let him drink,' I replied. 'But he won't value your sacrifice,'

- 'No, it's very important to him what people think and he's very conscious of the fact that his wife has always been so obedient and patient. But simultaneously, he is a truly self-determined man, who he does whatever he wants,' my girlfriend continued sadly.

- 'Why do you put up with it? Why don't you disgrace him and kick him out? Is it love?' I showered her with questions.

- 'It's not that. I understand that God rarely creates such talented people My husband is very gifted; it is difficult to find such a true poet these days. God delivered him into my hands so that I can take care of him and support him. When he hasn't been drinking, he is very different, though he is afraid to show this side of himself in public. I would have left him long ago, but I'm sorry for him, our children and my parents.

Lola had hardly finished her last sentence, when her husband ran out of the house. He looked somewhat harassed and very excited.

On seeing us together, he immediately calmed down. After greeting me he asked politely:

- 'Well, are you able to recognize your neighbor today? We decided to celebrate my new poems together, and here's the result', he told me with a smile.

- 'Lola is okay, she had alcoholic poisoning, but we quickly dealt with it. I do not understand why you are bringing your wife down to this level. You're a famous person and you ought to take care of your own health and the health of your relatives', I reproached the poet.

Then Lola's guests came out of the house. Her sister-in-law saw us and slurred drunkenly:

- 'Now the whole town will know that it's not only my brother who drinks: His little wife also enjoys glasses of vodka!'

I stood up for my friend:

- 'It may seem that way to you but take a closer look: Lola is quite sober! Let's be on our way; it's very late and normal people went to bed long ago'.

Lola rose proudly from the couch, and gazing at her sister-in-law, said:

- 'Sorry, but that vodka has made me brave! I repeat the words of Faina Ranevskaya, a witty and very famous Russian actress: "Cocking a snook at the opinions of those around us, leads to a peaceful and happy life." Do you understand? I don't care what they say about me; my conscience is clear. Normal people are too busy with their own problems, and as for loafers, let them curse. Clever people make no bones about me, and I'll always have an answer for anyone else.'

We looked at each other and I realized how much was left unspoken in Lola's soul. But she did not say any other word. And I, as always, recollected a poem by Mirzo Tursunzade:

> *As if I were struck by a fantastic sensation:*
> *Into my eyes you looked eloquently.*
> *Becoming an ever pledge of aspiration,*
> *Your eyes told me much laconically...*

The poet took his wife's hand, said goodbye to everyone and went to his door. We never returned to that subject and Lola was grateful that no-one knew anything about it. Her husband gradually drank less and less and then reportedly, gave up alcohol completely.

It occurred to me that there must be many people like Lola but we simply don't notice them. And could worthy and talented men ever exist without them?

Part III

THE OLD MAN AND HIS GRIEF

In commemoration of an elderly woman named Matyrona

An Unexpected Encounter

I had not been at home for a long time: for three months I had been improving my professional qualification in Medicine in St. Petersburg. On arrival, I immediately ran to the cemetery to commemorate my mother. As I sat there, I kept thinking about how early I had lost her and how difficult my life had been without her maternal affection. I talked to her, and felt better. Mum often repeated that if a person died early, they would be present in someone else for rest of their life and I wondered whether she lived on in one of my children.

I left the cemetery lost in reflection but suddenly noticed an old man hobbling ahead. He reminded me of somebody. I decided to quicken my step and recognized my neighbour Grigory Semenovich. He looked rather sad and somewhat downhearted. He was surprised to see me:

- 'What brings you to this Russian cemetery?'

- 'In Soviet times my mother was not allowed to be buried at the Muslim cemetery, because she was a well-known Communist party functionary.'

- 'Who cares where we lie? The Earth is one and the same for everyone. You haven't appeared in the yard for some time. Have you been away elsewhere?'

- 'Yes, I had to attend a professional course.'

- 'What for? You're the best doctor we have! Anyway…'

He fell silent for a while and I recollected how I had kept watch at his beloved wife's bedside as Matryona was fading away. He had kept a stiff upper lip, only emitting a hollow wail now and again as he asked her: "It was my turn; why the hurry to beat me to it?"

- 'Tell me my dear, what is my name?'- He asked me suddenly.

- 'Well, we have been neighbours for about 40 years, and we all call you by different names: some call you Grigory Semenovich, and others, Uncle Grisha, and for our children you have become 'Grandfather Grisha'.

- 'Right! But it would be more correct to name me Gri-Gory meaning grief. You know, there is a story by Hemingway called "The Old Man and the Sea", and if anyone were to compose a story about me, they should call it: "The Old Man and his Grief." I have been toiling against it all my life, as if some terrible ordeal has been preordained for me. It is said that complaining is a sin, and God will not forgive it, but I am not complaining - I just mention it in passing…'

But really, if I were to start a detailed account of Uncle Grisha's life, one book would not be enough. I often visited their house since our elderly did not enjoy good health. Granny Matryona always had some treat for us. She was known as "head cook and bottle washer" and because of her boundless kindness, looked out for everyone and especially, the kids in the yard. I used to love spending time in her cozy, welcoming home which always smelled of cookies…

They did not have children of their own but late in life, adopted a neighbour's girl, 11 years old. But she grew up, went to Russia and they were once again left alone.

The road from the cemetery to the house was not short and it was unusually warm and sunny for autumn; the most beautiful season in Dushanbe.

- 'Ah, I know that you're thinking how nice the weather is today! Isn't that so?' - Grisha asked suddenly. 'And my thoughts are the same. Our departed relatives were good people and that's why, whenever I come here, the sun shines. They support us from the skies.'

- 'You're right. My mum's smile shone like the sun. She was beautiful and kind', I replied.

Recollecting The Past

Grigory Semenovich nodded in agreement and then suddenly began to tell me about the life he had lived for almost a century The words sounded slow and beautiful, as if he were reading a book about himself.

- 'We were the children of rich farmers and barely teenagers, when we were sent away from the beautiful wide fields of the Don region, home of the Kossacks (paramilitary peasants). We never saw our parents again. And the old people, who accompanied us, were all buried along the way. They gave all their food to the young and died of starvation.'

- 'We reached Voroshilovbad in today's Vakhsh district of Tajikistan. No matter where you looked, you were surrounded by naked desert. Only thorn bushes grew beneath the ferocious sun and there was no place to hide. The first thing we did was dig a well. It was a long, hard labour hard and many of us were felled by sunstroke. That was the beginning of our new life in a foreign land. Soon, the Vakhsh canal was built and we constructed good houses. Household plots began to provide a good harvest, and we got on well! None of the local people could imagine that within just five years, that lifeless area would be transformed into a small, but beautiful oasis. We sowed cotton – of the finest fibre- in the fields of the state farm and because of this, our Vakhsh valley became world famous.

A girl aged six or seven arrived with us in the string of carts. Her name was Matryona. Over the course of years at the settlement, she grew into a cheerful beauty with long plaits. Her optimism was contagious and inspired firm confidence that everything in our lives would be harmonious. She and I barely communicated and I never suspected that she had fallen in love with me. I was already an adult and everybody advised me to start a family. Then World War II broke out and all of the young men were enlisted to the Army and sent to the Front. An hour before my departure Matryona ran up to me in tears and said, "I'll be waiting for you!"

You may not believe it, but her words gave me hope. War is a terrible thing! In a movie everything is embellished, and pathos is added. But in reality, it is hell!

Within days, we youngsters were sent to the front line. I was wounded: A   piece of shrapnel from a projectile became lodged in my head and I suffered from shellshock. I was deemed unfit to fight but still, they left me at the front. Throughout the war I carried dead bodies from the battlefield, and continued to do so even up to Berlin ... Seeing warped bodies, gathering them up, piling them into mass graves, was not for the faint-hearted. I gritted my teeth, and crawled and dug.

Once I carried out what seemed like a lifeless German chief, but he turned out to be alive and severely wounded. He was quickly taken to the headquarters, and I was awarded an Order of the Red Star. That's how I received my only high award throughout the whole war'.

- 'But how can that be? The uniform coat that you wear on Victory Day is decorated with many awards.'

- 'Those were all the medals for Victory, in honour of anniversaries. The Order was the only battlefield award. It turned out that a fascist had assisted. And I do not know whether to laugh or cry,' Grigory Semenovich continued the story.

- 'I returned from the war, and no one recognized me. I had turned grey and my eyes were sad; I heard a constant noise in my ears and there were wrinkles on my face, as if cut through by a tank. I thought she would not recognize me, my Matryonushka, but she threw herself into my arms so hard, that I almost fell over. She was so happy! She said "You're alive, and that is the main thing!" Over half of the households had received "killed in action" notifications, and many soldiers returned home disabled. Oh, I wish you knew, my beauty, what kind of mental injuries I have suffered, how many deaths I've carried on my back.

Our wedding was modest, but the whole village rejoiced. I was just a few years older than Matryona, but I looked like her father.

Matryona revealed a strong spirit. She coped well with my ailments, the house was always "a full cup": she cooked and baked and made preserves in jars for winter. She was the first to make a cold-frame in our vegetable garden. She began to grow big, sweet lemons, and that was not easy in those hard times. But that health-giving, delicacy appeared on the tables of all of the villagers.

The only thing that upset my wife was the absence children. And really, how could they appear, when I was so ill? She did not lose heart, saying that all the neighbourhood kids were ours. And it was the truth, all day long they played in our yard. But because of my head injuries, I found the noise unbearable and often had to go away to read my favourite books.

Here at the cemetery you grieve for your mother, as I do for Matryona. Do you know what the good German writer Remarque said? "The meaning of life is non-existence. And the eternal is incorporated into the perishing; the circle closes here". "And I would add that everything happens in its turn. Your mum was gone from this world before your grandmother, is that right? And my Matryonushka left this world earlier than me. During World War II a lot of young men were killed. This was understandable: they fought with the Nazis. What was the reason and sense in killing each other in Tajikistan? What the hell provoked this trouble?'

- 'Yes, our civil war made no sense at all', I quietly supported his thoughts.

- 'Remember how we all cried at the funeral of the young archaeologist? His daughter was only six years old, but she remembered her father. We arranged a great wedding for her! Our bride sang a song to her fiancé while sitting at the table:

Please, love me like my father could not love,
Please, become like a brother and a sister,
Please, take care of me like my mother did, though alone.

She's protected me like an eagle, and now gives me into your hands ...'

-'She composed that song herself! Her fiancé's eyes filled with tears and all the guests cried, but she did not. She was so strong! And her voice, so pure and soulful was admirable', I added quietly.

But Grigory S. continued by saying sadly:

- 'You know, Matryona wept so hard at that wedding, that she fell ill afterwards and never recovered. We loved this bride like a daughter. Her mother had been constantly working, and we had always taken the girl to ours'. I led her by the hand to the wedding ceremony like a father. When I heard the song I felt my heart sink. But I disguised my feelings, afraid of scaring my wife. I saw that Matryona was ashen-faced because of emotional stress.'

-'Do you remember the day of our house-warming? I was given an apartment because I was a disabled war veteran and we had to move out of the oasis to the city. But when we arrived we realized that other people were living in our apartment. I showed them the order and the owner did the same. It turns out that "right-no right" (as he called them), I mean the enforcement authorities, had opened a police station in the apartment opposite. And the residents were told to settle into the next one, which was our apartment. When we realized what had happened, our neighbour Lola started cursing the police in various ways. Her husband, a poet, heard about it and promised to investigate the case, but fled instead. Decorated with my awards, I went to the police station to clarify the situation. On seeing two war orders, the policeman on duty decided to settle the matter peacefully. Yes; my life has been nothing if not adventurous...'

Think Before You Speak!

Gregory Semenovich was a pensioner, but he never sat idle. He was invited to meetings with students, youths, veterans of war and labourers. Moreover, our Grisha endlessly strove to support people who had been mistreated by local officials. He went to different offices, helping to solve the most pressing problems of everyday life. Occasionally, when he was suffering from headaches, Grigory Semenovich sat down on the couch to drink green tea with us, women. The Kossack felt cramped and stuffy at home, he missed the expanse of his Kossack homeland and the state farm fields. Urban life was somewhat of a hardship for him. We understood his feelings even though he never complained.

After a working day, none of the neighbours could walk past his couch. We tried to sit next to him for at least five minutes to ask after him and hear the latest news.

I shall never forget an incident when a neighbour, a self-important, scientific researcher, offended Grigory Semenovich. She was coming back home from her office and we were sitting on the couch. We greeted her and invited her to join our company but with a wave of her hand, she mumbled that she could not spare the time. Then Grigory Semenovich said with a smile and without any evil intent: "Pushkin was right when he said: 'Prince Dunduk (a fool) presides in the Academy of Sciences'. Perhaps you spend too much time in meetings?'

The neighbour stopped and cried out angrily: "It looks like some people are happy to sit out this war leaving others to gather up the corpses!"

What an insult! And almost as bad, was the fact that because she considered herself more intelligent and noble, she thought nothing of reproaching us with the words: 'You would be better off reading books instead of aimlessly sitting there, chatting'. Perhaps, she learned such rudeness from the books she read herself?!

We were struck dumb with astonishment.

- 'Why do I come across such people in my life', Grisha replied quietly. 'You have only a tongue, not a mind. Just think, how many young dead bodies I have carried from the battlefield, and now their souls cherish me. And as for you, even the living don't like you.'

The neighbour turned pale and entered her house with her head down.

- 'I did not wish her harm', Grigory Semenovich continued, 'But do you know what happened next? The husband of our scientist, a fine man without whom her life would not have been so good, died. He had been bedbound for four months, suffering terrible pain. If she had put aside her pride, her husband's life would perhaps have been better. Pride is the ugliest aspect of human nature'.

And as for me, although I see her often, that woman has never apologized.

I realized just how hurtful it had been for Uncle Grisha to be accused of having an "easy" war. He had been eager to fight and would have revenged the enemy, had he not suffered the head injury and subsequent illnesses that had required my constant attention.

The Last Request

We walked along the fences, looking at the tombstones and reading the inscriptions on them. Grigory Semenovich smiled and frowned in turn. Then all of a sudden he remembered something:

- 'I would like to make one request. Don't be surprised. There is no one else, you're my most receptive and more importantly, kindest friend. In Soviet times, all war veterans aged 65 and over, could choose a tombstone. I chose one for myself and have even had it inscribed.'

- 'And you should be smiling,' he added, after seeing my face, 'It is you to whom I make my last request. The stone has remained intact throughout our civil war. The only thing missing is the date of my death but this will be done. We veterans are now innumerous.

Shall I tell you what I've had inscribed on my stone?'

> *"There are an old man and sorrows here,*
> *Just so - in an embrace - they lie,*
> *The old man defends what's dear:*
> *Grieve and sorrows are to die".*

- 'Perhaps it sounds a bit awkward, but it comes from the bottom of my heart. People will read it and think, 'that's where grieve is buried', and forget their sad thoughts'.

- 'You're so positive! Even on this subject, you still speak with a smile', I said softly.

-'Well, that's just how I am. I'm not afraid of death; let death be afraid of me! And do not be upset; your good deeds repay you. You are rewarded by the positive response from the children whom you treat, and from their parents too. So I have entrusted my last request to you, and I know you will fulfill it. My favourite writer Remarque who like me, was wounded in the war, wrote: "time does not heal. It does not remedy wounds; it just covers them with a veil of new experiences, new impressions, life experiences ... And sometimes this bandage flies up … and fresh air gets into the wound, causing new pain ... Time is a bad doctor... it makes you forget about the pain of old wounds then opens them up and creates new ones, ... That's the way we crawl through life, like wounded soldiers... And every year our hearts are wrapped in a growing number of badly applied bandages..."

Uncle Grisha quoted without hesitation, and I was again astonished by his keen memory.

... We finally arrived at our house. My husband was waiting for me in the street, and when he saw me walking with Grigory Semenovich he smiled, and his worried eyes softened.

- 'Do not worry, your beloved has been under my reliable protection. We're only late because we've been talking all the way home! Remarque wrote: "The first person about whom you think in the morning, and the last person, about whom you think at night - he is the cause of either your happiness, or your pain." Zulfiya loves the poetry of Mirzo Tursunzade and I like Remarque, but their creations are alike; they are all about life'.

As the old man walked away, with his back bent, my husband and I watched him, each immersed in our own silent thoughts…

Part IV

"BIBIDZHON" THE STORYTELLER

Grandmother Marfoa-hon

The whole courtyard called her "bibidzhon", meaning grandmother, because she was older than everyone else. When she came out to the yard for a walk, leaning on her cane, all the kids came running in anticipation of hearing an interesting story. Bibidzhon had the reputation of a fine storyteller. Every new fairy tale was a continuation of the one before and she would only begin once the children had tidied the yard and taken care of the plants in the garden. The children respected her status both as an elder and a storyteller and so were always happy and ready to oblige their adopted bibidzhon.

She lived with her son's family whilst her four married daughters took turns to visit her. Sometimes they took her to stay at their houses, but she quickly returned, much to the delight of all of the children in the yard.

Bibidzhon's real name was Marfoa and she was often seen at her window, staring into the distance as if waiting for someone. The children adopted the habit of always tidying things up beside her window so that she would notice their good deeds and come outside to tell them another fairy tale.

We adults also listened with interest to stories about this wonderful old lady's life. She was the same age as the twentieth century and had experienced the Bukhara revolution, then outlasted the Great Patriotic War. She had also, as a single parent, brought up, and provided the means for higher education, for her five children. But everything should be told in order.

Her fondest memories were of her husband, Sirodzh. He had chestnut hair and pale eyes, like a Russian. He knew many languages and spoke Russian like a native. And the family's names had Russian pronunciation: Marfoa was called Marfa, and Sirodzh was called Seryozha. In the late twenties, Sirodzh was sent with a group of young scientists to study in Germany and it was there that he learnt German and took up photography.

Sirodzh and Marfoa were distantly related and married young. Their grandfather was the guardian of a stamp collection and library belonging to the Emir of Bukhara. He guarded his beautiful grand-daughter carefully since he knew that the Emir's spies were always on the lookout for beautiful girls whom they could steal for the Emirate harem. With this in mind, he decided to arrange a marriage between his granddaughter and her cousin. The bride was not yet ten and her groom had just turned 13 so for many years, despite being husband and wife, they continued to live like any ordinary children. Later on, Marfoa gave birth to her first daughter, followed by three other girls and finally, a son.

Bibidzhon compared her recollections of the Revolution with a bad dream. The rich were considered enemies and were revenged by being robbed, killed and abused. Many of them fled in every direction possible. Sirodzh and his young wife were literate and oddly enough, found favour with the new government and were entrusted to teach schoolchildren. Life seemed to be getting better, but suddenly Sirodzh was arrested. He was given a five year prison term. He suffered because of his credulity.

After her husband's return from Germany Marfoa began to notice that a friend of his, with a professed interest in photography, was always round at their house. In the room where the pictures were developed, this "student" discovered a cache of gold coins and ten gold bars in a box. He stole three of the bars and then wrote a denunciation about his friend. Sirodzh was taken immediately to the authorities, along with his gold. During interrogation he gave a truthful account of everything he had inherited from his family, including the bars of gold that were missing. As a result, his "friend" was also arrested and convicted for theft and concealment of that fact.

Marfoa was left alone without her husband's support, at a time when they already had a family of five children. Her husband was released after five years in prison, but their joy was short-lived. World War II broke out and Sirodzh, despite the privileges afforded to large families and despite his age, was sent to the Front in place of the son of a local official. Before he left, he spoke privately to his son Firuz: "You are now the main man of the house. Hold on, my son! Take care of your mother and sisters. And if they kill me, do not tell anyone. Let mum wait and believe that I'll be back. " And so it happened. Sirodzh did not fight long. He died a heroic death, defending Soviet borders somewhere in the Ukraine.

Firuz did not allow his sisters to receive letters from the Front, and that is why he was the only one to read the message notifying them of their father's death. He tore the terrible letter into pieces and threw them into a river. He did not tell his mother that his father was gone.

... And bibidzhon waited for him until the last day of her life. All the neighbours watched her sitting at the window, staring into the distance. She believed that the father of her children was alive. Sometimes she joked that Sirodzh must have found some blue-eyed and fair-haired girl and so had stayed with her instead, but she would always add: 'When he is tired abroad, he'll come back to me, our babies, grandchildren and great-grandchildren'.

Similar Fates

Bibidzhon was of the same age as Grigory Semenovich and was friends with him and his wife Matryona. Their fates had a lot of common. Bibidzhon addressed her neighbour as "Grisha-aka" (a suffix of respect), and Grigory Semenovich called her "sister Marfa". He always sat next to her and jokingly embraced her shoulders whilst she in turn, would gently stroke his hand. They always had something to reminisce and talk about.

- 'We have much in common and our fates are also similar,

sister Marfa', Grigory Semenovich began the conversation. 'You are constantly telling fairy tales to the children, but our lives probably provide the most truthful tales in the world; sad and instructive'.

- 'Yes, Grisha-aka, you and me, we are witnesses of history,' bibidzhon continued the conversation. 'I remember my childhood as a fairy tale. Fate lifted me high, and then brutally me threw off ... So many trials fell on my shoulders... I'm sure that you understand what I mean…'

- 'I also had a carefree childhood, and lived comfortably too. And suddenly we were left not only penniless, but bereft of those closest to us,' Grigory Semenovich continued thoughtfully.

- 'At the end of the week we women, were taken in phaetons to the Friday market. And each of us was given a small pouch of gold coins with which to buy ourselves beautiful clothes, shoes and jewellery. I was very young and needed for nothing', recollected his companion.

- 'Most of all I liked to go to the bookshop, because I was literate. My father pampered me a lot. After my elder brother, a few more children were born into our family but they all died within a year. I alone survived. My father often took me to the Emir's library and taught me to read, write and count. The library became my school. My mother helped me, too. She was a connoisseur of poetry, and perhaps it's due to her that I developed a heartfelt and lifelong appreciation of the great poet, Hodja Hafiz.

As Marfoa spoke about her life, it was clear that her future had benefited greatly from the education provided by her family when she was young.

During the Revolution a missile was fired directly at their big house, and everything was burnt. All that remained was what they could carry away in their hands. The large household was instantly dispersed and each of the men was forced to deal with problems facing his immediate family. Bibidzhon's elder brother fled to the countryside whilst her husband decided to move his family to Samarkand, where his sister lived. They had already five children. They were immediately enrolled in a new school. Sirodzh got a job in a publishing house. He then he traveled to Germany with a group of young representatives of new Eastern intellectuals and returned with a large store of knowledge. He returned to his post and worked eagerly until the day he was betrayed by that "friend" and subsequently convicted.

When Marfoa's brother heard about Sirodzh's imprisonment, he invited her and the children to his place. He was the director of a local school which lacked educated teachers, especially women. That was how the family ended up in a remote village in the Khujand district, with Marfoa working three shifts as a primary school teacher in the school headed by her brother.

- 'God only knows how I coped! I was forever telling my children 'Study well; knowledge is your real wealth. I'll invest everything I have on your education. You will become doctors, teachers, economists,' continued bibidzhon forcefully. 'My hopes came true and all the children obtained a higher education and received their diplomas. They lead worthy lives. I raised 22 grandchildren and I already have great-grandchildren. And they are my riches!' And that was the manner in which she proudly ended all of her stories about her uneasy destiny.

- 'How alike our fates are,' Grigory Semenovich shared his opinion. The Don Kossacks have always been prosperous. They loved freedom, were able to work and earn money, and their households were largely self -sufficient.

We all had yards, livestock and acres of land. From childhood we were taught to how to be brave and overcome difficulties, never to fear the truth and always protect our honour. The only difference between our childhoods was that we never had pots of gold! For us, horses were far more valuable.'

After uttering those words, Grigory Semenovich became quiet as he stared into the distance remembering his dashing youth, the broad expanses of his native homeland and his dear friends and relatives, buried in the Don lands.

-'Look here, Marfa, you sit at the window waiting for your beloved one. You believe he'll be back. You're right to wait. Stay faithful to him until the end of your life, because faith and hope give us
strength. As Remarque said "Until a person gives up, he is stronger
than his destiny",' he repeated these words to bibidzhon, and she
smiled. 'It means that your Sirodzh was very good. Do you know
the lines from a poem by Konstantin Simonov? "Wait for me, and
I'll be back, but wait keenly!" This poem is about you and about
women like you. My Matryona waited for me. She was a gorgeous
beauty, and when I came back from the Front, grey-haired and shell-
shocked, I did not believe that she would accept me, but we have
been together for nearly forty years. Everyone has his own trials to
bear: you're waiting for your husband, and I have no children. No
one knows what is better. Your Sirodzh left a legacy of children to
you. Yes, you suffered, it was difficult, but the children are a worthy
memory of him. Do not grieve; rejoice that there are so many of his
creations around you.'

We were always happy to listen to instructive stories about the
lives of our elderly. They were an example of dignity and resistance
for us.

I remember that whenever bibidzhon came down the stairs to
the yard, we all got up and ran to meet her, support her and follow
her to the couch. Sometimes she brought along an old album and
showed us photos taken in the old days by her husband Sirodzh.
How deep was the love that made her preserve that heirloom, that
relic of the past, for so many years!

She told us so many good things about her Sirodzh-hon that he
became a member of our family and everyone's friend even though
he was only present in old faded photographs.

And in our memories, our dear and wise female neighbour and
bibidzhon, still sits at the window, gazing into the distance and waiting for her beloved husband, who will not return from the war…

Part V

DOVES

New Neighbours

When our sunny Zebo left to stay with relatives following her divorce, a young married couple settled into her apartment. All the neighbours immediately recognized a strong mutual affection between the lovers and called them "doves". They both had names from classical poetry: Farhad and Shirin. We watched them with smiles and friendly envy.

They worked together and relaxed together, and as they walked around the yard in the evenings, they talked constantly as if cooing to each other.

Sometimes Farhad went on a business trip, and Shirin missed him. She sat with us on the couch, but her thoughts were somewhere far away. And when he came back, he would sit down on the couch with us, waiting for his wife to see him through the window and come running down.

Farhad never hesitated to embrace her in the presence of the others and to read verses of my favorite poet Mirzo Tursunzade:

> I keep faithfulness to you. What else do you want?
> I can't be separated from you. What more do you want?
> The ways of generating love are not the same,
> I started with your name ... What else do you want?

It is said that such love is displayed only in movies and happens in fairy tales but it can also exist in real life and here it was in all its glory!

All the neighbours in the yard already knew by heart, the words from the song by Mirsaid Mirshakar, that Farhad sang each time he met his beloved:

Shirin, Shirin, Shirintari as joni Shirin!

(Shirin, my sweet Shirin, you are sweeter than life, my Shirin!)

Shirin was an economist by education. She used to work for a commerce agency, and was then persuaded by Farhad to become an accountant in the Institute where he worked. We, the neighbours, wondered how they didn't get bored of each other. They were always looking for a reason to be together.

We would never have guessed that our 'lovebirds' had married against the will of their parents. The parents could not consent to their children's choices. Shirin, a proud beauty, was from the highlands of Badakhshan, and Farhad was born in a sultry southern prairie. In appearance, they were strikingly different: She was short in height with a shock of fiery red hair and huge eyes the colour of lapis lazuli whilst he in contrast, was tall and dark, with almond shaped eyes, the colour of the night.

They became acquainted as students at the University. They fell in love and decided to get married after graduation. Their parents were against their choice, but Farhad and Shirin would not be stopped and organized a modest Komsomol wedding. The authorities at the Institute of Archaeology took the decision to help their young promising specialist and offered him an apartment repurchased by the Institute.

Their first and only child did not arrive until three years into their marriage. And during their anxious wait, it was Grigory Semenovich who soothed them:

- 'You are young, healthy; you'll surely give birth to children. Take your time, for everything there is a season. You must go to your parents and to all the family and ask for their blessing. They are sure to forgive you, seeing how you love each other.'

- 'I'm afraid of my parents' anger,' protested Farhad, 'because I was engaged to my cousin when we were both in our cradles. When I look at her now, I feel like laughing: it is ridiculous: she is four times thicker than me, but that's not the point. She is my relative, and medical science does not allow such marriages'.

- 'And my grandmother says that I married "a chaht" ("chaht" means 'curved' and according to religion canonicity, someone who follows the wrong path), because we are Ismailis, and he is a Sunnite. She does not want to forgive me, and my parents obey her. But we have one common religion: we are the Muslims. Allah is great!' Shirin supported her husband.

- 'I do not understand why everything is so imperfect in the world', Grigory Semenovich expressed his surprise. 'All religions preach love, but in real life we witness nothing but separation. Does it make any difference these days, what you are? The main thing is that you love each other, and your family will understand that. You'd better go to them, and then wait for God's will.

And in reality, after the young couple had visited their parents and traveled to holy places, Shirin became pregnant and gave birth to a daughter.

The whole courtyard loved that beautiful baby whom they named Zarrina. She was like a ray of sunshine with her dark brown hair, large hazel eyes and delicate pink dimpled cheeks. Just a doll! Her parents adored her. Every day Farhad brought home something for the baby and flowers for his favourite Shirin, and in the evenings they would all go for a walk together.

Grandmother Matryona loved Zarrinochka with all her heart and soul. After her maternity leave Shirin did not want to leave her baby in a public nursery but there was no need to look for a babysitter. Zarrina had already got used to "granny" and so her parents left the baby in Matryona's safe hands.

They say, the fruit of a great and pure love is an angel of God. And Zarrina really was such a child. She grew to be a quiet, intelligent and merry girl; bringing joy to those around her. The girl liked fairy tales, and grandmother Matryona brought her to the yard whenever the kids gathered around the couch to listen to their favourite storyteller, bibidzhon. At home, Matryona also read aloud to her and the young girl quickly memorized many nursery rhymes. The parents were happy. All the boys in the yard queued to push this little 'doll' in her pram and much to the amusement of the adults, argued about who would marry her in the future.

The Last Business Trip

It was time for the next expedition to the archaeological site and Farhad was preparing for his departure. Shirin did not want to let him go, and repeated that her soul was full of misgivings. Her husband consoled her, but she could not hide her anxiety and even declared that she would go with him. He looked at his daughter, gently stroked Shirin's hands and said that he could not allow his special baby to live without her parents for two months.

- 'Zarrinochka would miss you, don't you feel pity for her? Look how sad she's become; she doesn't want you to go', he told his wife tenderly.

- 'And I don't want you to go,' Shirin said sadly. 'For some reason, I feel worried.'

- 'Well, it's not the first time I've had to go! I traveled for many years and everything will be fine. There's no need for you to worry, my dear. You now have our daughter. Together, you'll be happier, because you won't be so lonely'.

He left, and within a week, a revolt broke out in Dushanbe. Huge crowds of people gathered in two squares in the city centre: some of the people demanded a change of the government, while others called for an Islamic state. This confrontation resulted in a civil war, a fratricidal war.

Shirin became worried about her husband, from whom there was no news. She even wanted to go to the archaeological site, but we dissuaded her. She was in a state of despair, as if she sensed trouble.

One day she dropped in to grandmother Matryona and told her that she was still planning to go to her husband. Grigory Semenovich came up to her, hugged her and said down quietly, with a friendly reproach:

- 'Look here, you would be entering an area far away with no notion of what's going on there. Let's assume that the worst happened, and you were unable to leave. Look at your daughter; do you want to make her an orphan? Do not think about anything bad and wait! Never, do you hear, never despair: such love like yours and Farhad's does not die. It lives on, no matter what'.

- 'In the night, I had a dream, in which he calls me loudly, and my name echoes through the mountains. It is evidently a sign', she said. 'Uncle Grisha, you're right, I'll stay at home and I will pray to Allah that my husband comes back'.

- 'Calm down, my daughter! You have to pull yourself together and not upset your baby. Is she to blame for anything? See how sad Zarrinochka is, even her face looks haggard. Take care of her and keep her happy. Children, after all, are like blotting paper, they absorb everything, and if the atmosphere is tense, they too feel bad and can fall ill', Matryona Ivanovna explained to her neighbour.

- 'I feel restless! But you're right. I know that I shouldn't dwell on one the worst that could happen, but my heart knows no laws. I can't help it, but I'll try, 'replied Shirin softly. She kissed her daughter and returned to her home.

Two weeks passed. It was as if the whole yard was living under martial law: we were constantly aware of the sound of gunshot and terrible rumours spread like wildfire. Our menfolk, headed by Grigory Semenovich, took turn in guarding the yard at night; sitting on the couch behind closed gates, ready to protect their neighbours from intruders. We all questioned with horror, the reasons why our people were fighting each other and struggled to comprehend the senseless civil war, in which brothers were fighting brothers and sons were fighting their fathers...

They say bad news flies like the wind. And it's certainly true. A young fellow from the Institute of Archaeology came to the gate one evening and asked to see Shirin. Grigory Semenovich felt that something was wrong. He checked the man's documents, led him to the couch and began to inquire about the reason for his visit.

- 'My name is Parviz. I was a cook on the expedition. A week after we'd arrived, we learned about the trouble in the capital. Farhad-aka was terribly worried about his wife and daughter. We soothed him as best we could. He loved his family', the young man began his story anxiously.

- 'Why are you talking about him in the past tense? Just tell me what has happened.' Grigory Semenovich interrupted him.

- 'The next morning I went down to the river to fetch some water and heard gunshots above the bank and Shirin's name echoing loudly from the mountains,' Parviz continued, wiping his tears, 'I slowly crept up the bank and saw a black jeep full of armed men, leaving the parking space. I immediately sped to the excavation site where I was confronted by the sight of dead bodies. Farhad-aka was amongst them. We were all due to return to Dushanbe the following day. But the road had become dangerous, and I was only able to reach the city last night, thanks to the help of good people.'

- 'I must break the news to Shirin', Grigory Semenovich sighed sadly, and went to his neighbour's door.

Grandmother Matryona and I hurried after him. The door was not ajar. Shirin and her daughter were getting ready to go for a walk. Grandmother Matryona embraced Zarrina, picked her up, and without a word, took her away. Shirin looked at us and immediately knew what had happened.

-'No! No! Don't say anything', she wailed bitterly swallowing her tears. 'No wonder I had that dream. How shall I live without you, my Farhad? And Zarrina is still so small and has not had enough of your love, like me. Why didn't you listen to me? My premonition was right…'

I moved forward to clasp Shirin's shoulders, but she rushed away from me and ran out into the street. She saw Parviz and ran up to him.

- 'Is it you who brought this terrible news? Were you there? Did you see him? Why did it happen? Where is his body? I do not want to believe it,' she sobbed. 'Tell me about when you last saw him alive. I want to remember him alive!'

Grigory Semenovich followed after Shirin. He hugged the unfortunate woman to his chest, urging her:

- 'Cry, cry; they say that tears help. You'll need a lot of strength. You must hold on, my daughter. I know your funeral traditions. Tomorrow you'll have a difficult day, but we'll be with you. The main thing is to be strong; your love will help you. Look, they are already carrying a mourning shawl for you. Matryona will stay with you. You should get some sleep'.

- "Zulfiya', he turned to me, 'Soothe her. Make sure she sleeps. Tomorrow she will have to stand on her feet all day long'.

I ran to my flat to pick up drugs and a blood pressure metre and went to Shirin.

Men began to prepare everything necessary for Farhad's funeral, and women stayed with their grief-stricken female neighbour until it was time for her to take a sleeping pill and rest. As Shirin slept in one room and grandma Matryona fell asleep with Zarrina in her nursery, we spent the night contacting their relatives with the tragic news.

No one wishes to remember those days of mourning. All the neighbors gave their heart-felt support to Shirin and tried to console her throughout the ceremony. Grigory Semenovich, after living for so many years in Tajikistan, was familiar with all the traditions and rituals and did everything necessary. I will never forget how Shirin talked about her beloved husband and repeated the verses which he used to recite to her:

Your holy domination I admit. What more do you want?
When I sing, it's you I sing about. What more do you want?
I cast my life and death to your full disposition.
And I confirm this sign of my appreciation.
What more do you want?

- 'Farhad recited these verses not in vain, he had devoted his death to my name. As if he knew. He gave me his blood and soul in our daughter, and I will devote my life to her. Without our daughter, his death would have made my life senseless,' Shirin repeated constantly.

... Years passed. But the pain of her loss did not abate. When we met on the couch, Shirin spoke only about her husband. After his death she seemed to suddenly mature. She worked a lot, and when we criticized her for what we called her "workaholism", she replied that it helped her to forget her sadness, and added, "I want my daughter to become the most beautiful bride, just as my Farhad would have wanted."

A Bride's Song

Shirin did not marry again, although she had more than enough suitors. She devoted herself fully to her daughter. Zarrina grew up and graduated from secondary school with a gold medal. She loved books and Grigory Semenovich made his extensive library available to the girl he called his granddaughter. He told her that these books would be his gift at her wedding.

Granny Matryona knitted and sewed all her clothes, from scarves and hats, to dresses and coats. Zarrina dressed modestly, but always looked classy. She enjoyed housework and could cook, sew and prepare jarred preserves by following Matryona's recipes. She went on to study Medicine with the goal of becoming a cardiologist. Shirin worked a lot but every summer, took her daughter on holiday and sometimes invited grandmother Matryona to travel with them.

One day, when Zarrina dropped in to her 'grandparents' house for another book to read, Grigory Semenovich took her aside and trying to sound casual, told her:

- 'Well, granddaughter, now that you have your diploma it's time to think about getting married. Mama has been dreaming about this joyous event all her life and we all want to see you happy.'

- Once I start working, my mother's life will be easier. I want her to rest. And I'm looking forward to buying her a nice gift with my first pay cheque. Meanwhile, marriage can wait,' replied Zarrina said merrily.

- 'Marriage wouldn't interfere with your plans. Have you got a boyfriend? Please, don't leave it too long! I am already old and fear that I won't live to see that happy day,' he continued.

-'You'll live for a long time yet and will be here to lead me to the altar! You know that nothing would make me happier than having you give me away like a father. And I do have a suitor who wants to marry me: he's a fellow student. He is so shy that he walks around in silence but his eyes say everything and I know he loves me as much as I love him,' confessed Zarrina.

- 'Then what are we waiting for? Let's get ready for a wedding!' Grigory Semenovich announced gladly.

When Matryona Ivanovna told me, I was delighted and we both felt like one of our relatives was getting married. It goes without saying that Shirin had known all about this young man and met all our glances with a smile. A week later, the two men came to seek in her daughter's hand in marriage, and an agreement was made.

On the day of the wedding Zarrina entered the room on the arm of grandfather Grisha and much to the surprise of her guests, suddenly moved up to the microphone. The music began, and the bride sang a song about her wish that her one and only beloved could give her the love and care that her father had been unable to provide. She requested that he love her as much as her mother; the woman who had devoted her life to her daughter, and who was now passing her into the hands of her future husband. The song sounded like a love poem about the life shared by Farhad and Shirin.

Zarrina's pure, clear voice as she sang her own emotional lyrics conquered the hearts of her listeners. The whole room was racked with the sound of sobbing. And her betrothed too, could not hold back his tears as he held her in a tight embrace in front of all their guests. It was all very moving but totally unexpected: Traditionally, our brides sit silently with their heads lowered and do not even touch their food throughout the whole wedding ceremony!

How Shirin rejoiced at her daughter's happiness! She congratulated the young couple on behalf of herself and her beloved Farhad, as if he were at their sides.

She danced tirelessly: there was not a single guest who missed a dance with her. And when it was the time for the newlyweds to take to the dancefloor, Shirin picked up the microphone and addressing the bridegroom, announced:

- 'I want you to love Zarrina as my Farhad loved me!'

The entire audience gave her a big hand.

Swan Fidelity

Two weeks after the wedding Shirin decided to go to her relatives for a month, leaving the newlyweds alone. She requested that me and Grigory Semenovich support the young couple, if they needed any help.

- 'Have no doubts that all the neighbours will take care of your children,' we responded in unison. But they were not born yesterday and are already quite self-sufficient. Go and enjoy a break, Shirin. We'll all be waiting for you when you get back'.

I noticed that Shirin seemed unusually distracted. She listened, but her eyes were fixed somewhere to the distance. Together with the young couple, I went to escort her to the car and suddenly felt that she was saying goodbye to us forever. I was alarmed.

- 'Can I go with you to the airport', I asked her.

- 'If you want to, Zulfiya; yes please, I'll be glad if you did,' Shirin responded, as if she had been waiting for such an offer.

- 'But you didn't let us come!' her daughter interrupted with a slight reproach.

- 'I do not want to prolong our goodbyes; otherwise, I'll probably start crying. I'm leaving without you for the first time but promise that next time; we'll visit the family together. But for now, you should be thinking about your new life together,' she added as gently as always.

On the way to the airport Shirin was silent, deep in thought. I didn't interfere. But just before boarding the plane Shirin confessed that she was terminally ill.

- 'Well, what is it? I am a doctor, you should have told me about it,' I exclaimed, a little indignant.

- 'No, Zulfiya, I wouldn't even have told you now; if you weren't as close as an older sister and I thought you'd understand. I was given the diagnosis right before Zarrina's wedding, and the doctors made it clear that it was too late for a cure to be found,' she explained sadly.

- 'It is never too late for a second examination; don't talk nonsense. Anyhow I won't let you go! We'll go to the hospital!' I began to persuade Shirin.

- 'I want to be with my beloved Farhad. He is waiting for me. My daughter has restrained me for so many years, and I had to live for her sake. But as soon as I learned about my illness, I knew that I would soon be with him. I am not afraid of anything. Now I need to see my family and make enough time to say goodbye. And please don't worry or say anything to my children,' Shirin smiled, hugged me and went to check in.

I returned home heartbroken. I went to Grigory Semenovich. He had recently buried his Matryona Ivanovna, and the house was clearly lacking her warmth and her woman's touch. The news of Shirin's incurable disease was another blow for the old man.

- 'There is nothing we can do to help her and there are no remedies, as long as she is determined to leave us for her Farhad. This is true love! One should write a poem about this feeling. How has she lived all this time? Her troubles and bitterness must have been eating away at her from deep within. And this disease is the result of her nerves suffering from mental turmoil'.

Grigori Semenovich sadly replied, "It is better to die when you want to live, than to live up to the moment, when you want to die," Remarque was right. I would gladly go to my Matryonushka but as for Shirin, she ought to live and want to live ...'

It was the first time I saw him crying. This powerful man, who had endured so much during his long life, did not restrain his tears. I felt choked with pity for the old man, who had become a father to us. As a physician, I feared for his heart, hit by so much of grief and trouble.

No one in the yard knew why we so anxiously awaited Shirin's return. My husband interrogated me about why I seemed so sad and depressed and I told him everything. He also began to worry about Zarrina with her husband, because of the hard times ahead.

We did not manage to meet Shirin at the airport: she was taken directly to our hospital by ambulance. I worked in an adjacent building and went straight to her. She was very pale, very thin. It was evident that she was waiting for me. Taking me by the arm, she pulled me closer and quietly told me that she wanted to see Grigory Semenovich. We looked at each other and Zarrina, who holding back her tears, smiled as she told her mother about what she had been up to. She did not want to let Shirin out of her sight for even a second.

I called Uncle Grisha, and he quickly came to the hospital. Shirin sent her daughter to buy a bottle of mineral water so that she could be left alone with her favourite neighbour. Then she summoned me close:

- 'I have little time left, so I would like to talk about my last wish. You're like an older sister to me and I feel that it would be difficult for my daughter to arrange my funeral. I do not want any weeping and wailing: it will be a happy day for me, when I am finally reunited with my beloved Farhad. I know you will see that everything is as it should be,' Shirin spoke very calmly and with weakening fingers, stroked Grigory Semenovich's hand, and then mine.

The funeral ceremony was very modest. No high-profile speeches and plaintive laments. Everyone knew that this was the last request of the deceased. It was painful to look at Zarrina when she was saying goodbye to her mother. Shirin was buried next to her beloved Farhad.

Forty days later, Grigory Semenovich invited me to go with him to visit Shirin at the cemetery.

I was surprised by the beautiful way her burial place had been decorated within such a short period: there was a neat fence with young fir trees at each corner and a black tombstone engraved with intertwined doves.

- 'It was you, Grigory Semenovich, who called them "doves". How beautiful this is!' I said softly through my tears.

- 'Zulfiya, do you remember, that before she died, Shirin asked to talk to me? She told me that she had brought the stone from the Pamirs and had kept it for years in her garage since the religious hypocrites had forbidden her from erecting a stone carved with living beings on her husband's grave. So I was put in charge of the engraving and placing it here.

It's as if were her swan song ...'

-'You have done well indeed! I believe that their souls are now reunited and are happy to be together again. After all, this kind of love never dies.'

As if confirming of my words, two doves began to coo on a nearby fence and we both smiled.

- 'You have also inscribed the words of our favourite Remarque on the stone: "We will never forget each other, but we'll never return each other," It is as though he had written that about them!' I added in astonishment.

- 'No, it is not about the dead. I have inscribed these words for the living; as a cautionary piece of advice to cherish and to love each other', he said.

As we made our way home from the cemetery, a long flock of white swans flew across the sky. We watched them for a long time. And it felt as though they were waving their wings to us and singing a song about true love.

Part VI

MARVARED THATCHER

An Iron Aunt

The family of a quiet and humble university professor, Karim Haydarovich , occupied a flat on the first floor above Zebo's apartment. His wife was a business woman and worked as a Secretary for the District Communist Party Committee. Her name was Marvorid, meaning 'pearl' in Tajik. But after a while, Grigory Semenovich began to call her 'Marvared Thatcher' with the stress on the first "a". She really liked the comparison, and was even proud of her new "name."

The neighbours rarely saw Marvorid. Party activity, as you know, does not follow standard working hours. In the mornings a car carried her to the office and in the evenings it brought her back home. Sometimes she had to go away on long business trips, but nobody ever saw Marvorid looking tired. She was always formal and her smile was polite, rather than friendly. And we soon got used to her demeanor.

Her little daughter Nigina was always accompanied by her father and was never allowed out alone. She had girlfriends in the courtyard and often invited them home, but she never went to their houses. Karim Haydarovich was a thrifty man and didn't seem to mind being left to run the household. The couple was very unusual: they were both born in the same city and had lived in the same neighbourhood, but they acted as though they came from different planets. He was friendly and open whilst she was selective in whom she spoke with, perhaps a legacy of her official status.

When her husband's relatives came on to visit, Marvorid, citing her busy schedule, went out, leaving them at home. She arrived home late, when everybody had already gone to bed. Her key focus in life was her work and she would not allow anything to interfere

with her career. Sometimes the relatives came out to sit with us in
the yard and often complained that they would be going home having hardly spoken with her. Her mother-in-law felt both offended
and worried by her, but was afraid to utter a single word.

As a lover of truth, our mentor Grigory Semenovich could not
resist asking Marvorid:

- 'What makes you show such disrespect for your relatives?'

- 'Sorry, but it isn't your place to interfere in someone else's
personal life', she answered politely. But it was obvious that the conversation was not to her liking.

 Her mother-in-law stopped visiting them, and when we asked
her why, Marvorid responded that in fact, she often visited her relatives when business took her to the area where they lived, and told
us that her mother-in-law sent us greetings.

From then on, Karim Haydarovich and his daughter spent their
summer holidays with his mother and other relatives, whilst his wife
used her Party vouchers to fly off to some off to some luxury resort.

In those years the "Volga" was the best car in the Soviet Union and the reserve of high-ranking officials. And our Marvorid was
one of them. As soon as she had exited her "Volga" and majestically
walked into her home, the yard kids would approach the car and
glued with interest, examine every part; arguing, clapping its bonnet
and begging the driver to be allowed to sit behind the steering wheel.

But on one occasion, Marvorid saw her driver invite the children into the car and proceed to take them for a drive to the gate
and back. She turned as pale as a ghost but Madam did not make
fuss. Instead, the driver was immediately replaced by a stricter man
of few words, who forbade the children from even approaching the
car! From that day forth, our neighbour was nicknamed 'iron aunt'
by the children, and the adults started calling her 'Marvared Thatcher' - the way Grisha did.

Swarms from the Iron Aunt

When Zebo lived on the ground floor, she often complained that she could not get rid of cockroaches.

- 'You should look around the basement; perhaps someone is storing food in there,' I advised her.

- I think Zulfiya that the problem is more serious and we should call upon people from Sanitary and Epidemiological Sanitary and Epidemiological to clean all the apartments leading off this entrance,' interjected Grigory Semenovich said. 'Marvorid is our party leader, so let's ask her to find us the right people to talk to.'

We decided to approach Marvorid that evening to assist with finding a solution to the cockroach problem but for some reason, no one wanted to talk to her. So Grigory Semenovich sat on a bench in front of the entrance and waited for her return from her office. When Marvorid arrived, he immediately called her over and conveyed the neighbours' request.

- 'Of course, Grigory Semenovich, I'll organize it. I too, am tired of these cockroaches,' she answered politely. 'But all the neighbours would have to find somewhere to stay for a couple of days after the area has been treated with chemicals. Would everyone agree to that?'

Whether it was because Marvorid could not negotiate terms with the tenants, or forgot about the Sanitary and Epidemiological station, the cockroaches continued to reign. The neighbours therefore took matters into their own hands and sprayed their apartments with 'dichlorvos' before closing them up and spending the day elsewhere.

Marvorid did not want to get involved and instead, spent the weekend with her family in her department's country house in a picturesque gorge in Varzob. The cockroaches disappeared for a while but Zebo soon found herself battling against them once again.

Later on family problems arose and she had to spend time with her relatives. Her absence coincided with Farhad and Shirin moving into their apartment. Being house-proud, Shirin tried to find the source of those cockroaches, and discovered that they were coming from the apartment above theirs. So she asked Farhad to speak to Karim Haydarovich.

When Farhad approached Karim about the problem and the need for their apartment to be treated he was told:

- 'I'm afraid it will need to wait. My wife is worried that our daughter will be allergic to the chemicals and she doesn't return from her business trip in Kurgan-Tube until next week. Perhaps we could deal with it then and I could arrange to take my daughter to visit relatives?'

- 'I would like to offer my help,' suggested Shirin, 'As a woman, I am likely to be more aware of where the cockroaches are hiding. I have a mask and would gladly come up right now and apply the spray. And don't worry about Niginochka; she could stay outside on the couch with bibidzhon.'

-'That sounds fine,' agreed Karim Haydarovich.

So that was that. But what happened next can barely be described in words. Shirin could never have imagined the sheer vastness of the swarm of cockroaches that appeared in that apartment! Children singing in a choir outside, missed their lines as they tried to count them.

- 'Karim Haydarovich, how on earth could you live with this?' exclaimed Shirin 'Perhaps that is why nobody comes to visit?'

- 'My wife has no spare time to deal with this and moreover, she is afraid for our daughter. I struggled to sort it, little by little, but in the end, was unable to cope,' replied our neighbour, adding, 'but you now need to go and disinfect your own apartment. So, please excuse me, my dear.'

- 'Don't worry, we will conquer this army! One day, they'll disappear, even though they are the most tenacious creatures in the world,' Shirin was flushed after her difficult task but feeling pity for her neighbour, tried to remain cheery.

The boys in the yard laughed as they showed everyone the mounds of insects which had been dispersed in the yard but were called up by bibidzhon, who quietly explained that it was not good to laugh at other people's troubles. And she also reiterated the importance of cleanliness and neatness. The boys lowered their heads as they listened to her advice, promising to be better behaved.

Thereafter, Shirin and Karim Haydarovich disinfected the area every six months and the cockroaches eventually disappeared.

Marvorid, of course, knew about all this, because the children could not be kept quiet. But she pretended that it had nothing to do with her and once even boasted that the cockroaches had left of their own accord since her house was too clean!

Shirin answered with laughter,

-'They were probably afraid of your iron leadership.'

The neighbour did not take offense at Shirin's remark and turned the conversation into a joke. The children giggled about the 'iron aunt's' swarms of cockroaches for a long time but were careful to hide their remarks from bibidzhon's ever watchful eye. The 'storyteller' shook her head reproachfully, hiding a smile in her wrinkles.

An Iron Horse

According to my observations, Marvorid's greatest pride and joy was her Volga. Later on, some of the neighbours began to buy cars such as the Moskvich and Lada, but most used Zaporozhets; workhorse vehicles which suited their everyday needs. Grigory Semenovich received a new one from the authorities, every seven years but because he didn't like vehicles, he never even sat in his car.

But the beautiful, snow-white "Volga" was in a class of its own! It belonged to the State but still, the children could not understand why they couldn't touch it and were persistent in their pleas:

- 'But why can't we take a ride in your car?'
- 'Why can't we steer the steering wheel in the cab?'
- 'Why don't we change the wheels together?'

Sometimes they asked those questions in Marvorid's presence. She answered proudly and with restraint:

- 'This is a State car; it must be well-preserved and I'm responsible for it!

- 'If I am your iron aunt, then this is my iron horse,' she once joked.

And when, for some reason, the car did not appear in yard, and Marvorid had to use duty vehicles, the children asked:

- 'Where is your iron horse? Did it turn to rust? Or has it been given away for scrap? Or maybe it got offended and ran away because you never let us near it?'

-'No, doctors are examining it so it doesn't become ill,' she joked in response.

When new versions of the Volga appeared, Marvorid's car was changed, but it was always white.

- 'Our iron aunt's got a new iron horse,' the boys were always the first to carry the news into the yard.

There was one day when we were all sitting on the couch drinking tea and listening to plans about a neighbour's son's wedding. The neighbour, known as 'Auntie Gold Embroiderer', suddenly sighed and declared:

- 'I'd love my son to go his bride in a white Volga!

Do you think Marvorid could be persuaded to lend her car for at least half a day?'

- 'Oh: She wouldn't even give us snow in winter!' replied Shirin, who never gossiped about anyone.

- 'Why don't you mention it to Uncle Grisha: She would listen to him,' I suggested. 'After all, he's always happy to help anyone out.'

- 'Marvorid would hardly agree to lend her car,' Lola doubted. 'What if it affects her career? And she never gets involved with any of us or participates in celebrations in our yard even if she lets Karim Haydarovich join in.'

- 'But perhaps Grigory Semenovich knows a way? Aunt Matryona: is he at home?' asked the mother of the bridegroom.

-'Yes, he's at home, has just come back from the veterans' store,' said Matryona Ivanovna, 'I'll call him.'

Grigory Semenovich listened to us and agreed to talk to Marvorid. He left, and we sat waiting to hear the outcome. When he returned, it was clear that the conversation had not been a success.

'Strangely, she did not even invite me into the apartment and I had to explain the reason for my visit, standing on the stairs. I spoke about the car and the wedding, but she glowered at me so intently, that I felt quite scared.' Our neighbour made a helpless gesture, 'It was as if my simple request had deeply insulted her.'

- 'Do not worry, Grigory Semenovich', I began to comfort him. The poet Mirzo Tursunzade said about such people:

"The speeches of some people do not contain a thought,
Like there is no strength in wings of a wounded bird. "

Auntie- Embroiderer in Gold' became sad, but Grigory Semenovich decided to go to the district Party committee and talk to the First Secretary.

The next morning, he dressed in his uniform with all its medals and went on 'assault'. He came back happy and cheerful. The Party Secretary had promised the veteran a car for the whole day; long enough to register the marriage and then travel on to the wedding reception. So the bride and groom would arrive at their wedding after all, in a white Volga. Everybody was happy and forgot all about Marvorid. Only our kids, out of habit, made jokes about the iron aunt's iron horse being too lame to attend the wedding. Poor thing!

I recollect those years with a smile. Nowadays, one can rent ten Mercedes at once and in any colour; but everything was very different then. The young generation of the 21st century can hardly

believe such situations but any of my contemporaries will confirm
that that was how things were...

One Must Learn To Lose

Years passed, and the Reformation period began. Life was seemingly
changing for the better. Imported goods appeared on the shelves of
shops. Various public organizations, committees and parties were
formed. Freedom of speech was allowed, and many leaders understood that as freedom of action. They believed the new slogans, almost all of them, and what that led to would become clear later. Our
country, that mighty power – the Soviet Union - collapsed, and the
Soviet Republics began to assert their right of self-determination.
And in Tajikistan a civil war broke out.

At district committees and city committees officials began to
think more often about what to do about the new trends. Many
Communists simply abandoned their Party organizations, and others suddenly became Democrats. I was not interested in politics,
considering it a dirty business! Doctors are always busy regardless of
conditions imposed by changes made by the State; to say nothing of
our Republic in with its large families.

For my neighbour Marvorid, a Party functionary, this was the
start of hard times. It was evident that she tossed about in confusion.
Grigory Semenovich, after the incident where she refused to lend
her car for the wedding, only answered her greetings out of courtesy.

One day, as I was returning from hospital after performing an
operation, I was surprised to see our Marvorid on foot. When she
saw me, she gave her usual polite smile but failed to hide her sadness.

- 'Well, here we are: everything has been taken away and posts
are being cut. Despite working for so many years, I am now deemed
redundant.' Marvorid unexpectedly poured out her troubles.

- 'You are a graduate of the Polytechnic Institute and hold an engineering degree. With these qualifications, you'll find a good job', I replied.

- 'There are no jobs in my profession, I have already inquired,' Marvorid responded, surprising me.

- 'That can't be true: Especially with your network of contacts. After all, you've supervised so many industrial projects. Maybe you're looking for a higher position?' I probed. 'You've been used to being a leader for many years. It is difficult to start all over again and climbing to the top, step by step.'

- 'I understand the situation Zulfiya, but I cannot accept it. I was confident that my former life as a Party official would last forever. Who would have thought that such things could happen?' continued my female neighbour, 'I've always been strict in my adherence to principles, and people did not think much of me because of it. Now I feel that I am responsible for everything.'

- 'Do not despair; you have a wonderful husband and a lovely daughter. And now you have time to engage more fully your family. That is the best work for women, and the most important kind.' I wanted to cheer up Marvorid.

-'Oh, no! I'll never be a housewife; it's not for me. I have never been unemployed for a single day and didn't even take maternity leave,' she snapped as she walked away.

A few days later we learned from neighbours that our 'iron aunt', had returned her Communist Party card, joined a new party and secured some low-level post. But she no longer had a departmental car.

In those years, the entire city was flooded with old foreign cars and cars manufactured in Uzbekistan. And if a while ago, a Volga had cost the same as a big house, a second-hand car now sold for next to nothing. So there were changes in material as well as ideological values.

The next evening we were sitting on the couch as usual when, for the first time ever, Marvorid came up and sat down modestly on the edge. We looked at each other in surprise.

- 'Good evening!' she said. 'Why have you all suddenly gone silent? Were you talking about me?'

- 'Do you think that we gossip on the couch just because of we're idle?' Lola said.

- 'This is not the party committee, Marvorid, where we meet to discuss someone. The couch is like a club for us. And we come here, not to joke, but to share family problems and help each other.'

You don't even notice that bibidzhon tells fairy tales to our children here' I added.

- 'And I love to embroider sitting on this couch in the daylight. My eyes do not get tired by the blinding sun because the trees provide shade,' Auntie Gold Embroiderer continued.

- 'Well, isn't it impossible for women not to gossip about someone?' Marvorid retorted, 'I cannot believe that you never bitch about your neighbours here! That's why I've never sat with you. Sorry, if this is not the case.'

- 'We are all hard-working women, not lazy-bones, and we have never had time for idle chat. On the contrary, we've always tried to help each other any way we could. Advice and support from bibidzhon, Marfoa and Grigory Semenovich have taught and continue, to teach us now to live and not be afraid of difficulties,' stated Shirin.

- 'But they say that when the two women meet, they discuss the third, and three women will discuss the fourth, and so on.' Marvorid tried to justify her position.

- 'Well, I can tell you that my Matryona and bibidzhon Marfoa have never allowed themselves to stoop to such nonsense,' added Grigory Semenovich as he entered the conversation.

- 'You, Marvorid, thought that you were engaged as the most important person in your district Party committee. And you were no doubt very useful. But look around you! Here are Zulfiya and Lola who treat and teach children; jobs for which they are loved and respected. And the same holds true for many of our neighbours. But what about you?! We watched you leave in the morning and return each evening without a single thought for anyone else. You've had numerous opportunities to offer valuable assistance to your friends, relatives and neighbours, but have never acted upon them. So it's not surprising that no one will remember you or speak kindly of you.'

- 'Yes, of course, I missed a lot. Many people, occupying positions like mine, acquired apartments and cars, gardens, and cottages. Yet despite all that, I found that within this yard, I had nothing apart from neighbours who hate me.' Marvorid began to cry. 'I have lived an honest life and have not allowed either myself or anyone else, to steal state property.'

- 'And what do you have to grieve about? Does poverty torture your family; do you have seven children sleeping on the floor of your home? So what if you've not managed to obtain a lot of private property like your peers. That's nothing! Far worse is your failure to acquire even a drop of human sincerity,' Grigory Semenovich said quietly. 'I nicknamed you "Marvared Thatcher" and the children called you "iron aunt", and you liked it. But have you ever stopped to wonder why they didn't call you affectionately "Auntie Marvorid"?

- 'I've no option but to move out of this house; far away from your couch. I feel like a black sheep amongst you,' the neighbour stood up abruptly and walked to her door.

The 'iron woman' still understood nothing. Pride nagged at her, and her sense of seeing herself forever as the injured party, blurred her eyes like a veil.

After that, we saw Marvorid very briefly; in the morning when she went to work and in the evening, when she came home. She never spoke to any of her neighbours in the yard again...

Then social unrest arose in Dushanbe, which turned into the fighting, and the Karim Haydarovich's family decided to move to relatives in a regional city. When leaving, he said goodbye to Grigory Semenovich. He looked upset and complained that his wife no longer wanted to remain in the capital.

- 'Take it easy, Karim. When you arrive, write us a letter. And remind your Marvorid of the words of Remarque: "You must learn to lose, otherwise it is impossible to live".'

Part VII

A BEAUTY AND CONFUCIUS

Lyubasha

In the two blocks at the sides of our yard almost half the neighbors turned out to be either Russians or Russian-speaking people. In our multinational Republic neither indigenous Tajiks, nor any of the others had ever thought to segregate into groups of natives from southern and northern regions. The Tajiks did not mention the differences between clans, tribes and castes - that was out of the question. We were divided into good people and the not so good.

On the second floor of the opposite block, lived the family of Vladimir Pavlenko, an engineer. His wife Lyubov Vladimirovna, or Lyubasha, as we affectionately called her, astonished everybody with her cheerfulness, intelligence and kindness. She had a great sense of humour , knew a lot of jokes and told them well. . For her affection towards a Chinese philosopher and a sage, we nicknamed her 'Ljubasha-Confucius'. And we learnt by heart, her favourite quotation from Confucius: "Beauty is in everything, but not everyone can see it".

Luba worked in a Publishing house as the chief editor of books printed in Russian. At that time in the Soviet Union, sharing good books in exchange for rough paper meant that recycling was widely practiced. People collected cardboard boxes, old wallpaper, newspapers and magazines and in exchange, acquired treasured books.

The Pavlenkos had a son of pre-school age, called Sergey and Bibidzhon Marfoa loved the boy the minute she saw him. To her, his name sounded consonant with the name of her husband Sirodzh, whom Russians simply called Seryozha. She constantly stroked his head, glad that such a smart boy was growing. Seryozha liked to read books, and the boys in the yard respected him for this and for his prudence, cheerful disposition and sense of justice. He knew how to resolve the boys' disputes by peaceful means, rather than by fighting.

- 'Lyubasha, do you give all the books you publish to your son to read before they're even in print?' Grigory Semenovich joked.

- 'Not all of them; he's still too young for some of them. I think that Seryozha might like to enroll in the Literary Institute, so he needs to learn the basics. He has already started composing verses.

-'And you are a real jack-of-all-trades: you don't work regular hours although you find it pleasurable, the child is well-bred, the house is clean and tidy. You are always fashionably dressed; you sew everything yourself. Isn't that hard for you?' Grisha inquired once.

- 'Confucius said: "Choose a job to your liking, and you won't have to work a single day in your life." And I because I like the business, I don't get tired.' Lyubasha replied cheerfully.

All was well in her family but we sometimes noticed Vladimir becoming jealous of his wife for no apparent reason. Lyubasha was a real "culture-vulture", and tried to go to the theatre, cinema, a concert or an exhibition whenever she had any spare time. She wrote notes and reviews about cultural events for a local newspaper and was known and respected by all cultural organizations. She was constantly invited to premiere performances but was rarely accompanied by her husband. Lyuba made everything into a joke, but she never missed any cultural event.

She was not very tall, and was very charming: her upturned nose, straight teeth and beautiful big blue eyes fascinated everyone. Grigory Semenovich called her 'an actress" and 'a real Russian beauty'. Her husband was tall, fair-haired, blue-eyed and handsome and so the yard nicknamed him 'Alain Delon'. In any other scenario, it would have been Lyubasha, who felt jealous of her husband but with the Pavlenkos the opposite was true. Gradually heavy dark clouds thickened over their untroubled life.

We Accept Tips in Drops, but Distribute Them in Buckets

Ljubasha didn't sit on our couch very often: she was always pressed for time. But whenever she appeared her sparkling humour and infectious laughter made us so merry, that we were all in stitches. And Grigory Semenovich said:

- 'With you, Lyubasha, we rejoice in life! Do you see, that because of your laughter all the neighbours have opened their windows to they can listen to and envy, your joy. And even more so, because sometimes our bibidzhon's heartbreaking stories can make people depressed.

Shirin always sat close to her. And I must confess: Lubov Vladimirovna told excellent stories about the premieres and all the all famous Russian and Tajik actors, art-directors, playwrights, musicians and artists whom she knew and respected.

Everyone also admired Lubov's dresses which she made from patterns in the famous German magazine "Burda Modern". As she set off to walk to concerts and performances, she was so beautifully dressed, that all the neighbors came out for a look at what she was wearing. Her thick wavy dark-blond hair did not require any special care; all it needed was a quick brush for her to look as if she had been at the hairdresser's.

- 'Are you going the theatre alone today?' Shirin asked her once, 'Why doesn't Vladimir Sergeyevich go with you?'

For Shirin such a deviation of interests in a married couple was incomprehensible because she was never apart from her Farhad.

- 'My dear Shirin, Vladimir Sergeyevich is busy at work today but I'll probably meet him at the theatre. And next time, we'll take you along,' Lyubasha replied cheerfully. She waved to her son and added, 'Soon my little gentleman will grow up, and we'll also take him.'

Suddenly Luba's spouse bumped into them.

- 'Oh, you scared me!' Shirin cried, 'You seemed to appear from nowhere!'

- 'Well, is it possible? Are you drunk again?!' Luba indignantly asked her husband.

- 'Well, each to their own: you have your artists and I like to have fun with my friends,' he said reproachfully. 'You're all dressed up; are you running off to see them again? You know I don't like it.'

Lyuba asked Shirin to leave so that she could talk to her husband in private.

- 'So, now you're feeling ashamed? I advise you to spend more time with your family and less on your alleged "cultural activities",' Vladimir said with a grin, 'In the evenings you should stay at home.'

- 'Any more tips, dear? I'm running late! You go home and get some sleep, and when you're back to your normal self; then we'll talk.'

- 'You should obey the head of the family! It wouldn't hurt you to be alone now and again. A woman's place is at the stove, next to the children and in bed with her husband, okay?' he blurted out roughly.

- 'Yeah! Confucius must have been thinking of people like you when he wrote: "We accept tips in drops, but distribute them in buckets", Ljubasha retorted. 'And don't try to scare me, because you know I don't like scandals.'

Shirin, bewildered by the scene, watched silently as the spouses went off in different directions: Lyubasha went to the theatre and Vladimir went home to his son. He loved Seryozha but his son was a little afraid of him. The child already understood a lot of what was going on; he urged his father not to drink and stood up for his mother.

The Astronaut on the Second Floor

Every Sunday I arranged a big washing because I did not like to take linen to the laundry. Fortunately, we had washing machines with spinners and I hung the washed linen in the yard, in the area which the men had made specially. Some of my female neighbours even washed their carpets and dried them on a metal bar outside.

That morning even before I had brought the washed clothes into the yard, I heard the screams of children:

- 'Uncle Volodya has crashed! He has fallen down from the second floor!'

I threw down my buckets of linen in the hallway and ran out to the yard. And there indeed, lay Volodya under a tree next to the lawn, clothes torn and body bruised.

- 'Quickly bring me some water!' I shouted to the boys as I bent to listen to my neighbour's heart. Both his pulse and heart rate were normal but the smell of alcohol was so strong that I almost choked.

The children brought a bucket of water and I splashed it over Volodya's face. He woke up, sober after his "flight" and stood up, grunting and swearing. He then shook the dust from his clothes and as if nothing had happened, went to his door.

Lyubasha was not at home. She and her son had gone on holiday to her mother's in Voronezh. She was very disappointed that for the first time, Volodya had refused to join them. Every year they took a holiday together, so that Seryozha could be left with his grandmother. Then, at the start of the new term, one of them would go and collect him..

- 'Volodya!' I called out to him, 'let's go to A&E: you flew from the second floor and should be examined.'

- 'It's all right, Dr. Zulfiya, I'm not in any pain!' He even tried a sailor dance, and added, 'If I feel anything, be sure, I'll come to you.'

The neighbourhood children were too excited to keep quiet and ran about making a merry hubbub:

- 'The first astronaut from Tajikistan has landed in our back-yard!' one of them shouted.

- 'A triple somersault from the second floor was executed successfully!' another reported.

- 'A hero in our yard has achieved a world record in tower training!'

- 'It should be entered in the Guinness Book of Records!'

Gawkers even rushed from other yards to see what all the commotion was about. But Grigory Semenovich quickly reassured everyone and they were told to disperse.

I sat down on the couch. I could not calm down, because my first thought was that Volodya had died. Grigory Semenovich sat down beside me and asked:

- 'Why are you so pale? Scared?'

- 'Oh, I'm sorry for Volodya. What a good kind of guy he was and now look what's happening to him... Today God pardoned him, but next time everything may come to an end,' I said anxiously.

- 'There is a true saying: fools and drunks are lucky, they fall safely through anything. Anyone else would have been broken, and this one just cleaned off the dust off and went home.'

- 'Uncle Grisha, we've never had cause to worry about that family. Such a nice, loving couple and as for their son; he's his parents' pride and joy! Why can't anything in life be perfect? Why does love fade?' I expressed my disappointment.

- 'Men have it easy these days; they have far less responsibility. You know about my difficult life, Zulfiya. I've seen so many terrible things that it would not have been surprising if I'd started drinking and gone crazy.' Grigory Semenovich said sadly, 'Could I have broken down? Yes, of course I could! But you can see that I survived even though I'm "Gri-Grief"!'

- 'Oh, I mustn't forget to hang out my washing!' I had bare-ly uttered these words when Grigory Semenovich pointed to the clothesline. And there were the boys, pegging out my sheets and duvet covers, helped by my husband.

Rumours about the astronaut's flight gathered momentum and ridiculous details were added to the story. But I was not amused: whenever I thought about that incident, my heart clenched...

Lyubasha worried about her husband, but did not offload her problems onto anyone. I saw how hard it was for her and was surprised by my friend's wisdom and courage. She did not allow herself to be lowered by the scandals or gossip which made a joke of her husband. She believed that things would return to normal. In the meantime, tired of his drunken antics, she remained on holiday at her mother's.

If you Hate, it Means you are Conquered

On the evening after the "astronaut's flight" Grigory Semenovich asked us women, to leave the couch at his disposal for an hour, and invited Volodya to join him "on the carpet" (for a serious talk). I was commanded to bring a pot of green tea and stay with them.

- 'I know these characters: tomorrow he will drink again and come up with something that was not talked about. You will be my witness. Do not you mind?' he asked Volodya.

- 'No, Uncle Grisha, Zulfiya is like a sister to me,' he said.

- 'Let's listen to what Volodya has to say about his perceived state of "weightlessness"' Grigory Semenovich demanded strictly.

- 'I feel bad! I know Ljubasha never complains, and admit that I have a lot to feel guilty about! Our relationship is not like other people's. I rejoiced like a fool, when everyone started calling me handsome 'Alain Delon', and expected women to fall at my feet. I wanted Lyubasha to run after me, like my slave. I was proud of the fact that other women are ready to jump through hoops for me. Time and again, my wife amicably tried to reason with me but I took this as an insult and tried to drown my resentment in vodka.

And soon I became addicted to alcohol. I began taking things from home either as a gift for the girls, or to sell. I wasted all our money on drinking, leaving nothing with which Lyubasha could treat herself. Throughout our time together, I have never presented Lyubasha with so much as a single flower. But she is such a good person, that she would never wash her dirty linen in public. She's now at her mother's and I can't cope without her. When I'm sober, I understand what a scoundrel I am. But when I get drunk, I revert to my old ways! And I hate myself and everyone around me. I'm going to go to my mother in Kazan. She will take pity on her son, despite my unfortunate state.'

- 'If you're prepared to stop drinking and help her in her old age, then go to her,' - I interrupted him.

- 'Today God tried me: I was drunk, and whilst I was smoking on the balcony, I felt dizzy and fell. Has this taught me a lesson? I don't know. I love my son, but I bring him no joy. He already reproaches me for upsetting his mum.'

- 'Is that all you have to say? Do you want us to pity you?' Grigory Semenovich said reproachfully, 'There are a great many people who despite their sorrows or terrible illnesses, would never behave like this. But look at you; offended by the mere fact that you are not appreciated for looking like Alain Delon! Do you know how many great parts he played and how hard he worked to become famous? If he had simply relied on his looks, he would have achieved nothing! We all have to work to feed our families. But what have you achieved in your lifetime? I was grey at your age because of the terrible things and the many deaths I had seen at the Front. But here are you, filled with self- pity and crying on my shoulder like a tender girl. I question whether your vanity and self-obsession can ever be reverted!'

- 'How has Ljubasha managed to hide her suffering for all these years? I would never have guessed that things were so serious in your family. She believed in you and never said a bad word against you. Didn't that prove how much she loved you?' I added.

- 'I was a fool; I never loved anyone, but myself. And now I despise myself,' Vladimir bowed his head.

- 'If Lyubasha were here, she would quote the words of Confucius: "If you hate, then you are conquered", announced Grigory Semenovich, bringing the conversation to a close.

I watched with pity as Volodya then stumbled, shoulders hunched, out of the yard.

- 'What kind of Alain Delon is he? He resembles no actor of any worth. No; he will never give up drinking. We must speak to Lyubasha', Grigory summed up as he got ready for home.

- 'Thank you my dear Zulfiya, for sitting through that conversation. We should soon call a vote to nominate you as the new judge

- 'Only you can be our judge, lawyer and prosecutor, Uncle Grisha! But what will happen next? I am so anxious about Lyubasha. They'd better divorce. But let God be their judge.'

As I wished the old man goodnight, I couldn't help but wonder how Vladimir would sleep that night...

There is Beauty in Everything, but not Everyone can see it

The next morning Vladimir gathered his belongings and left without saying goodbye to anyone. That was the last we saw of him.

Lyubasha returned two weeks later. She was as busy as usual, rushing to and from work. There fewer concerts and performances in summertime so instead, she went for walks in the yard. She seemed noticeably sad and when we asked her why, she replied that she missed her son. The children, of course, told her every detail about the "astronaut's flight " and crossing herself, Volodya, Lyubasha exclaimed: "Thanks to the glory of God, he didn't kill himself."

I was impatient to see my friend and called to visit her so that I could offer my support. She had been expecting me and was glad to see me.

She smiled when she noticed my look of alarm when I entered

her apartment. All that remained of her comfortable, welcoming home was a sparse collection of old furniture. It turned out that Volodya, in order to amass funds for his departure and new life, had sold almost everything. But it was not that which most worried Lyubasha. She gave me his farewell letter to read.

"My dear Lyubasha and Seryozha

Never in my life, did I think that I could fall so low. I had a talk with Grigory Semenovich and understood that I cannot continue living like this nor be a permanent burden to you. I realized that this would mean saying goodbye to you, but didn't have the courage to tell you face to face..

I thought that I would achieve great things. But, it turned out that I am not even worth your little finger, Lyubasha. That's why I became jealous of your successes in life and work.

I appear to have chronic alcoholism, and with my weak-willed and unstable nature I don't think I will ever be able to resume a normal life. Even as I write these lines, my hand trembles for want of alcohol.

I apologize for selling our valuables: I needed money to buy a ticket to my mother's. If I ever earn any money, I'll repay you. If not, forgive me. I am, after all, a shameless and disgraceful husband and father.

It is you, not me, who are the true head of this family.

Vladimir."

To be honest, as an outsider to the family, I was ashamed by that letter. The content sounded right but still, I felt sick at heart.

- 'Volodya seems to feel no guilt at all, about clearing out your house! If he needed money, why didn't he go out and earn it?' I burst out, indignantly

- "Oh, to hell with all the stuff, Zulfiya! The most important thing is that I will no longer need to deal with his problems. I feel much better. I didn't think that it would be so easy to part from my husband. And it's good that there was no scandal, heated arguments or the partition of property. It is a pity, of course, that my nerves and health suffered. I thought I loved him, but he reduced everything to hatred. He could not see the beauty around him. The only thing he admired was himself,' Lyubasha said, repressing her tears:

-'I've never told anyone about my difficulties. But in the end I didn't need to : he managed to do that all by himself when he became the "first cosmonaut of Tajikistan"!' Luba smiled sadly. 'He has disgraced himself, our "Alain Delon". Thank God, Serge is with my mum, but he'll learn everything when he comes home.'

- 'Do not worry, my dear, everything in your life can only get better. And you will not remain alone. You deserve a good man,' I tried to encourage Lyubasha.

- 'But are there any?' She asked sadly.

- 'Of course, there are! The whole yard will help you find one!' I joked.

She paused, lost in her own thoughts and I left quietly.

Grigory Semenovich was waiting for me at the entrance. I told him about my conversation with Lyubasha, and we concluded that "Whatever God does is for the best".

…Several years passed. Sergei grew up. And his relationship with his mother pleased all the neighbours. And then we began to notice that Ljubasha was flourishing and looking younger. Her happy laughter pleased us more and more. Her girlfriends asked Lyubasha to reveal the secret of her second youth.

And one evening, as we sat together on the couch, she told us that she had met her soulmate. He was older than Lubasha; a widower who was kind, honest and reliable. He was the director of the publishing house in which she worked and they had been measuring each other up for some time.

- 'Zulfiya, do you remember how you said I would find a decent man?' She asked me, 'You should work as a psychic medium! It actually happened!'

- 'There was never any doubt that someone as positive, cheerful and patient as you would find someone. You deserve the greatest happiness,' I was delighted about my friend's good fortune.

- 'Lyuba-dzhon, when will you bring him to meet us?' bibidzhon asked tenderly.

- 'Yes; he'll need to pass my test!' teased Grigory Semenovich with a smile.

- 'I am fully confident that my Ilya Leonidovich will pass any test perfectly!' And Lyubasha laughed as she added; 'He may not be as handsome as Alain Delon, but to me he's the best!'

- 'And what is it that most attracted you to him?' Lola asked.

- 'He sees beauty in everything and there are few people who have this ability. Some people never look beyond their own reflection in the mirror.' Ljubasha replied, with a hint to the past.

- 'Lubash, you have at last found a mate who shares Confucius's maxim: "Beauty is in everything, but not everyone can see it."'

- 'That's right, my favourite Confucius helped here too', she confirmed, laughing.

We were all glad that Ljubasha had found a husband for herself and a father for Sergei. Grigory Semenovich became good friends with Ilya from the day they met and we too, quickly counted him amongst our dearest acquaintances.

Gorbachev's "perestroika" led to the disintegration of the USSR, and a fratricidal civil war broke out in Tajikistan. Many former party officials strived to attain positions of power in business and industry and even the post of director of a publishing house attracted the interest of a number of former bureaucrats. They were prepared to do anything to oust current post holders and so Lyubasha's family, like many other Russian-speakers in the country, decided to move to Russia.

We saw off our neighbours in the yard. Sergei would not see his friends for a long time and promised to write letters, but in time of war, the post office functioned intermittently and we lost touch with Lyubasha's family.

How had they settled in Russia? Had anyone been there to meet them? I longed to for answers to these questions. We who remained in Dushanbe sorely missed Lyubasha-Confucius and her loved ones...

Part VIII

AN EMBROIDERESS OF GOLD

There are no Unnecessary People

"People who believe that they are not needed, are often in fact, the most needed." Grigory Semenovich often recalled Remarque's words when he thought of *holai zarduz* -'Auntie Gold Embroideress'. This neighbour's real name was Auntie Saodat. She was a humble, quiet woman. While I was considered the yard's doctor and Lola, its universal teacher, Auntie Saodat was our dressmaker. All the neighbours ordered Tajik dresses from Saodat. Made from cotton and silk, they were cool and comfortable during our hot summers. And more importantly, it was she who made wedding dresses for all the brides in the neighborhood. While communicating with us, she was always self-conscious of her illiteracy and lamented that she had not even completed year three at school. She believed that we had nothing to say to her.

- 'You are all so smart and you're always reading! But I'm afraid I'm completely ignorant. Grisha speaks about Remarque but I've never even heard about this writer!' To that phrase the neighbor replied:

- 'Perhaps' replied our neighbour, 'but I cannot embroider with gold! Each is master of his own trade, Saodat. You bring a lot of joy to people! All of the garments worn by our women, children, and brides are yours and no-one could make them more beautifully. You work so hard that one day you'll wear out your eyes and it will be difficult to find proper lenses for your glasses. Your skills are unique and of great benefit. Think about this: there are enough "scientists" to warrant a new Academy of Sciences but to what end? Less than a hundred will make a significant impact…'

- 'Saodat-apa, what are the values of diplomas or certificates?' I added in support of Grigory Semenovich's argument, 'Look at how many of our graduates sit idle while your talented hands fashion dresses as valuable as gold.'

"Holai zarduz" smiled shyly and continued with her needlework. She loved to embroider sitting on the couch where it was shady and cool because of the trees. Saodat radiated kindness and no-one could pass by without stopping to admire her beautiful handiwork.

Children gently teased their auntie, on account of the huge magnifying lenses of her spectacles, and re-enacting a scene from the fairy tale "Little Red Riding Hood", would call:

- 'Grandma, Grandma; what big eyes you have!'

- 'All the better to see you with, and sew beautiful clothes for your mothers!' Auntie Saodat replied in the same vein.

Her husband, an engineer called Talabsho, always claimed that his wife earned more than a minister, and added with annoyance:

- 'I too, should have mastered a craft. I studied for five years at the institute, work hard at a construction site and don't see my family all day long, yet still I earn four times less than my wife. I'm ashamed to bring home my meagre salary.'

- 'But you are healthy, you have all your own teeth and you don't need glasses. Your back is not bent and your fingers aren't scored, so rejoice! And I don't get my money for free,' Auntie Saodat comforted her husband merrily.

There were two children in their family. The eldest daughter Nigora had graduated from the Pedagogical Institute, and the younger son Malik was studying Law. Saodat adored her daughter and in fact, almost idolized her. She had indulged the girl since early childhood. In her mother's eyes, there was no girl as clever or beautiful as Nigora. We neighbours, were surprised by the way Aunt Saodat brought up her daughter but were too considerate to offer advice.

Nigora had grown into a very confident, proud and wayward young woman. She smiled at everyone sweetly, but it was if she were doing us a favour. She envied her brother and at the same time ordered him about. The whole yard knew all the details of Nigora's studies at the Institute. Her father constantly ran around begging his teacher friends to upgrade her work for tests and exams in different subjects. Sometimes Lola was asked for her help because many of her former students lectured at the institute. Lola's outrage at the fact that the girl made so little effort to study on her own, caused her parents to blush with embarrassment but Nigora merely responded, with a cynical grin:

- "The main thing, auntie, is the diploma! How it is attained, is of little importance!'

Auntie Saodat's son, Malik, a kind and open man, was the complete opposite to his sister. But for some reason, he obeyed Nigora, to the extent that he seemed rather afraid of her. It turned out that everyone in the family cowed to her capricious nature. Saodat had always hoped that the city's most eligible suitors would come to woo her Nigora. She waited a long time, but there were no proposals. By the time her daughter turned twenty seven, it was rumoured that Nigora was becoming an old boiler. So Saodat decided to marry her off to a good guy; a distant relative of her husband.

Nigora

Nigora could not fall in love with her husband, and neither did she wish to. She was accustomed to receiving, rather than giving love. A year later, she gave birth to a daughter, but this did not strengthen her marital relationship. Nigora visited her mother any pretext, spending days and often nights, at her parents' house. Oblivious to any tension, Auntie Saodat's was in 'seventh heaven', as she sewed clothes for her granddaughter, dressing her up like a doll.

Nigora's husband rarely appeared in the yard and on one occasion, Shirin asked Nigora for the reason why.

Whether in jest or in all honesty, Nigora responded: "I want to be seen on the arm of a handsome guy! And that certainly doesn't apply to that husband of mine."

-'What makes you think like that? If you love your husband, you'll always consider him more handsome and better than any other, whether Alain Delon or even the Apollo Belvedere. But I don't know why I even mentioned them, since I doubt you've heard of either. It's obvious that you don't love your husband and to tell you the truth, I don't think you're capable of loving anyone apart from yourself!' Shirin said reproachfully.

- 'Can't you see the situation I'm in and how much I want to escape it? All my life, I waited for my "knight in shining armour' but afraid that I'd end up an old maid, my parents found me some mediocre husband. They now feel guilty, but no matter how hard they try, nothing can justify their actions. But still, I feel much better here than I do at home,' Nigora hissed contemptuously, then added with a smile:

- 'Even "Big Love" is not eternal.'

Shirin felt like she had been scalded with boiling water. Nigora's tongue was evil but Shirin still tried to reason with her:

- 'God does not grant True Love to everyone. You couldn't find an old man to woo you, let alone a "knight in shining armour'. And as for your character, the saying; "audacity is the second happiness", rings truer than most. Most of all, I feel sorry for your parents, since no one will ever thank them for producing a daughter like you.'

- 'I couldn't care less,' Nigora grunted haughtily as she left.

'Auntie Gold Embroideress' always stood up for the daughter, as if she were still young and inexperienced. She asked everyone to forgive Nigora's rudeness and although she sometimes criticized herself for spoiling her daughter, she would not allow anyone to speak badly about her.

Accustomed to overseeing everything he did, Nigora decided to take charge of her brother's marital arrangements. She sought long and hard for a bride and brought numerous photos to the couch for him to look at. The neighbours laughed at such zeal, but Nigora stood her ground.

- 'I want my brother to marry a woman of my choosing,' she

declared without any hesitation. 'That way, I can be sure of the kind of person who will be joining our family.'

- 'Keep your nose out of it! Your brother should choose his own wife. It's a private matter and after all, they are the ones who'll be living together,' I warned Nigora.

- 'Zulfiya-dzhon, she will simply show him a selection and my son will then choose one himself,' protested Auntie, on behalf of her daughter.

- 'Oh, how you love your daughter, but don't you see that it is none of her business? Send her out to work; her daughter can go to nursery school. Once she's busy elsewhere, she will stop meddling in other people's lives,' advised Lola in her teacher's voice.

- 'No, my granddaughter is too young and should stay with her mother,' moaned our neighbour.

Eventually, Nigora chose a bride, and her brother Malik liked her. Her name was Gulnora and she was young and pretty girl, with beautiful curly hair down to her waist and a permanent smile on her face.

Malik said he fell in love at first sight on account of her meek disposition and modesty. Gulnora was also, nothing like his sister.

The bride's family was well respected in the city and they were known as honest and friendly people.

Preparations for the wedding began.

- 'So my efforts were not in vain! My brother likes his bride, and my parents are delighted that they are to be related to such a good family,' Nigora boasted proudly, as she sat down to talk to us.

- 'I've a feeling that you'll find having a sister-in-law quite difficult,' sighed Grigory Semenovich .

- 'Just think! I'll soon have two daughters,' quipped Auntie Gold Embroideress 'and Nigora has found a wife for her brother and a girlfriend for herself.'

- 'But you will still only have one daughter – Nigora! She's not going to share her place with anyone', I joked.

- 'Exactly!' Nigora burst in furiously, 'Gulnora will be my brother's wife but only a daughter-in-law to my parents. I am their one and only daughter.'

- 'Your sister-in-law hasn't even moved in but you've already established a hierarchy of power, Shirin could not help herself from criticizing Nigora's arrogance. 'It would be better if the young couple lived elsewhere. Otherwise I don't envy the poor creature...'

- 'Everything will be fine, if she follows our family traditions', Nigora exclaimed.

- 'And do you do everything that you should, for your husband's family?' Shirin argued.

Auntie Saodat looked at all of us pleadingly: she did not want her daughter to be pre-judged. The conversation ended at that point.

It occurred to me that Nigora desperately envied Shirin. She did not know how to love- her character would not allow it- and no one loved her, except her mother and her daughter. Since her youth, Nigora had dreamt of true love, but had never acknowledged that such feelings had to be nurtured between two people. She also failed to see that finding such love would only be possible if she had a complete change of attitude.

Grigory Semenovich warned Nigora:

- 'I have not seen the bride, but am already on her side. Just remember that! I'll see to it that no harm comes to her, especially since we know what you're capable of!'

A Wedding

The neighbours made sure that the first wedding to take place in our yard was celebrated in style. We were all happy for Auntie Saodat and delighted by her wonderful son's good fortune.

Nigora immediately declared herself "commander-in-chief" in organizing the party but the groom's parents turned to Grigory

Semenovich for advice and assistance. He offered to spread a dastarkhan on the couch for the elderly, and following a new trend, set
up tables and chairs in a large and beautiful summer house.

Everything was going to plan but Auntie Saodat decided that
she wanted the bride and groom to travel to the wedding in a white
Volga. We asked our neighbour Marvorid, for the loan of her departmental car. But she turned us down flat, saying she did not
have permission lend it out.

Then Saodat went to our 'loyal assistant' Grigory Semenovich
with tears in her eyes.

The war veteran put on his uniform adorned with medals and
went straight to the District Party Committee. He returned with
permission granted by the First Secretary, to use his Volga instead.

How happy the neighbours were, especially 'Auntie- Embroideress'! And Nigora was filled with pride. The young couple were
driven to the registry office in a new snow-white Volga and then
afterwards, to the Varzob gorge. In those days, it was unprecedented
luxury.

All the kids in the yard greeted the bride and the groom with a
cheerful roar and Auntie Saodat treated them all with sweets, laid
out on their own separate table.

We all had fun at the wedding and celebrated until dawn. There
was only one incident that slightly marred the event. It transpired
that the bride's brother and his wife were course-mates of Nigora's
husband. They danced together constantly and joked about, much
to everyone's amusement. Nigora had not paid any attention to
her husband all evening but as soon as she saw him dancing, it was
if someone had turned on a switch. She immediately wedged herself between the dancers and for some unknown reason, began to
shout at her husband. He was drunk and without a second thought,
pushed his wife aside and left.

The incident seemed to be over, but Nigora's mood was spoiled.
Being a selfish and arrogant woman, she had not expected her hus-

band to blatantly shove her aside in full public view, regardless of how she had behaved.

The female "rubinon" (meaning 'to see the face') was held the following day. According to tradition, this is the day when the couple's first guests arrived to become better acquainted with the bride. But in the morning we could hear Nigora loudly scolding someone, followed by the sound of sobbing. Unable to bear it, Lola and I, as the yard's teacher and doctor, immediately went to our neighbour's house to see if anyone needed our help.

- 'I hate him! I utterly loathe him! Why do I have to tolerate this?' The torrent of abuse filled the stairwell.

- 'What exactly did your husband do wrong? He was simply dancing like everyone else', Lola asked calmly.

- 'You come here expecting humility but I will not put up with discourtesy of any sort from any man!' croaked Nigora.

- 'You should be ashamed of yourself, speaking to your elder, like that!' I interjected, unable to stand by in silence.

Our argument was interrupted by Aunt Saodat, who invited us into the hall where the bride was waiting for her guests.

- 'Please don't take offence at my daughter's behaviour,' she whispered as we walked through, 'Nigora is still upset that we married her to a relative and that's why she discredits us. But I'm so ashamed of her in front of my daughter-in-law'.

At that moment Nigora ran into the hall, and ignoring the bride, immediately began to lecture her mother:

- 'Do you really believe that marriage can last a lifetime? Wait a bit, and soon, tears and suffering and grief are bound to appear!'

- 'Why are you trying to scare your sister-in-law? You chose her yourself out of thousands. You might be miserable but that's no excuse for wanting to overshadow this happy day for your family.', I couldn't help saying it, 'I will give you a sedative and you should then go home and sort out the problems in your relationship with your husband. Or better still, get some sleep and pull yourself together.'

Nigora looked around in confusion, feeling uneasy. It was the first time her mother had not leapt to her defense. Reeling from the unexpected turn of events, she turned and left the room.

The bride's relatives arrived, the female neighbours dropped by, and the "rubinon" passed splendidly. But I felt very worried about Gulnora. She did not look brave enough to be able to stand up for herself. With such a sister-in-law, life would be very difficult. Lyubasha noticed my anxiety and I had to tell her about Nigora's misbehaviour. My friend summed up the whole situation in one sentence from Confucius:

"A nobleman makes demands of himself; an unworthy man makes demands of others."

Nothing is Stronger Than Life

Three years passed and two grandchildren were born into Aunt Saodat's family one after another. We all enjoyed the company of her daughter-in-law, a well-educated, tidy and friendly girl, but began to notice that whenever Gulnora went for a walk with the children, her eyes were red from crying. Nigora had become choked with hatred for her sister-in-law. She harshly scolded Gulnora to her face and berated her behind her back. Poor Malik could not do anything about his sister and even Saodat began to understand the dire consequences of years of indulgence on her spoiled daughter.

- 'She gives birth every year in order to shackle my brother to the family', Nigora announced loudly, grinning. 'She doesn't do anything around the house, she tortures my brother with everyday problems, and my mum is tired.'

- 'So why don't you try and help her? You're hardly strangers to one another! And how can you possibly stand there talking about your relatives like that?' I tried to shame Nigora but she was defiant in her response:

- 'How is it that I manage to cope with everything in my home? No one helps me!'

- 'No one has been in your home. How can we know what goes on there? And we've already seen how you treat your husband. You condemn everyone and pity no one, even amongst your relatives and friends,' Lyubasha stung her in a fit of temper.

Grigory Semenovich kindly watched over the young couple and helped them in every way possible. Auntie Saodat was grateful. One day the old soldier saved the young woman from death. It is painful to even think about that terrible event.

Uncle Grisha got up early and went to bed late. It became his habit to walk around the yard, passing by all of the houses, and checking that everything was in order in the garden.

One warm summer evening, the old man noticed Gulnora running to the back of the yard where the large trees grew. He felt that something was wrong. He quickened his pace and saw Gulnora standing on a box with a rope around her neck. She tightened the knot and kicked the box away. Grigory Semenovich quickly ran to her aid but fortunately, the branch snapped and along with Gulnora, crashed to the ground.

- 'What a fright you gave me! What on earth were you thinking, my daughter?' Grisha carefully raised her up from the ground, 'Don't be in a hurry to die; you have to set your kids on their feet. A fool, you are a fool ...'

He lifted Gulnora up and since she was barely conscious, carried her home in his arms.

When Auntie Saodat heard what had happened, she fainted on the spot. Malik looked at his wife in horror and hugged his weeping children tight as his father helped Grigory Semenovich lay her on the sofa.

They called me over and I gave her an injection. Gulnora regained consciousness and quietly whispered, gasping for air

-'I'm sorry. Please forgive me for wanting to kill myself. I know that it's a sin but I can no longer endure Nigora's torture. My husband is afraid of her and my in-laws never say a word against her. She has made me her target. She used to tell me: "You'd be better off dead than limping along so complacently. You will serve me as a slave and obey my orders. Otherwise, you will be forced to burn yourself." She brought me to the edge of reason. And the last straw was when she kicked me out of the house.'

- 'You have no need to ask for forgiveness, Gulya! Tomorrow I will submit a complaint to the police. If they cannot deal with this domestic abuse, the judicial organizations will find a way. In the case of the worst scenario, Nigora will be sent to a psychiatric clinic. I seriously believe that having reached a point where she wishes death upon another person and has driven someone to take their own life, she should undergo a course of treatment.'

- 'I feel sorry for you.' I said, turning to Nigora. 'Your black envy will eventually destroy you. That is why; I'll submit an application to the psychiatric clinic myself.'

Auntie Saodat rushed over, in floods of tears.

- 'I beg you; please don't do that! As from today, Nigora is banished from this house. Gulnora my dear, why have you been bottling this up? Why didn't you tell us? Please forgive us!'

She then turned towards her daughter and cried:

- 'Get out of my house! And never darken my door again!'

- 'No, this trick will not work, Saodat'. Grigory Semenovich said strictly. 'Once again, you're trying to save your daughter. She won't have to pray for forgiveness. And she'll emerge from this, blameless. Won't she? That just won't do. Not this time! I'll call the police right now.'

Nigora looked pitiful and for the first time ever, frightened. As she cried her bitter tears, she almost said something, but pride stopped her.

- 'I shall not consider my decision until you ask Gulnora for forgiveness.' Grigory Semenovich said firmly.

Nigora was confused. Could she admit her guilt and repent accordingly? No one believed that possible. But the fear of being convicted or admitted to a hospital for the mentally insane prevailed. And convulsively wringing her fingers, she turned to Gulnora and made a promise to cease interfering in other people's lives.

I don't know to what extent her words were sincere, but her pride was suppressed. And I felt that it was already a victory…

Nigora left. Grigory Semenovich invited her parents into another room and closed the door. The conversation was long and I can only guess what talked about. As for me, I had to clarify what had happened to the young woman. Gulnora's husband Malik sat huddled near her legs and wept, still unable to believe what had happened. She meanwhile, gulped back her tears as she nervously plucked at the end of her headscarf.

- 'Gulnora, honey, you did a terrible thing today. If everyone started hanging themselves because of suffering and injustice, our Uncle Grisha would have been long dead. Everyone knows that Nigora's character is troubled but you have to think about your children!' I gently advised Gulnora. And then I turned to Malik:

- 'And where do come in? Are you so feeble that you can't control your sister? Let her control her home. In this house you are the head of the family, so start behaving as such and stand up for your wife! You are responsible for the happiness of both she and your children.'

Finally, Grigory Semenovich and I left the neighbours alone to deal with their thoughts. It was late, but due to the turmoil we'd experienced, we were unable to go home immediately. Our soldier lamented that people had forgotten how to appreciate life and precious human relationships. All we need are the ability to love and cherish each other.

- 'What's the conclusion, Zulfiya? Saodat has worked tirelessly throughout her life but was unable to bring her daughter up properly. She repents this now and berates herself, but it's too late. But it's not too late for them all to keep their promise to love and cherish

Gulnora. And Remarque spoke truly when he said:

"What can one person give to another, except warmth? And what could be more welcome than that? "...

Part IX

SOMEONE ELSE'S WORK

Migratory Birds

After the collapse of the Soviet Union, many of the business enter-prises in our Tadjik Republic were forced to stop production. Eco-nomically important facilities like plants, factories and companies affiliated with all Union enterprises were instantaneously brought to a standstill. An aluminum plant kept functioning with its last ounce of strength, and somewhere in the regions, cotton was cultivated as a main source of income for the budget. People tried to regain their economic positions in small businesses, but the bulk of the popula-tion was unemployed.

After a fratricidal civil war the situation became even more ag-gravated. Thousands of Russian-speaking people left Tajikistan with sore hearts. And then Tadjiks themselves decided to search for "hap-piness" abroad.

In our yard fifteen families simultaneously packed their belong-ings and departed for the north of Tajikistan, Uzbekistan, Kazakh-stan and Russia. New neighbours from the southern regions of the Republic moved into their apartments. Everything changed right in front of my eyes. It was around then that I first came across a new and strange sounding, German word "Gastarbeiter". It sent shivers down my spine.

At first, families of the men who had left the country to earn money lived well. Three of our female neighbours did not hide their joy when telling me that their highly educated husbands were now building houses in Moscow. We saw how the families disposed of the money sent home. Not everything was okay, but it was indecent to look into someone else's pocket.

Rano

We instantly fell in love with our new female neighbour, Rano, on account of her industrious work and patience. She had come to Dushanbe with her husband and five small children from a remote area where fighting was still going on. They had sold anything they could, and bought an apartment that belonged to Lyubasha. At first, life was very hard. One had to queue for bread at the bakery plant from five o'clock in the morning. Rano's husband searched everywhere for a job. Children constantly fell ill due to hunger and cold and I was often called out to provide medical treatment.

Central heating and hot water in our homes and throughout the whole Republic depended on gas supplied by neighbouring Uzbekistan. But constant problems with overloads and transformer explosions meant that both gas and electricity were regularly cut off.

A peace agreement was signed to end the war but with it came other troubles. We now found ourselves ensnared in an economic crisis.

Rano's husband Sherali could not find a job at home, and was set to go to Russia. Before leaving home he prudently legalized his Russian citizenship; something which was far easier to arrange back then.

We, neighbours, tried to dissuade him from his pursuit of money and asked to whose care he was going to leave his family. His answer was partly serious and partly a joke: "'My family I leave to you and you are left to God!'

He borrowed some money from a new neighbour, a businessman, and left some for the family to live on in the short term. He promised that within a month, he would repay the debt and send money home for the children. And so it happened. With Russian citizenship, Sherali coped easier than most in Moscow. Each month he sent money home, but we were aware that the family barely lived from hand to mouth.

Later on Rano got a job in forest and park management through the city hall or "Khukumat". She told us how the city's trees were being torn down for fuel; used by people in "small ovens" for heating their homes and fires in the yards for cooking food. New planting of greenery was carried out in the capital but the seedlings would not grow quickly.

Thus, the money which her husband sent every month plus her salary was enough to cover the minimum cost of living. The children were amicable and of great assistance to their mother.

Sherali stayed in Russia for a full two years without taking any leave. When he finally returned, he brought back a bike, gifts for the children, clothes and cookies, and four lengths of dress fabric and a coat for his wife.

- 'So let's see: you worked hard for two years but only earned enough for an old bike?! ' Joked the neighbours.

- 'Yes, and aren't you jealous? But next time, I'll aim lower and save for a house!' teased Sherali in return.

- 'The main thing is that he's alive and well! Let's never forget about all those who return in zinc coffins. He'll earn more money and I'm prepared to wait a little longer', added his wife in his defense.

Two weeks later Sherali went back to work in Russia. He hung the bike on the wall and instructed his wife not to touch it before his return.

- 'I'm not allowed to hang my mother's portrait on that wall, yet up goes the bike! Is it really necessary for it to be displayed in the house?!' asked Rano unable to hide her surprise.

To that, her husband husband replied:

- 'Our foreman gave it to me! Thanks to this two-wheeled friend, I managed to cover a lot of ground in less time and consequently, boosted my earnings.'

- 'But for some reason I never actually saw that money,' said Rano when she told us the story. And she also added was feeling perplexed by the whole situation, she had been tempted to question Sherali's state of mind.

After that visit, our neighbour didn't appear for another two years and the money he sent home was as meagre as cake crumbs.

A Magic Bicycle

Only Rano herself, her constantly ill children and God, knew how she suffered. She gave no hint of it to any of us. Once I dropped in and noticed that their dastarkhan or tablecloth was set only with hot pitta bread and water. Winter was unprecedentedly fierce that year. Due to the lack of heat in their apartments, residents spent almost every evening beside campfires in the yards. Electric heaters, kettles and other appliances were rendered redundant since the transformers could not maintain sufficient voltage to supply electricity and quickly burned out. The "mahalla" (city block) was permanently cold and dark. Sometimes people struggled to even wash themselves - all "hammams' or public bath-houses were closed, and privately owned bath-houses were too expensive for many.

Rano's children dreamed of only one thing - to drink hot tea and to take a warm bath. I did not know how to help. I went out of her home and saw a fire in the yard. New neighbours, who we didn't know, were gathered around it.

But I still I approached them. They bowed their heads guiltily then offered me a three-litre kettle of boiling water. I happily took it to Rano's and gave some to the children to drink. We then filled a basin and soaking a towel, I began to wash each child with warm soapy water. In the candlelight, their faces glowed as if they had just emerged from a bath. Rano started crying. Then the kids fell sound asleep.

- 'What if I were to sell this old bicycle?' asked Rano 'Do you think it would raise enough for two loaves of bread?'

- 'What do you mean? You wouldn't get enough for even one loaf,' I replied sadly. 'There's one thing I don't understand: why is that bike hanging on the wall like some relic, anyway? Never mind! As they say, each dawn brings a new day. I'll speak to Grigory Semenovich in the morning and see what he suggests.'

The next day I explained the situation to Uncle Grisha. Because of the constant cold, he too felt unwell. Our veteran remarked on my account of our neighbour's bicycle with interest:

- 'There's something going on there. We'll talk more when you come home this evening.'

It was a tiring day: with so many power cuts and transformer explosions, many children had fallen ill. I returned home exhausted.

- 'Where are you going, Zulfiya?' Grigory Semenovich stopped me. 'Have you forgotten all about our earlier conversation?'

- 'Oh, Uncle Grisha, I've been so busy with my patients, that my head is in a tailspin. What shall we do?'

- 'I suggest that I go to Rano's and ask her to sell me the bike, and you can act as a witness. But first, you need a short rest and a cup of tea. I think the power's back on. Drop by when you're ready.'

- 'Let's have a cup of tea together; my husband will be pleased to see you. He always asks after you and it's been a while.'

We sat down in my home and talked. Grigory Semenovich told me sadly that only the previous day, his neighbours had felled a large tree in their garden to make a fire to warm themselves up.

- 'Well, who could blame them? We all have children and families, and everybody's suffering this cold. This is what we're up against! Years have passed since our civil war, but life is not getting better. I feel sorry for the trees - they were around 25-30 years old.' - My neighbour's voice expressed his bitterness and disappointment.

- 'And in the city centre, they're constantly cutting down the centenarian chenars (plane trees), and now the central avenue is almost bald. Well, high ranking bureaucrats also need firewood', I muttered angrily.

- 'I also feel pity for the old park and areas which once preserved scenes from our youth. It has all been deforested and it will take several years for the new trees grow. We'll probably not live to see it,' my husband added.

- 'I feel like my heart is sinking. It's as if we're losing something sacred. I'm already old, and have only a little life left in me. But very soon, the young will have nothing left to remember the old town by; neither its beautiful tree lined streets which offered shade in summer, nor its wonderful architecture. Houses are growing ever taller but they are empty: devoid of natural heat and light', exclaimed Grigory Semenovich in a fit of temper.

He slowly got up from the table and invited me to go to Rano's. The power of life within our brave old soldier was fading before our eyes but still, he radiated optimism.

- 'Rano; say "hello" to the new owner of your bike!' I cried out as we entered her apartment.

- 'Oh, it's you, Uncle Grisha! What on earth do you want a bike for?' replied Rano, clearly astonished by his presence.

- 'You may as well add: "at your late age?" to that question!' joked Grigory Semenovich 'How much are you selling it for?'

- 'Since it's you, I would sell it cheaper but honestly, that wouldn't give me enough to live on for even a week,' replied Rano.

- 'Don't worry. I am determined to buy it for the asking price! But I don't understand why this piece of junk has been given such a place of honour'

- 'It doesn't matter. Please take it so that for a week at least, we can live like other people. I can't afford to refuse your offer,' answered Rano, with tears in her eyes.

Grigory Semenovich began to inspect his purchase and was surprised by the weight of the wheels. He then tried to sit on the bike and pedal it away but it refused to move! He began to disassemble the wheels and removed the tyres. But when he pulled out the inner tubes, we could hardly believe our eyes. Instead of being filled with air, they were both stuffed with money: roll upon roll of Russian rubles and US dollars.

Rano fainted but as soon as she came round, her eyes filled with fury.

- 'This is outrageous! The children and I have been literally starving for weeks and all that time, under our noses and right in this house, there was all this money!' And turning to the children, she wailed: Your father has no shame and what a fool your mother is, to sell our wealth for a penny!'

Grigory Semenovich smiled and reassured her:

- 'We'll sit down and count the money and ensure that it's put to good use. And you, Rano, will write a letter to your "benefactor", telling him you've sold the bike. I can't imagine he'll be very happy!'

Altogether, we uncovered a cache of five thousand dollars and five hundred thousand Russian rubles.

- 'This is your hard earned money Rano, and only you can dispose of it. Your children sleep on blankets on the floor and you have neither kitchen utensils nor other household conveniences', Grigory Semenovich began his list. 'I'll take my share for the "discovery of values" and use it to purchase a new and reliable transformer for our yard, so that we'll always have light and electricity. And for your family, we'll buy electrical appliances and equip the kids with a place in which they can do their homework. Any cosmetic repairs, we'll do ourselves and you'll soon be living in a warm and comfortable home instead squatting in this hovel.'

- 'Well, you certainly surprised Rano! And your decisions concerning the money are wise, Grigory Semenovich. 'But don't forget to take your new toy home with you!'

- 'Yes, it's certainly been a welcome discovery but please don't say anything about this to anyone for the time being,' instructed Grisha.

That story ended well. Sherali hurried straight home as soon as he heard about the sale of the bike, expecting to find a depressed household. Instead, he was greeted by a well-dressed wife and cheerful children in their newly refurbished cosy home. The children slept in bunk beds and the baby had a separate cot. And much to the envy

of our neighbouring blocks, our apartments enjoyed a constant supply of electric light, thanks to the new transformer!

- 'I can't understand what happened. You told me you sold the
bike, so did you open up the wheels beforehand? Sherali asked angry.
- 'No, dear, I sold it to a very decent person, and it was he who
dismantled the wheels. So you'll need to deal with him. But might I
suggest that you first talk to your conscience?' replied Rano.

Sherali trudged along to see Grigory Semenovich who responded to his questions:

- 'You should thank your wife for putting up with you for all
these years. And as for that stash of banknotes: Why the secrecy?
Who were you hiding it from; your children? I'll give you the re-
maining cash but only if you promise to deposit in your wife's bank
account. Have you got that? Otherwise, I'll go to the police station,
where you will have to explain how you managed to illegally hoard
such wealth. Money should be out working instead of sitting idle!'
- 'Excuse me, but I've worked hard for my children. I was saving
for my sons' circumcisions, and such celebrations, as you well know,
are expensive. So it occurred to me to keep some money in the bike!
Thank you, Uncle Grisha, for everything! I'll invite everybody over
this weekend for "tui" (a celebration) and then do everything that
you've asked of me,' agreed Sherali with a sigh. 'I have earned more
money, currently in Moscow, with which to build my own house.
After all, I have five sons and my family comes first. Everything I do,
is for them.'
- 'Don't give me your fairy stories! Parties and treats are all very
well but children need care on a day to day basis: food, clothing,
shoes and a good education. Do you understand what I'm talking
about? You have a beautiful family: cherish them all,' advised Grigory Semenovich.

That story of that migrant worker ended well but for many others, fate played a different hand...

Barno

Barno's family moved into our yard in the early 2000's. Her husband Beck was a quiet man, who did not communicate with anyone. During the war he was a field commander, on the side of the government. We rarely saw him: he left in his Jeep early each morning and returned late at night. Neighbours claimed that Barno was his second wife because of their age gap.

A year after moving into our yard, Barno's husband went to find work in Russia and returned with a lot of money. All of a sudden Barno, who was usually very reserved, started communicating with her neighbours and dress in chic outfits. Beck bought his wife a car and the children wanted for nothing. One day, Rano asked Barno how her husband had managed to earn so much money in such a short time and she had proudly replied:

- 'It's quite simple. Whilst some of us choose to bury their money in old bikes, others prefer to spend their earnings on their family.'

Within three months Barno was once again packing her husband's bags. She was pleased that he was going but nevertheless, continually prayed for his safety.

But despite her prayers, Barno didn't hear anything from her breadwinner either that year or the next. In an attempt to find out what had happened, she contacted different chains of authorities, but nobody knew anything. She sold both cars, transferred her children to her parents' village, and left in search of her husband.

As soon as she arrived in Russia, she went to the police. A search was made which eventually produced documentation of Beck's arrest at the Lithuanian border the previous year. He had been charged with the possession of five kilos of drugs and because he had been on their side of the border, the Lithuanian authorities had decided not to extradite him to the Russian border guards. It was therefore necessary to look for him in Lithuania.

Barno could barely speak Russian, let alone Lithuanian. And now she had to go to the embassy to request entry and obtain a visa. She found herself spending money like water. Barno asked whether it would be possible to contact her husband, at least by phone. The embassy responded that according to his documents, another woman had been listed as his wife and second wives were illegal in Lithuania. So, Barno did not have the right to either visit or even talk to the convict.

She returned home with a broken broken. She rented out her the apartment in order to have something to live on, and joined her children in her parents' village. Each month, she returned to collect the rent but never spoke to any of us. But one day, I happened to bump into her and Barno told me her story:

- 'During the war, my relatives offered me up as a second wife in exchange for a bag of flour and a bag of rice - that was my price. I am Beck's legal wife yet neither I nor our children are mentioned listed in his documents. You can imagine how hurt and insulted I feel. But God has punished him and prison is now his home.

As for me, I live with my children at my parents' house and get by on income from the rental of the apartment.'

She left and with a sense of pity, I realized that nothing remained of the wealthy and arrogant young woman who had once been my neighbour...

Soro

I'll tell you a more tragic story about my neighbour Soro.

Our new neighbours were elderly and had previously lived in a suburb of Dushanbe. Soro's husband Noor had sold his father's house and moved with his family - his wife and triplet sons - to the city. He was very sorry to do so, but had no other option. Life in the villages was hard and even the capital had problems with the supply of electrical power. Noor worked at the Dushanbe textile plant, but job began to be cut and many people were kicked out of work, including Soro's husband. And like any man in his position, Noor sought work in Russia.

Noor was very industrious and regularly sent money home. When his boys - Komron, Rahmon and Davron – graduated from secondary school, they too decided to go to Russia to help their father.

When the children were with her, Soro did not show any passion for clothes and trinkets. But as soon as the boys left, she began to blow all the money they sent home. Every day, she bought new pieces of cloth and began to make dresses more appropriate in style for a woman of marriageable age.

Neighbours were puzzled by her frequent trips to jewellery stores and the way she paraded her ever increasing collection of gold jewellery set with precious stones, was simply embarrassing. She would deliberately wait on a bench rarely used by her female neighbours, with the sole purpose of boasting about her latest expensive purchases.

Noor invited his niece Ozodi to live with Soro so that she did not feel lonely. But from the outset, the young girl was treated like a servant; a Cinderella, who could never turn into a princess. Her rich aunt Soro, even boasted that she had sheltered a beggar.

- 'Why do you treat your niece as a slave?' I reproached Soro, 'And why do you dress up every day? After all, you're not going off to weddings and banquets! It makes no good ...'

- 'But I have three sons – triplets- Zulfiya-apa! And one day we'll arrange a wedding and all the brides will receive these gifts,' Soro replied light-heartedly.

But I did not leave her quiet:

- 'There is no sense in pursuing fashion: it changes every day. Before you know it, everything becomes obsolete. And are you going to present your daughters-in-law with frocks you wear yourself? If you're as generous as you make out, start with your niece.'

- 'Tell me why you've replaced your healthy teeth with gold substitutes?' Saodat-apa asked, adding fuel to the fire, 'All my life I've sewn with gold and I know - it is not suitable for your mouth. And do your menfolk know how you're wasting their hard-earned money? Their life abroad can't be easy.'

- 'You'd be better saving that money, instead of continuing to live for the moment. Clothing and trinkets will not provide health and happiness. So think about it!' interjected Rano.

- 'Yeah, I guess you're right, my dear neighbours. But understand, I've done without all my life and have always envied others. I've long dreamt of being rich and buying anything that my heart desires. I wanted to be envied too,' Soro tried to justify her position. 'My Gastarbeiters do their best, without sparing their health, and I simply exploit their efforts.'

- 'Pooh: Why do you use the term "migrant worker"?' Grigory Semenovich was furious. 'During the war I heard enough of that from the Nazis. But in those days, it sounded a little different- "Fremdarbeiter"- meaning an obligatory foreign worker. It is not the fault of our men but the trouble that our country is facing, that causes them to leave their homes and fulfill someone else's work in a foreign country. Your family does not deserve such ill treatment for all their hard work and earned money. And you don't appreciate them. I do not want to hear that word "Gastarbeiter", again. Do you understand me?'

- 'Sorry, Uncle Grisha, I will no longer use it and feel embarrassed myself, for repeating it like a parrot. Excuse me!', Soro bowed her head.

A few months passed and Soro waited impatiently for her husband and her sons to come home.

Noor and her son, Davron were the first to arrive. They looked like ghosts. And soon moans and sobs were heard from of Soro's apartment. Uncle Grisha and I hurried to offer our support to our neighbours, without knowing the cause of their terrible grief. It was revealed that two of their glorious boys, Komron and Rahmon, had arrived home in zinc coffins. They were killed by drunken scums because they had tried to defend a Russian girl being tortured in the middle of the street. ...

I can hardly formulate with words what happened to Soro at the funeral. She tore at her hair and threw money and jewellery on the ground as she beseeched God to return her sons.

I stood and looked at everything that was happening in horror, and cried with her. A thought knocked at my brain: why do some of our women only begin to understand in times of grief, that nothing in this world is more valuable than their family and loved ones? And once lost, their darling children will never return...

I did not know how to begin to comfort a mother, so frantic with grief at having to bury two sons in one day. Was this a divine scourge, fate or just one of life's terrible accidents?! Heaven, forbid that such a disaster should even befall an enemy!

It is difficult for people to understand that wealth will never be more precious than spiritual values. No one can teach others to live correctly - according to the laws of humanity. Only life. And sometimes it is so cruel ...

Part X

FAREWELL TO A COUCH

Nothing Replaces Old Friendship

Well, dear readers, it's time to tell you about my life. I've shared much with my female neighbours in sorrow and in joy. I did not disapprove of any of them but pitied them all and prayed for them as though they were relatives. I hope that they remember me too.

My husband Rahim was already a Doctor of Science, when a wave of dismissals began at the Academy. Only three years remained before his retirement, but he was pensioned off earlier. The arguments made were very compelling: they needed young staff. My husband defended his Doctoral thesis in Moscow. That is why he wrote messages to all of his friends, describing the situation and asking them to pledge their help in finding him a job.

After some time had passed, he began to get ready for a trip to Moscow. I was upset by the coming separation, but he reassured me:

- 'Zulfiya, honey, you're a pensioner, but you are still working. And I'm not used to lying around on a sofa. It's not good to be idle at my age. Be assured that I'll find a good job and then you can join me'.

- 'I can't argue but I am a doctor and I am convinced that a change in climate at your age is dangerous. However, if you've made up your mind, I cannot dissuade you,' I replied.

- 'Our daughter Fatima has gone with her husband to Germany. This is what you, yourself, wanted for them. She received better education in medicine there and has found happiness. Although she lives far from us, she visits us now and them. Your son Farrukh, an excellent pupil and a medalist, was sent to the University of Bauman in Moscow. To our delight, he was given a Chair at the end of his studies and he is now preparing to defend his Doctorate thesis. It's a pity that he lives in the suburbs of Moscow, otherwise I would have settled at his place. Do not worry; I will visit him at weekends', Rahim persuaded me, and added sadly:

- 'But for you it will be hard; you will be left alone. This is the first time that we will have been separated for perhaps a long term. But do not grieve, you're sure to come to me, and we'll be together'.

"A man plans, and God laughs". Rahim found a job in Moscow with the assistance of his friends: But what kind of work? He found a job as a janitor in a prestigious high-rise building. On the ground floor he had a tiny single room with private facilities.

In our phone conversations, my husband insisted that everything had turned out well. Residents immediately liked their intelligent Uncle Rahim and regretted that a Doctor of Sciences in Archeology was out of his element, dealing with others' business. To those regrets he replied with verses:

"There is some alternation in all ups and downs:
While sitting on the Moon, watch our Earth's grounds."

And he added with a smile, 'One should respect any work and not be afraid of it. In recent times of the crisis I could not command a good salary at the Academy of Sciences of Tajikistan. And here I get three times as much. It is enough for everything I need and even a little leftover, to send to my wife. My son and my daughter pity me for my low position and try to convince me to think about myself and relax. But I belong to the old Soviet school and need to continue working before retirement!'

'My Rahim was leaving for Moscow in the summer. Until cold weather set in, he had no health problems but winter brought flu epidemic and he caught a virus. He was treated, but the disease developed serious complications. And doctors could not stop his violent coughing'.

Farrukh wrote me a message about it and requested that I came to Moscow.

In Dushanbe, we also suffered that winter. Our electrical transformer was stolen, lock, stock and barrel, and it proved impossible to find a new one in the cold weather.

As he watched how our neighbours cut down trees every day and burnt fires, Grigory Semenovich fell ill. His heart was torn to pieces, but he knew that people and especially children, would not survive without heating.

I dropped in to see Grigory Semenovich and to say goodbye, but seeing his condition, I did not even start talking about the trip. He felt very bad.

- 'I know that you are going to your husband', Grisha began quietly. 'It's good. In Moscow there is a more favourable living environment. Here too, I think things will get better, but I won't last till then. I have buried so many people, both young and old. God has been preserving me for something for so many years. Farhad, Shirin, Matryonushka, "bibidzhon" are dead and several young men including the sons of Soro, were brought back in zinc coffins. And so many neighbours have moved away. How are they now? I have lived on but it looks like my time is coming to an end.'

- 'Don't talk like that, Uncle Grisha! What about me? You're my spiritual father, the person closest to me. Do not even think about it; I won't let you go!' I said, soothing the pain.

His hands were cold. But he was able to finish the conversation:

- 'Yesterday I saw that people were beginning to burn the boards from our couch: I felt as if I myself were burning. It was my dumb friend'.

I bit my lip to hold back the tears, and unconsciously glanced out of the window. Busy with my everyday problems, I hadn't even noticed that situation with the couch. My heart ached. Grigory Semenovich took my hand with his trembling hand, and as always, without a single amendment, quoted his favorite Remarque:

- "Nothing replaces old friendship". 'Years do not add friends; they carry them away to different roads; time tests friendship for tensile breakage, fatigue, fidelity. The circle of friends narrows, but there is nothing more dear than those who remain'.

He looked at me with fading eyes and added by way of farewell:

- 'I'm leaving this world with a calm heart, my darling Zulfiya.

While you exist, it means that someone will remember about me. So I will be alive in the hearts of my friends. Do not forget about my request'. Do you remember what I told you about the Russian cemetery and the headstone which I was given at the Committee of War Veterans? I made an inscription on it: "Here lies the old man and his grief". Bury my grief with me there and do not let it fly around the world. It will only be necessary to add the date of my death on my stone. You have promised'.

And that was all ... I sat next to my faithful friend, and did not cry. I knew that he would not like it...

The Last Letter

I sat for a long time. It was only after a while, that I came to and saw a notarial document on the table. It was a deed of gift to me from Grigory Semenovich, concerning his apartment. There was also a note:

"Sweet Zulfiya!

Only you can save all that is dear to me in this apartment and the memories of what happened here during the many years that God gave me. Old photographs, documents; who needs them? But you, I think, will be interested in looking at them and remembering your Aunt Matryona, and Grigory Semenovich, a strict but fair soldier, wounded by war and life.

I know that you remember my last request. I will be buried and honoured as one of the last veterans and invalids of the Great Patriotic War. There will also be "interests". Do not let anyone into the apartment. Things may be taken and awards may even be stolen. You'd better deposit them with the Museum of Military Glory, filling in all the proper documents.

Goodbye, Zulfiya, and remember me.
Your Grie-Grief".

I burst out sobbing and my tears poured like a flood. I had lost my closest friend and mentor. It turned out that he had accumulated so much. Heavens! This upright and honest man was no longer with us and no-one in the world would ever replace him.

My crying attracted the attention of the neighbours. The men decided to go to the Veterans' Council the next day to organize a rally at the funeral.

But in the morning, the heavy snow and severe cold meant that there was no-one at the Council of Veterans and so we had to bury our Uncle Grisha without any military honours.

- 'And there is no need!' I thought, 'all his life he was a modest man, and God himself sent honours to him: big white snowflakes flew down from heavens, saying goodbye to him'.

We went by bus to the Russian cemetery, along snow -white roads. Everybody remained silent. The old neighbours were all gone, and the new ones had not become close friends with us, the first inhabitants of those houses. Only Zarrinochka, the daughter of Farhad and Shirin, cried quietly. My husband and I knew what kind of loss it was for her. I hugged her; embraced her tight. And she whispered:

- 'Grandfather Grisha replaced my mum and dad for me of late. Every day I brought to him hot food, so that he ate, and I made tea for him. It was cold in the apartment and I lit candles and wrapped our grandfather in my husband's quilted, marital gown. As he stroked my hands, he used to smile and say; "Well, my fruit of fairy love, is there anyone who's upsetting you? If so, tell me, and I'll be right there to make them knuckle under!"

- 'What will life be without him? The yard is empty, and only a skeleton remains of the couch. It's as if they have left together', Zarrina moaned.

At that moment, I felt as though I had been scalded with hot water. I stood up and declared to the neighbours, pointing at the coffin:

- 'That was him, who planted the trees, ennobled the yard, built a summer-house and put in the couch. All of us neighbours, under his leadership, created this beauty. I understand that it is cold, that children need hot food, but how could you disassemble the couch without seeking general consent?'

- 'Don't eat your heart out,' said the burly neighbour sitting next to a driver. 'We'll make a large shelter to replace it in summer'.

I remained silent, because I did not want to create trouble on such a day.

But we did manage to bury Grigory Semenovich with honours. His fellow veterans waited for us. Hearing about his death and defying the cold, the elderly men gathered at the cemetery. Their speeches were not numerous, but very touching! Emotions ran high as each spoke with great sincerity about how Uncle Grisha had been a real man and true hero.

And I cried bitterly, without hiding my tears. I understood that I had lost a friend, without whom life would lose a special poignancy.

Living without You

The day after the funeral the sun shone high in the sky. I hurried to the Veteran Committee to discuss the tombstone. I was told that the stone would be ready the following day but was advised that since the ground was still soggy, its installation should wait. I agreed.

I returned to the yard and for the first time during that time, looked at the couch. I felt so overwhelmed that I slid down onto the melting snow. Mustering all my strength, I got up and soaking wet, approached its mutilated and naked skeleton. That was all that remained of the couch and I interpreted it as a bad omen…

I looked at the iron legs of the couch and recollected how before the onslaught of each winter Grigori Semenovich, and all the neighbours, would gather on a Saturday to undertake "hashar": a day of cleaning and covering up the couch with boards and a tarpaulin, tied down firmly at all four sides. People in nearby yards were envious about how long our couch survived.

Uncle Grisha used to say: 'It is necessary to take care of each and every thing, and then they will serve you well. Everything in the world is interconnected: if you take care of a loved one, you'll get love in response, if you take care of nature, it will respond with tasty fruits and beauty; if you take care of yourself, you will live longer'.

I could not agree entirely with the last statement, since our soldier did not take care of himself. I knew as a doctor, what pains he suffered as a result of shrapnel, but his kindness to strangers and to our neighbours empowered him and provided for his long and meaningful life. And his difficult fate made Grigori Semenovich even stronger.

I closed my eyes to avoid looking at the carcass of the couch and went home to phone my husband. He was clearly very upset by everything I told him and suddenly started wheezing and coughing violently. As a doctor, I quickly realized that I had to see him as soon as possible and promised to buy a ticket for the next flight to Moscow.

I was met by my son Farrukh and my daughter-in-law, who told me that their father had been taken into hospital the day before and so I immediately headed from the airport to see my husband. There I found Rahim lying connected to a drip, looking haggard, emaciated and deathly pale. Fear gripped my heart, but I was determined not to show it. I asked for his clinical record, and looking through the radiography images, understood how serious things were. In the right lung I saw a black shadow, bronchiectasis and fluid collected in the pleural cavities. His temperature was consistently high. The doctors did not anticipate a favourable outcome. But my Rahim was looked at me with hope and joy.

- 'Zulfiya-dzhon, are you really here, my dear?' He asked quietly, breathing heavily.

- 'I should have come earlier. I treat everyone in Dushanbe but have neglected you. I'm so sorry, my dear', I replied with a sad smile.

- 'I am blame myself, I didn't listen to you and overestimated by own health. I should have preserved my own strength. At my age, I should have lived out the rest of my life at home', he tried to explain.

I felt like screaming 'Why are the skies trying me so severely? I hate the word "Gastarbeiter"!'

We decided to transport Rahim home, so that he could be surrounded by everything that was familiar to him. My son organized all that was necessary for a comfortable flight, and his wife doted on him tirelessly.

In the plane all the way home, Rahim did not let go of my hand. He promised that we would no longer be apart and reminisced over our younger days and life in the yard with Grigory Semenovich and the favourite couch of our female neighbours.

We arrived in Dushanbe late at night and without delay, went to see my colleagues, the pulmonologists, who were on duty in the medical department. The plan was for Rahim to receive intensive therapy. But a friend of mine advised me to take the dying man home.

I obeyed her, and we went home. The next morning my husband asked me to show him the yard, as if he wanted to say goodbye to it. My son and I took him by the arms and led him out to breathe the spring breeze and enjoy the first bright rays of sunshine.

- 'Spring is coming', Rahim said. 'I wish I could live to see it ...'
- 'We'll see it together!' I tried to calm my husband.

We both looked to the side where there a couch had been but even its metal base had gone and the new neighbours had erected a new fence around the garden.

Those eerie outcomes made Rahim upset, and he wanted to go home. He lay down on the sofa and never got up.

We buried him in a quiet ceremony with relatives and a few colleagues from the Academy. None of the old neighbours were present. There was only faithful Lola who had rushed from another micro-region, where she with her husband, a poet, now lived in a multi-room apartment. We wept, unashamed of each other's tears.

We were saying 'goodbye' to the past, to our youth, to our memories. I recited the lines of Mirzo Tursunzade, which were indicative of my state of mind:

If hearts had softened by tears,
Melted my heart would have been.
If tears had swept away dwellings,
Long ago homeless I'd have been.

I buried Rahim according to our old rites, at the Russian cemetery where the Earth receives one and all, next to my mother and not far from the graves of Grigory Semenovich and grandmother Matryona.

Lola came to visit me on the first anniversary of my husband's death. We both felt that that would be our last meeting.

- 'Zulfiya, what are you going to do?' my girlfriend asked.

- 'I'll go to my son. The yard has become strange, there are no my favourite neighbours here. I'll sell the two apartments: mine and Uncle Grisha's. I'll only take my most memorable things and buy a flat near the kids in the suburbs of Moscow. Come to visit me, Lola, my dear tulip. There are beautiful places, and a forest nearby. We'll put a small couch there, drink tea, and recollect our youth.

'But such yards no longer exist' I thought. 'And it is now very difficult to find people living nearby, who like my dear female neighbours, become as close as relatives.'

I was saying farewell to the yard, who like a close friend, I was losing forever...

THE CITY
WHERE DREAMS
COME TRUE

Dear Reader,

In your hands you're holding an edition of 'The City where Dreams come true'; a book written by a wonderful writer and an amazing woman: Gulsifat Shahidi.

For her literary craft in promoting peace, friendship and mutual understanding across nations, Gulsifat Shahidi was awarded the 'Golub Mira' or gold medal: the highest honour bestowed by the International Association: 'Generals of the World for Peace'. The award, represents public recognition for long-term peacekeeping efforts in promoting the resolution of military conflicts and providing help to people living in regions of conflict.

'The City where Dreams come true' is a remarkable story of intertwined human destinies, uniting difficulties of the past with the present. The author shows how struggles for survival along a path filled with troubles can ultimately lead to one's spiritual revival.

Gulsifat Shahidi graduated from Tajik National University with the degree in Journalism, before becoming engaged in scientific work and defending her thesis: 'Tajik-Russian Literary Relations in the 1920s and '30s '. Gulsifat then worked as editor in chief of ITRC for 'Mir' (the Tajik branch). She has been published in Tajikistan and Russia.

This masterpiece has been acknowledged by generals from all over the world, through the award given by the the supervisory board of The International Association: 'Generals of the World for Peace'. They now look forward to the publication of new works by Gulsifat Shahidi which will further evidence her incredible talent.

A.Skargin General Director
The International Association 'Generals of the World for Peace'

Dear Friends!

Fate has provided me with the opportunity to introduce you to a book written by my colleague Gulsifat Shahidi on the philosophical theme: "If I had been master of my own destiny…"

By happy coincidence, I was the first to read and then edit, these short stories when they were published in Russian.

Gulsifat Shahidi is an author with extensive journalistic experience, who has turned to literature to vividly focus on the lives of people of different generations, who refused to be broken by the tragic events of the civil war in Tajikistan between 1990 and 1993.

Each story is permeated with human pain and the empathy of the author who also found herself in the midst of military activity. In the heroes of the stories, readers might recognize themselves, their relatives, friends, acquaintances or neighbours. Moreover, they will undoubtedly fall in love with the wonderful young men; Ali and Shernazar, as well as grandfather Horosho[1], and will be charmed by a girl named Nekhbat.

The author imbues the book with love for her native Tajikistan, for sunny Dushanbe; the most beautiful city in the world, and for the people who preserve the spirit and traditions of the ancient Aryan culture.

The author infiltrates her stories with lines of poetry by the Tajik-Persian poets who enriched the modern Russian language, with the vitality of their immortal creations.

The four stories, "I will make you Happy", "Everything is going to be all right", "Love conquers all" and "If I had been Master of my own Destiny…" are united by a common theme and the author's faith in a bright future for her homeland.

Having spent twenty years of my life in the country, I too, have concerns about the fate of Tajikistan.

[1] Horosho (*"хорошо"*) – all right

I first met Gulsifat Shahidi in the editorial office of the republican newspaper "Komsomoets Tajikistana"[2]. Gulya, as she became known to us, was the mother of a young child and had graduated in journalism from Tajik University. Like her, I was the mother of a pre-school child but at that time, had acquired less creative experience since gaining a diploma in journalism from Kazan University.

We became immediate friends and talked a lot about life, our profession and our children. Gulsifat's husband Tolib Shahidi, a promising and now famous composer, accepted me like a relative into their family. I have always been fond of the theatre and cinema and Tolib's introductions to his friends - composers, artists, writers, actors and directors – proved very useful in the editorial department of Tajik culture TASU - TajikTA, where I was soon invited to work.

Gulya and I were close not only in our creative outlook, but also in our personalities. I remember her mother very well, with her pale skin and blue eyes. I called her Aunt Masha, in the Russian style. I once asked her about the origin of her daughter's unusual name, Gulsifat. -Verajon, - she said tenderly – "gul" in the Tajik language means 'flower', and 'sifat' means 'quality'. Thus, 'Gulsifat' means a flower of the finest quality."

I was happy for Gulya as she succeeded in her field and used to tease her by saying: –No wonder I find it impossible to keep up with you: your very name is a sign of your quality!-

Life's hardships eventually exhausted Gulya's mother's health and her kind heart gave up. At the funeral, as I was comforting my grief-stricken friend, I had a premonition that very soon, I too would become an orphan. A few months later my mother died. It was then Gulya's turn to comfort me, whilst emphasizing that the time had now come for us to take on the mantle of our parents, for the sake of our children's future.

---

[2] "The Komsomol of Tajikistan"

The advent of Civil war in the early '90s scattered us in different directions. My husband and I moved to the Tula region and my friends, the Shahidi family, settled in Moscow. Throughout my twenty years in Russia, I kept up correspondence with both the Shahidis and with loyal colleagues still living in Dushanbe and so was kept abreast of changes in both their lives and that of the republic.

More than once, Gulya, Tolib and I discussed the problems spawned by a separation of nations. We were equally worried about the increasing trend of Central Asian immigrants being banished from Russian cities. In the history of humanity and in every religion, it is taught that good and evil have no nationality, but in every nation, there are good and bad people.

My dear fellow countrymen read Gulsifat Shahidi's stories and perhaps together, we will come closer to realizing what we're doing wrong and what can be done, to change the fate of our country.

Vera Deynichenko

1. I WILL MAKE YOU HAPPY

Ali's story

A Lifelong Day...

I never thought that days could be so long. For the first time ever, I was aware of every passing second, every moment and my every breath … My entire existence was consumed by thoughts and memories of you. On that day, I realized that time sometimes moves more slowly to give us the chance to sort through pages of the past and evaluate the present, through a prism of memories.

Finally, after a long drive to the airport and the usual security procedures, I took my seat. The plane took off towards my long-awaited rendezvous with my hometown and my beloved, whose very existence is what gives my life its meaning…

Memory, is as unwritten book: it tracks your travels through life and sometimes, you find it hard to believe that you experienced, and survived, such difficult and unpredictable journeys…

… I met my teacher for the first time when I was only seven years old. She had arrived with her young husband, who had been appointed director of the new school built for settlers in our village, and because she hailed from Badakhshan, was known by locals as a *Pamir dweller*. Feeling dissatisfied with life amongst their relatives, they had made the decision to leave their homeland and to the delight of we children living on the Afghanistan border, began working in our school. She taught English and worked as the librarian and later on, became our primary school teacher. My father was chairman of the kolhoz[3] . Like many young people during the years of perestroika, he had been elected for this position and far from refusing to take

---

[3] Collective farm in Soviet Union

it on, embraced the opportunity to fight against the corrupt "new Tajiks". He sent many of those engaged in racketeering to prison: an act which was to play a fatal role in the future of our family.

My teacher, known as muallim[4], often lent me her small cassette recorder along with audio courses in English, so that I could learn how to pronounce words correctly. She also ordered and brought a lot of books for the library and it is thanks to her that I came to love reading, not only in my native Tajik, but also in Russian and English. This first key teacher in my life never tired of commenting on my unusual thirst for languages and told me that because I was her best student, I would achieve great things.

Soon muallim gave birth to a daughter: a beautiful girl who looked like an angel with her blue eyes and dark blond-hair. She named her Nekbaht, which in Tajik means "happy". I was always pleased to be of help and asked my mother, who was on maternity leave taking care of my little sister, to help her, too. Mum gladly agreed. We did our best, so that muallim could continue working in the seriously understaffed school.

There were no signs of any impending danger. Our lives were prosperous and we made plans for our future. But then in the 1990s, civil war broke out in Tajikistan. God forbid that anyone should ever again experience an event more senseless and cruel: Its impact on the lives of those directly involved was unimaginable…

At the beginning of the war, many people escaped from the prisons, including someone sentenced by my father. It was inevitable that this murderer, who soon became the leader of a new gang, should nurse a terrible desire to return to the kolhoz and wreak vengeance upon my father. And he succeeded.

The villagers were forced to spend many troubled days and nights consumed by worry about how they could possibly escape the impending danger. No one could understand how the militants had

---

[4] *Muallim – "teacher"* (Tajik)

managed to acquire so many weapons but it was only after an attack on the garrison, that the Russian border guards became actively involved in countering hostilities. As for the locals, they simply had no comprehension of the full extent of the horrors in store..

On that tragic day, I was sitting by the river with a book, tape recorder and headphones, trying to memorize a new text. I felt divorced from the world when up in the high tugais[5] ; a place where I liked to sit for hours, reading and studying new words and their pronunciation. In fine weather, I also loved to swim there. On that day, my mother worried by military events, prohibited me from going but for once, I didn't listen to her. I still hate myself for that , even though there is little I could have done if I'd been with them during those terrible tragic moments.

When I saw the raging crowd of people gathering on the bank, I sped to the ferry. The border guards were suddenly alerted to a heavily armed group of militants advancing towards the ferry from the Afghan territory but unprepared for the attack, could not protect the town folk. I watched as our neighbours, friends and relatives boarded the craft, but couldn't see my parents and little sister anywhere. I noticed my muallim with her daughter in her arms, but her husband was nowhere to be seen.

Both sides started firing large-caliber guns. I didn't reach the raft before it sailed off, but when it was hit by a shell, I rushed into the river and swam after it. Over the roar of gunfire, I heard people screaming and wailing , then Muallim saw me and pointed towards her daughter, struggling in the water.

Her last word was "Nekbaht" and the look in her eyes, imploring me to save her daughter, will remain in my memory forever.

---

[5] *Ariparian forest* - forested or wooded area of land adjacent to a body of water such as a river,stream,pond,lake,marshland,estuary,canal,sinkorreservoir.

I swam down the river far away from the ferry. As the echoes of the day's tragic event began to subside, I came ashore with little Nekbaht. She was crying and calling for her mother. I didn't know how to comfort her, and we wept together. I looked into the baby's eyes, red-rimmed from crying, and repeated like an incantation: –I will make you, *Nekbaht,* happy!-

Once we had rested, we wandered down the road where we were picked up by tanks from the Russian division. They were in a hurry to rescue the border guards. When we reached the village, I could not believe my eyes: the newly built town, along with my school, had been razed to the ground. I ran home and through my tears, saw that my father's house had been also been burnt down. I was then struck by the sickening realization that it was here, that my parents and little sister had perished and would remain forever more... A year later, I learned it all of this had been the revenge of that true scum of the earth; the murderous leader of the gang.

I did not know what to do next; what was there left to live for? If it had not been for you, Nekbaht, I would not have hesitated. I would have taken the gun and gone to avenge my family. But now, I was responsible for you. Fortunately, there were Russian tanks returning to the Dushanbe garrison and they took us with them. The Commander, assuming you were a Russian orphan, offered to take you to safety but you were holding onto me so tightly, he had to take me, too. I ran to the river and retrieved my tape recorder and book – all that was left of my former life - and saying goodbye to my carefree childhood, embarked upon a new life, full of suspense and anxiety. In that one day, I matured many years ...

I was aroused from my reverie by the air stewardess offering me breakfast. Because I'd been anxious about the flight, I had not eaten the day before and now hungry, was glad of some food.

We travelled to Dushanbe in an old GAP truck. On the way, the Commander listened to my sad story about the events that had occurred and was amazed to hear that Nekbaht was Tajik. Having learned that my uncle lived in Dushanbe, he asked if I knew his address and when I told him that I didn't, he promised to help. And you, little one, slept in my arms all the way.

I knew about Dushanbe from television broadcasts and muallim's stories; she had loved the city and considered it the best in the world. Back then, I probably imagined Dushanbe to be like Paris or Moscow. It sounds funny, but that's how it was. I was impatient to see it and had long dreamt about enrolling at the university after finishing school. Fate, however, had a different hand to play.

During the years of perestroika, my uncle moved to Dushanbe. He had a large family of ten children: the five eldest were girls, and the five youngest, boys. The girls were already married. Uncle had opened up his own business – he was engaged in car maintenance- and all his sons became his assistants.

The Commander found my uncle's address at the registry office, and took us to him. All of our relatives already knew about the events in our village, and my appearance came as a complete surprise to my uncle. He wept and rejoiced at the same time. Then hearing about the full extent of the tragedy, he lamented for several hours. The next day made arrangements for the funerals. Afterwards, he told me his plan: I would continue studying at school alongside helping him in the business. I agreed and then timidly asked what would happen to Nekbaht?

Uncle proposed to search for your relatives so that they could look after you, Nekbaht! My heart ached. I remembered the look in my teacher's eyes and firmly announced that I had sworn to always keep her daughter by my side. And so a decision was made.

Life in my uncle's house was a great test for me but also, a blessing in disguise. I studied well but work in my uncle's garage was too much for a teenager. A half-day's work was so exhausting that I could barely recall how I made it home afterwards and only you Nekbaht, with your joy and bright eyes helped dispel my fatigue.

His sons were not particularly happy to have us there; things were difficult for them too. Every night we had to queue for bread as a result of the constant interruptions to deliveries of food.

During the civil war many international organizations were set up, and each had its own garage. There was plenty of work. When my uncle discovered that I spoke good English, he also began to use me as an interpreter. It was difficult, but the instructions for each machine, which always lay in the glove compartments, were helpful. My uncle was happy and the profile of our clientele changed immediately. People from the embassies started employing us and earnings rose.

Life was gradually improving. You were the only one, Nekbaht, who often felt sad and increasingly absorbed in work and study, I spent less and less time with you. I left when you were still asleep, and came back when you were in bed. And then there was uncle's youngest son – a naughty kid and rascal – who never left you in peace.

Near the house was a foster home and the director regularly brought in his car – a 20 year old pile of junk- for repairs. He was very fond of me because in contrast to the brothers who had no interest in the old jalopy, I was always willing to repair it. I knew how hard it was for everyone back then. I spoke to the director about you, Nekbaht, telling him that I was your older brother. And without hesitation, he offered to register you in the foster home with the proviso that I would constantly visit my little sister.

You became the darling of the foster home and everyone called you "dolly". And my soul found peace when at last; my uncle stopped looking for your relatives. Everything in my life began to change.

The representative of the UN peacekeeping mission often left his SUV for repairs in uncle's garage. I noticed that he listened intently as I translated. He watched me working and found out where I studied and very soon, invited me to enroll in the International School which had just opened in Dushanbe. Gifted orphan children were given the opportunity to study free and he promised to apply on my behalf, with a letter of recommendation. I could not believe such a turn of fate. My uncle was not happy - because I was an important asset to his business - but I assured him that I would always be there to help.

Sir John, the UN officer, came for me on the appointed day and took me to school. On the way, I told him about you, Nekbaht, and he decided to accompany me the orphanage to see if he could make my little sister happy. John went to speak to the director whilst I spent time with you. I don't know what they talked about, but thereafter, life in the foster home changed for the better. Indirectly, my Nekbaht, your being there brought new happiness to disadvantaged orphans. The director often spoke to me about it. A brand new minibus appeared, the buildings were refurbished and the home was better provided with food and clothing.

Later, however...

The City where Dreams come true

On our way to school, I looked in awe at the streets and squares, the shady avenues and parks, the beautiful buildings and monuments, aware that because of the bustle of everyday life, I hadn't really seen the city at all. And it was so beautiful! I can now confirm that this is undoubtedly the best city in the world! I saw places that my favorite teacher had told me about: the Opera and Ballet, the library named after Ferdowsi, and the University where she studied...

My years of study at the school passed quickly. I became the top graduate and worked part- time as a translator. You, Nekbaht, were already in fifth grade. Your marks were excellent, and more and more, you resembled your mother. Yet there were times when you looked so downcast, especially when I shared my plans to study abroad or told you that I had to travel to other parts of the country, as Sir John's interpreter. There were many such trips because everything in the country was gradually returning to normal.

You felt everything so keenly…

… It was during one of these trips that we encountered the unexpected. Sir John had taken me to Garm for a meeting with the commander of the opposition group. There were no signs of trouble. The checkpoints increased as we drew close to the meeting place. At last, we got out of the car, and when their leader emerged I immediately recognized those predatory eyes. Yes, it was he who had killed my parents, my little sister and our neighbours. I remembered those eyes from when he was led into the courtroom under police escort. The process was demonstrative and was held in the assembly hall of our school. Pupils were allowed to go home, but I had stayed in the library.

The bandit caught my eye, and although he did not recognize me, he realized that I knew something about him. By way of introduction, he began shooting at our feet and laughed as we jumped. It was a highly alarming. He then calmed down and told Sir John that he could go. But I was to be taken hostage. Sir John contacted the commander of the detachment of the opposition to make him aware of the situation and he in turn, called the head of the checkpoint. After some time, the commander dismissed me with the words "sagbacha, man tura az tagi zaminam meyobam - son of a bitch, I will get you, even if I'm forced underground! - And inwardly, I replied: – No: it is I who will seek you out. And you will answer big time for everything you've done!-

After that, Sir John never took me with him again and decided that instead, I should go away to study as soon as possible.

Before leaving, my Nekbaht, I often picked you up from the foster home. We walked the shady streets of my beloved city and along the central avenue that the people of Dushanbe proudly call "Lovers' Alley". We visited the park with its thousand-year-old plane trees and made wishes. You had no notion that my main wish was to see you in a white dress standing next to me and that we would never again be apart…

Dushanbe is the city where dreams come true. And this dream of mine would definitely come true! I believed in it. I made a promise to make you happy and ensure that you would never be lonely.

"Would you like dinner?" The voice of the smiling stewardess brought me back to reality. After the meal, I decided to sleep to pass the time. But my thoughts allowed me no rest.

Before leaving to study, I was particularly bothered by the knowledge that I would be unable to track down and punish that villain and murderer. It was he who would find us and you, Nekbaht, were in danger. I recalled the time when I was taken from my uncle's workshop and brought before the National Security Committee, following the complaint of neighbour who alleged that I was a spy and worked with foreigners. When Sir John found out, he met with the minister and settled everything. The minister seemed a reasonable and honest man and when we parted he told me: –If you encounter further problems, please contact me direct-. And so I went to the ministry, to tell him about my family's killer. The minister remembered our last meeting and agreed to see me immediately. He listened attentively to what had happened at the checkpoint, and about the gangster who had made so many people to suffer. He assured me that although the criminal was currently hiding in Dushanbe, he would soon be caught. He also gave me his direct phone number for emergencies.

That evening, I heard on the news that one of the most violent gang leaders in Dushanbe had been neutralized. The next morning I called the minister and thanked him for everything but he responded by saying – Its Sir John you should be thanking. After all, he was the one who first warned us of the danger and he, who provided us with the coordinates of that villain's hideout. –

On the day before my departure, I could not stop talking to you, Nekbaht, and I promised again, that you would never be lonely. You cried. After all, you were still a child even though we children of the war, had to grow up very early ...

A few months before I left I asked Sir John to provide the foster home with computers and lessons on how to use them, and I gave you, Nekbaht, my favorite old cassette player and book which were gifts from your mother. At first, you did not want to let me go, and it was only the old director of foster home who was able to console you. He assured us both, that he would care for you like his own daughter.

Studying abroad came naturally to me. Sir John was also transferred to a new location. And our virtual relationship over the network began. We were far and near: we talked a lot, but could not feel the intimacy. You blossomed, Nekbaht, and in my eyes and because I loved you, became a real beauty. Your resemblance to your mother went beyond appearance; like her, you were clever, modest and diligent. You were an excellent student and according to the director, the whole foster home was in love with you.

I did not go home in the holidays since I was busy earning money for our wedding. I wanted to arrange it in the city of my dreams once our studies had finished. And you agreed...

The captain announced our landing in Dushanbe. I looked out the window, longing to see you, my darling.

You greeted me with flowers and tears ... Next to you were those we loved most: the director of the foster home, my uncle, and ... that was all. I have many friends and relatives but those who are closest, I could count on my fingers ... Only God and you, my dear, could know how happy I was. We drove through the streets of my most favourite city in the world - Dushanbe. It has changed a lot over the years, and begun to grow and become like other cities. Yet it still had that special charm that I have always admired, and unique colours and landscapes that do not exist anywhere else in the world! A lovely city where all my dreams came true...

I realized that there are no bad places and people in the world. People are different. I have been lucky in life: I had good parents, a teacher who opened up the whole world to me, and you - my

Nekbaht. There was the Russian commander who, at his own risk, helped us escape the hostilities, my uncle, who gave us bread and shelter, despite difficulties, and Sir John, who became a father figure and showed me the way in this huge world ... The world is not without good people and it is inherent that I join them at the helm, to bring joy, kindness and happiness to others. And I'll begin this righteous path with you.

I will make you happy, my beloved Nekbaht.

2. EVERYTHING IS GOING TO BE ALL RIGHT...

Grandpa's story

The Pamir Dweller from St. Petersburg

A few years ago I came to St. Petersburg to earn money. I come from Darmoraht, a distant mountain village located 2,000 metres above sea level, amidst the beautiful valleys of the highest Pamir Mountains. Some people called me a *gastarbeiter*, a name which I didn't understand, but I was a master of my craft and always found jobs building cottages. In general, people in St. Petersburg are very similar to my compatriots; friendly and good-natured. Many were curious about my correct Russian language, and even more so, about my name. I worked and lived well, and most importantly, my grandchildren were satisfied, now they had enough money to live on. I called myself the St. Petersburg Pamir dweller. And I always liked to recall lines of my favourite poet Khayyam:

> We change rivers, cities, countries,
> New doors on our paths, new years.
> But we cannot hide from ourselves,
> And if we try, there's no place to go...

That summer, it was hot in Russia; forests were burning, and everyone moved out to their country houses. All of my neighbours knew me well; which proved to be a blessing in disguise. On the day I felt sick and fainted, the holidaymakers immediately called an ambulance, and I woke up in hospital. Here, I was registered in the usual way; by my name and nationality. The nurse who filled out my medical history smiled as she exclaimed: –What an unusual surname!- and when I said that I was a Pamir dweller, a doctor asked me whether such a nationality actually existed.

A few minutes later, after all these procedures, I was taken to the operating room and a doctor, wearing a gauze mask over his face, approached me and asked in Tajik:

- Hubed, padardzhoni pomirii man? - How are you feeling, my father from the Pamir? - I was scared, but his kind eyes gave me confidence and I replied:
- Pisaram, bad ne: not so bad, my son.-

He assured me that I was going to be all right, and as I fell under the general anesthetic, I believed him. It turned out I had appendicitis and the onset of peritonitis. The operation lasted exactly six hours. I regained consciousness late in the evening but was very weak. When I opened my eyes, I saw the doctor who had comforted me before the operation. He had taken off the mask and I immediately felt an ache in my heart: He looked just like my younger son! He was as tall and handsome as my son, but his eyes were almond-shaped.

- So, how are you doing? - asked the doctor.
- Alive, thank God, - I replied.

He felt my pulse and asked the nurse to monitor my condition. Then, as he bade me goodbye, told me that he had switched shifts with a colleague and would be on duty all night. I later learned that he had done so, especially for me.

Because of the pain, it was a long time before I was able to fall asleep. My doctor made frequent visits to the ward, with new procedures for the nurse who in turn, fussed over me. Finally, I fell into a slumber and in the morning, felt better.

During his morning round, my doctor was accompanied by a professor who told me that he only entrusted such complicated surgeries to Farhod, my doctor. He assured me that everything was going to be all right. We smiled at each other, and I knew that he understood the meaning of my name.

And this is how it came about. After he married, my father, Shovalishoev Kadamsho had one daughter. Boys were then born each year, but for some reason, only lived for a short period of time before they passed away.

Father's grief knew no bounds; everyone said that the cause was inbreeding... Father, a legendary builder from a very famous family, would have liked to pass on his skills to sons and so was very upset. When I was born, my father did not give me name for a long time, fearing that I too, would not survive. That year students from the University of Leningrad came to our village. They were studying to become orientalists and wanted to learn languages of the Pamir. Among them was a very handsome student from Dushanbe. Known by his peers as Petrovich, he has since become one of the country's most established scientists. He was a funny lad. The students went from door to door to record local folklore and interesting stories, narrated by the villagers. When they called at our house, my father told his sad story. Petrovich, with his usual gaiety, offered to find me a name which would ensure that I would live for a long time. When he learned that grandfather's name was Shovalisho, and father's name was Kadamsho, he suggested calling me Horosho. He explained that "horo" meant "granite", "sho"- "king"; so my name would mean "let his health be as strong as granite". My father, who did not know Russian, rushed into the office and once he had looked up the meaning of these words for himself, rejoiced even more! To everyone's delight, I thrived and became a true stalwart! That is how I became known as Shovalishoev Horosho Kadamshoevich. The professor laughed heartily and then pronounced that with such a name, everything was going to be "horosho" – all right.

Farhod promised to send one more of my countrymen to my ward; a Tajik Armenian

When Farhod's friend came up to me, he gaily introduced himself in pure Tajik southern dialect: –"Man Khachik, tochiki Armani ay chigari Kulov" – I am Khachik, a Tajik Armenian from the liver of Kulyab: a genuine Kulyab[6] dweller. - We laughed so loudly that we alarmed the nurse, who waiting to give me a shot, asked:

– Well, friend of the descendant of Avicenna, are you in pain? -

Khachik told her that only Farhod was a true and worthy descendant of Avicenna, whilst we just stood on the sidelines. When we were alone, I asked Khachik where he acquired his Tajik dialect, and he told me an interesting story about his life.

... Khachatur's parents had gone to work on the construction of the All-Union; the Nurek hydropower plant. They lived in a Tajik village and because Russian schools had yet to be established in the area, he studied in Tajik to grade 5. All of his friends were local lads, so he began to speak in dialect. Then his father was invited to work in General Administration and they moved to Dushanbe.

– That is how I became Tajik Armenian, - declared Khachik with pride. He then asked me why, on admission to the hospital, I had called myself a Pamirian.
– There are particular reasons for that, - I said sadly and looked away. Khachatur nodded and continued with his story.

In the early nineties, nationalist agitation rose up in Dushanbe and a key issue was the perceived, preferential treatment of Armenians: the city authorities had allocated apartments to Armenians, leaving the Tajiks with nowhere to live. And the massacres began. The Khachatur family lived on the first floor of a multi-storey building. All the inhabitants, and they were mostly Tajiks, defended their right

---

[6] *Kulyab* - is a city in Kulob district, Khatlon Province, Tajikistan. Located southeast of the capital Dushanbe.

to reside there. In the same house, lived Farhod with his parents and three brothers. Their families became good friends.

Khachatur was musician who played the duduk[7] , an ancient Armenian instrument, as well as the clarinet. His passion for music was shared by Farhod and his brothers who played as a hobby. Together, they created an ensemble and soon found themselves in popular demand to play at celebrations throughout the city.

During the civil war, Khachatur and Farhod remained close, supporting each other as best as they could.

One day, during these troubled times; a respectable-looking man turned up in an SUV and asked them to play at a family wedding. Being young and naïve, and attracted by the chance to earn a lot of money, the lads quickly agreed without bothering to consult their parents. They were taken by the man to an unknown destination in the mountains. At first, everything was fine, but then... God knows how they survived.

A week later, there was a report on the death of a famous artist named Karomatullo, who had also been taken to the wedding attended by the musicians. And no-one else, apart from them, had come back...

We say that friends are the reflection of each other. I felt happy for my doctor Farhod's wonderful friend. Khachik left but his story remained in my thoughts for a long time. Those years had not been easy for anyone and I was certainly not alone in my trials ...

The next morning when my doctor came to see me, I began to thank him for saving my life but he modestly replied that it was his job, and the people I should be really be thanking , were the holidaymakers. Had it not been for their quick actions, I would

---

[7] **Duduk** *(doo-dook; Armenian: դուդուկ)* is an ancientdouble-reedwoodwindflute made of apricot wood. It is indigenous to Armenia.[3][4]It is commonly played in pairs: while the first player plays the song, the second plays a steady drone, and the sound of the two instruments together creates a richer, more haunting sound.

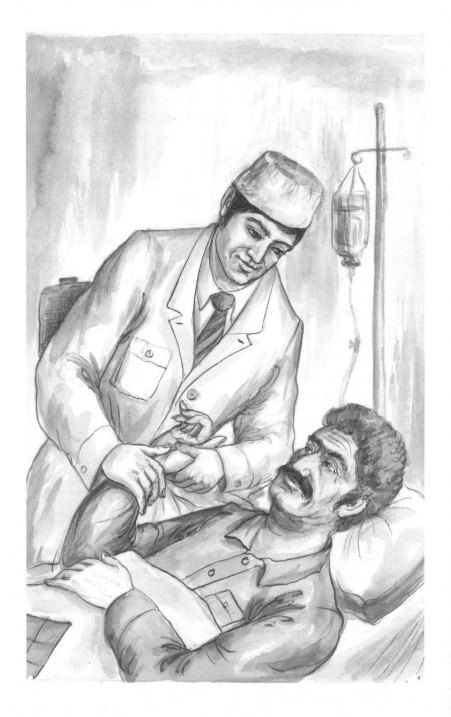

not have survived. Instead of prescribing more medicines, he then recited lines by the poet, Khayyam:

> *Other than suffer uselessly for general happiness,*
> *It is better to give happiness to someone close.*
> *It is better to bind a friend with your kindness,*
> *Other than to release humanity from bounds.*

The Descendant of Avicenna

That evening, Farhod kept his promise to spend some time with me as soon as he was off duty. Smiling, he sat down at my bedside to listen to my sad story:

... I had the best childhood. My father absolutely adored me and taught me all the nuances of the construction trade. When I graduated from high school, I was already a jack-of-all-trades but nevertheless, my father insisted that I gain a higher education at the University's Polytechnic.

> – That sounds typical - interrupted Farhod gently – it's no wonder that they say that in the Pamir, even herders have a higher education.
> – Yes, - I agreed, with a smile.

... I went to the capital, enrolled on a construction course and five years later, returned as a graduate. My father and I built so many houses! I married and had a daughter followed by two sons.

The children grew up very fast. My daughter went to study in Dushanbe and was an excellent student who spoke foreign languages with as much ease as her mother tongue. She fell in love with a fellow student and married. My wife and I were against it: the young man was not "one of us"; he was not from the Pamir. But our daughter paid no heed and offended by our objections, left to work as a teacher in a rural school far from home. And then I too, felt offended.

My sons also grew up and one after the other went off to the city to study. Perestroika began and many "new Tajiks" began to build themselves large houses, especially in the capital. Such was the demand, that my sons called me to join them during their holidays so that we could work together. In time, the eldest finished his studies and got married. There were plenty of construction projects and we earned very well. When the married son procured a plot of land on the outskirts of the city, we began to build our beautiful Pamirian house. The location was not ideal - there were problems with drainage- but we were legendary builders! We built a good house and only a few finishing touches remained. It was my dream that I would find my daughter and she would bring her family to live there too. All would be forgiven and we would once again live happily, all together. But fate decided otherwise ...

The war began. That year we stayed in Dushanbe since my sons wanted to get the house finished as quickly as possible. Little did I know what grief lay in store... One of the most dangerous criminals had settled not far from our new home, closer to the hills in the village of Teppai Samarkandi. He was known as "Hitler", on account of his cruelty. On one of his nightly raids, he arrested my sons and demanded that they join his gang. My sons refused, and he shot them ...

... My wife, unable to cope with such emotional hardship, fell ill and on her deathbed, pleaded for me to: – Find our daughter and take care of our daughter-in-law and grandchildren.-

My first impulse was to seek revenge, but one soldier does not make a battle, and how could I risk abandoning my daughter-in-law with two small children? She restrained me from trying to take up weapons, and day in, day out, the children depended on me as the sole breadwinner ... Times became extremely difficult; there was no work and food was scarce. So I decided to go in search of work in Russia. This also proved difficult since I was deemed too old, on account of the date of birth on my passport, rather than my experience. The only place I could find a job was St. Petersburg and that was how I ended up there.

Farhod sat in silence and could not hold back his tears: it was as if he himself had been emotionally involved. But my eyes were dry: I'd wept all of my tears long ago.

- Now I understand why you decided not to call yourself Tajik - Farhod commented, breaking the silence. - And your daughter, did you find her?
- No- I replied - but I believe she is alive. During the war, many people went to Afghanistan and I heard that she was living near the border.-

... You were the first person, my doctor, to whom I told the story of my life and I feel better now that I have shared the burden which lies heavily on my heart. Hesitantly, you then proposed that I consider myself your Pamirian father. I was delighted, especially since you looked so similar to my younger son.

After I had been discharged from hospital, my adopted son gave me his old mobile phone and kept in regular contact. And I felt so proud of my Farhod when I attended the defense of his thesis! Many well-known professors commented on his excellent research, and its publication in leading scientific journals had been highly acclaimed by international academics. It was said that he was a heaven-born surgeon, with a magic touch. I especially liked how the Head of the department stressed that he was a true representative of the people who gave the world Avicenna!

I heartily congratulated Farhod.

Shortly afterwards, I was stunned when he announced:

- Father, you and I are flying to Dushanbe! I'm inviting you to my wedding; the plane tickets have already been already bought.

  What a happy surprise! It had longed to return to the city for many years but could never afford the tickets: it would have been easier and cheaper to fly to New York! And because I tried to send my every ruble to my grandchildren, I could never justify the expense.
- You are such a good son to me, Farhod; thanks to you, I will see my relatives
- My heart belonged to Dushanbe

Despite our arrival in Dushanbe late at night, we were met by a lot of people. I was delighted to see my daughter-in-law and it was an unexpected surprise to see that my grandchildren had become adults!

Farhod's mother greeted me warmly and when she asked - Are you my son's Pamirian father ? - I replied -Yes, we Tajiks are all one family. -

No-one was happier than I.

The next morning, Farhod's brother arrived to show me around the city. How beautiful it had become! I looked at the new buildings in wonder and was struck by the stillness. It was as though the war, which had left such a burden on my soul when I fled the city, had never happened.

In the evening we went to dinner with Farhod's family who lived in a beautiful and recently built house. We had gathered together for Oshi Nahor -a pre-wedding pilaf – to which all of my relatives had also been invited.

Another surprise was waiting for me there. A new Ismaili Centre had been built in Dushanbe and it was due to be opened by Prince Agakhan who had arrived from London. When Farhod's mother gave me an invitation to attend the celebration, I was in seventh heaven.

I was one of the first to arrive. The building was very beautiful and walking through the halls, I marveled at how well the architecture and interior design had integrated the traditional with the contemporary.

People gradually filled the central hall and Prince Agakhan came out. For me it was some kind of sign: I felt that something significant was about to impact upon my life. And so it happened. In the front rows journalists, VIP guests and their interpreters took their seats. Suddenly my heart leapt: amongst them I spotted a young woman who looked like my daughter. I could not believe my eyes! I was told that her name was Nekbaht: my mother's name!

What a joy it was to meet my granddaughter Nekbaht! She told me her story, I told her mine and together, we wept. This meeting had been gifted to us by the heavens, and by the efforts of those who loved us and who wanted to help relieve both our pain and the suffering which we had endured.

The Iman's sermon, like a balm, healed my wounds.

All roads to Truth are different but the main thing is never to stray from your heart-felt belief, and paths paved with goodness, justice, humanity and the power of the Divine.

People are individuals and one cannot judge everyone or a country by the actions of one person or a group of people. One of the main causes of conflict in our country was the separation of its people; a division which turned friends into foes. And parochialism arises from a lack of education. We must be one nation in order to work together , build a civilized society and strive for progress. We must learn to forgive ... How right Khayyam was:

> *If only I had power over the evil in our skies,*
> *I would crush it, and replace it with the opposite ...*

So there are no barriers for noble aspirations
And people can live, no longer tormented by grief...

I left Dushanbe feeling lost and lonely but now I had a large family. I had become the Pamirian father not only of Farhod but also, his brothers and his Armenian friend, Khachatur. But most importantly, my soul had been healed by finding my blood granddaughter. And she in turn, was overjoyed that she now had me, her cousins and her aunt, and felt proud that her children had a grandfather! She had thought she was an orphan but had held fast to what her husband had always told her during the most difficult years: – Dushanbe is the city where dreams come true.-

Dushanbe – the city of joyful reunions – has provided me with something miraculous! We will finish building our house and at last, live there together, as one big family ...

Now everything is going to be all right!

3. LOVE CONQUERS ALL

Nekbaht's Story

The Unendowed Bride

After a long absence from my beloved hometown, my first wish was to visit the foster home and to see my teacher; the old director. How many children, orphaned during the senseless civil war in Tajikistan during the nineties, found shelter in that house! But now everything had changed and there was another director. I was very disappointed to learn that my muallim had passed away the year before. Peace be upon him: may he rest eternal! I will never forget his words, which became my mantra in life - the more love you share, the more love you receive in return. Only true love can break through obstacles and conquer all!-

I was driven up to the foster home in a small Chinese mini-bus which served as a taxi. The cab was hot and crammed with people but my spirits lifted as I looked out the window and admired my city: the city of hope and love; the best city on earth! It appeared even more beautiful than I remembered it. But the faces which flashed by in the crowds seemed unfamiliar and somehow, the city felt as though it had been deserted. Many people had abandoned it during the war years and there was no knowing if, or when, they would ever return.

But we've come back…

— Aren't you[8] going to pay? – asked the driver with a good-natured smile.

I paid up, explaining that I'd been lost in thought, and in turn, asked:

---

[8] - a way to talk to friend or acquaintance, ty -(ты), while random people should say Vy - (вы). Both is translated as "you" in English.

– Why do you use the familiar "you" to me?-
– Apajon, dutai? What?! Are there two of you, sister?

It was said in such a cute and lovely way, that all of us in the taxi laughed, and the driver continued in a same manner:

– If so, you should be paying for two passengers! -

Of course, I was not really offended but couldn't resist scolding him:

– Such a beautiful city should have beautiful and educated people so we should all adopt the culture of polite communication. -
– I'll try! -

I'd noticed that young people in the city had begun speaking in a southern dialect and with my knowledge of literature and languages, was curious to hear people using the words "muallim" and often, "oytimullo", when referring to those who did not speak this dialect. Will the divide between "southern" and "northern" peoples go on forever? Consumed by this thought, I hardly noticed that the taxi had arrived at my stop and once I'd embarked, my legs seemed to walk of their own accord along the road of my childhood…

I wandered through familiar corridors and stopped in front of the banner which our patrons had made to commemorate Peace and Unity Day, during my first year in the orphanage. The banner had a picture of three girls: me, fair-haired and blue-eyed, with a pale face and apple cheeks, alongside my friends, Nilufar –a beautiful dark skinned girl with raven-black hair and almond-shaped eyes, and Zulfiya – a red-haired, brown-eyed little girl with a snub nose and freckles. The caption below the image read: "Children of Different Nations: We are the Living Dream of World Peace!" It was quite absurd! We were all Tajiks, rather than children of different nations, even though our destinies were certainly different.

Seeing the banner made me even more eager to meet them!

Nilufar had never known her parents. Her mother had died in childbirth, and no one came to collect her from the maternity hospital. She was therefore transferred to the foster home. She was reputed to be the most intelligent and diligent among us. She studied hard, read a lot and graduated from high school without attending classes. When she was sixteen, she enrolled at university and received a Presidential scholarship in lieu of her grades and active involvement in public work. Nevertheless, Nilufar was by nature a very modest girl; always ready to help everyone around her. She also wrote poems in Tajik and Russian. We were always proud to call her our friend. After school, I married and went abroad. We regularly kept in contact via the internet but lost touch when Nilufar got married. I was keen to hear how she was.

My relationship with Zulfiya had continued but when I arrived in Dushanbe, we were unable to meet because of her many commitments. However, today was her day to bring gifts to the children in the orphanage and as soon as she walked in, we rushed towards one another like long lost sisters. It had been ages since we had last seen each other…

I always thought that when a man married, he took his beloved under his wing with a vow to protect her and stand by her side, as solid as a rock. This is the ideal and how things are supposed to be, but reality can be quite different …And I knew it as soon as I heard my friend's story about Nilufar.

Nilufar was one of the most beautiful girls in the city. Many men sought her hand, but she was waiting for the love of her life. And soon the wait was over. In her second year, she met a handsome young man who fell in love as soon as he set eyes on her. He was an artist, and despite his youth, quite famous. After the wedding, Nilufar changed from a beautiful and vibrant girl into a downtrodden and exhausted woman. Zulfiya tried to ask her friend about what was happening in her life but she remained silent. Everything became clear later. Some of the artist's relatives were unhappy with his choice and looked down on their daughter-in-law for being an unendowed bride; an orphan with neither a dowry nor family status.

Once, without notifying her in advance, Zulfiya paid a visit to her friend and could not believe her eyes. Heavily pregnant, she was balanced on a "pyramid" of tables, chairs and stools so that she could clean the windows of the house from the street. Dushanbe's Nagorniy area is located in the hills, and the windows of houses built on its steep slopes, are high above ground level. Seeing her friend standing on this makeshift podium, Zulfiya became alarmed and asked her to come down immediately. But Nilufar remained on her "pyramid" until the work was done. In the yard there was a large boiler and beside it, a pile of laundry, so Zulfiya helped her friend to wash and hang it out to dry. When they had finished these chores, Nilufar's sister-in-law emerged from the house, rubbing her eyes after her afternoon nap. Her hostile expression made it very clear that Nilufar was not welcome there.

Perturbed, Zulfiya went to her friend's husband's studio to question his lack of compassion for his wife, especially since she was due to give birth. Couldn't he see that working all hours- heavy housekeeping during the day and studying at night- was turning her into an old woman?

His response was lukewarm- My mother said that keeping busy will make it easier for her to give birth. - My friend left Nilufar's home with a heavy heart and in the morning learnt that Nilufar had had a premature delivery and the baby had died ...

Cognition comes through comparison

I never thought that Nilufar - so open and bold - could withstand such treatment without saying a word. Indeed, love is omnipotent ...

The artist's sister was a willful and spoiled woman and one could sense that she was very jealous of her brother. She continuously discussed and condemned others, as if to prove that she was perfect. People say you should never condemn anyone, especially if you have a daughter since it will all come back on you. It's true. Her sister-in-law did not like anything about Nilufar, including her name. She always lived with her mother, even though she had a house of her own and was both incapable and disinterested in doing anything herself.

Nilufar endured all of this because she loved her husband, and that was what annoyed his sister the most. They lived this way for ten years and raised two sons. Nothing had changed in their relationship but his disgruntled relatives finally achieved their aim… The artist and Nilufar divorced and he married one of "their own". She turned out to be from same family, and from the same city where they came from. Nilufar and the children moved to Russia.

Zulfiya was a well-known journalist, with her finger on the pubic pulse and she soon became aware of the artist's fate. His second wife proved to be a match for the artist's sister, who was now barred from staying at her parents' house. And his mother was no longer mistress of the house. She had got everything she'd dreamt of: a huge dowry, a bride from a respectable family and most importantly, "one of them"; but this was not the life she had anticipated.

The artist was increasingly called away on business and on one occasion, met up with Zulfiya and begged her for Nilufar and his children's address. My friend had shrugged and told him she didn't have it.

His second wife did not stay long. When the artist's mother fell seriously ill, the daughter-in-law refused to visit her and worse, stripped the house bare and departed with everything of value.

Nilufar heard that her mother-in-law was ill and decided to go back to look after her. She spent her days caring for the sick woman as if she were her own birth mother.

The husband realized what a mistake he had made in parting from Nilufar. During their days together, Nilufar and her former mother-in-law talked a lot about life. Nilafur told Zulfiya that she'd enjoyed speaking to this woman who she found to be very wise. Her friend did not understand this attachment but Nilufar explained that it was important for her to build upon this relationship for her children's sake. She had known neither her parents nor her grandparents and never wanted her children to feel like orphans. Her mother-in-law asked Nilufar to return to her son and bring the children to live in her house. As soon as she had recovered, she then honoured the reunion, by hosting a big celebratory feast.

- Yes, everything would probably work out better if orphans only married other orphans- surmised Zulfiya at the end of her story, and then added:
- Nilufar has always been so kind and forgiving; I could never have behaved as she did!-
- She loved, and love conquers all - I replied, quoting our mentor and teacher.

I understood Zulfiya very well. She too had borne much in her life. Looking at her, no one would have thought that this tiny, fragile woman could grow so confident and strong in the face of adversity…

How hard it is to be a woman…

… Zulfiya had been thoughtful and judicious since she was child and we all assumed that she would become a lawyer or a writer. In the foster home we called her the Queen of Words. Whatever she wrote became a sensual and colourful story…

I knew everything about her difficult life because thanks to the
internet, we had kept in touch. She wrote me detailed letters, almost
essays, which were so soulful, sincere and intimate that they read like
a book of life! And in each letter, she always stressed that the war was
to blame for all our troubles.

Yes, the war had brought much pain and suffering ... Many
people no longer remember those difficult years, because it did
not affect them, but we - the children orphaned by that senseless
war- would never forget the trials that were laid upon our small and
fragile shoulders.

Unlike us, Zulfiya remembered and knew a lot about her
parents. Her father had graduated from Kiev's Medical University
and returned home with a classmate from Kazan with whom he
had fallen in love. After graduation, the young couple was sent to
Dushanbe to work at the hospital. When their daughter was born,
they had no trouble in choosing a name. Red curls adorned her little
head, so they called her "Zulfiya" or "beautiful curls". This child
was the fruit of true love and her parents worshipped her. As young
professionals, they acquired an apartment and bought a car and
their happiness would have continued had it not been for the war...

Zulfiya's father was a native of Tavildara. When the war broke
out in that area, it became a centre of instability. It became too
dangerous to live there and so he decided to move his parents to
Dushanbe. Leaving their daughter with a nurse early one morning,
Zulfiya's parents promised to be home by evening. They went away
and never came back .... And Zulfiya was taken in by the foster
home.

As an adult, she was also unlucky in her personal life. She fell
in love with someone who seemed like a good fellow. He was the
soloist in an ensemble and a well - known performer, who wooed
her attentively. It was only after the wedding, that Zulfiya realized
he was taking drugs. A year later, they had a child, and six months

afterwards, her husband died of an overdose. With the child in her arms, she found herself out on the street.

But the most important trial of Zulfiya's life was still ahead. Opposite her rented apartment, lived a lonely middle-aged man - an employee of the internal authorities. He was good-natured and friendly. And when sorrow struck her family and Zulfiya was left alone with the baby, he offered to help. She was grateful to him and because he was so much older, believed his actions to be unselfish and paternal. He told her that he was divorced and lived alone and Zulfiya, feeling sorry for him, would sometimes take him food which she'd prepared. Her baby was very fond of the neighbour and called him grandpa.

Zulfiya went to work as a housekeeper for a good family. Her hostess was a journalist who immediately recognized her creative nature and so when the baby was a little older, she invited Zulfiya to work in her office. Our "Queen of Words" rose quickly through the ranks and became a professional journalist in her own right.

But then, she told me, her relationship with her neighbour changed completely...

- One day after work, as I was walking home, a car suddenly drew up beside me. It was my neighbour. Not suspecting anything, I accepted his offer of a lift. Throughout the journey, he recited poems. Suddenly, apologizing, he turned into a garage to check his tyre pressure. -
- I'd like you to know that these are my poems - he said - and I devoted them to you.
 Zulfiya was at a loss as to what to say but managed a non-committal response:
- I assumed that nowadays, there were no poets left; that they'd all gone into politics, business or worked for the authorities. I often think about how many collections of poems just sit on shelves with no-one to read or buy them.-

The neighbour, as if he hadn't heard a word, squeezed her hand and pulled her towards him. Zulfiya gasped and then retaliated by slapping his hateful face. Horrified, she jumped out of the car...

She realized that none of his support had been unconditional. When he started to threaten her, Zulfiya said she would go to his workplace and reveal all. The neighbour did not leave her alone, and she made some enquiries about him. She found out about his family who were living in the village, and also, about his dark, illegal business. Armed with this information she presented it all in a folder to his employers ...

- Now I know why there was a war - said Zulfiya. – Too many people became engaged in shady business deals and this led to chaos and confusion.
- But it seems to me, the reason of civil war was poverty. - I replied.

I was shocked by what I had heard. Zulfiya said that the experience would be a lifelong lesson for her: You cannot place your trust in everyone.

- Nevertheless, many of our young girls, single women, agree to take on the role of second wife; some out of despair and hopelessness, and others, because of money. How hard is it to be a woman! - added my friend sadly.

In this Paradise...

Nilufar came along later, as promised. She was accompanied by her husband. When he saw us, he smiled and said:

- Well, "children of different nations", are you still dreaming?-

    – Yes, dreaming of peace, love and a world without orphans, - Zulfiya confirmed.

    – And without war, - I added.

    – Today I am taking you to "paradise"! - announced Nilufar's husband. Excited, we all hurried to the car.

On the way we recalled how every summer, Sir John, the UN representative, would take we orphans in our new minibus to a recreational area on the Varzob ; a picturesque valley on the outskirts of Dushanbe . It was always cool there, even in the hottest summers. Each year, we waited eagerly for the end of the spring so that we could relax in this paradise ...

Fifteen minutes later we arrived and were met by the sight of a boarding house which was being constructed as a summer retreat for the orphans. My grandfather had led the build, aided by his grandchildren to whom he had passed on his skills. They adored him, not least because he was forever reading them classic works by the great Tajik poets.

Amongst his favourites were the parables from "Gulistan" by Saadi:

> *The entire Adams race is one body*
> *That was created from the same ashes.*
> *If one part of the body is wounded,*
> *The whole feels the same injury.*
> *If you do not cry over the grief of the human race*
> *Can you call yourself a human?*

Our uncle, who sheltered us during the difficult war years, arrived with all of his sons and grandsons on "hashar" or to clean up the site. Everyone was busy. I looked around for my husband and noticed him standing next to the charcoal grill, cooking delicious food for us. When he saw me, he ran over and picked me up. I noticed how my friends glanced at each other, and my heart skipped a beat. Their lives were not blessed with the miracle of love which my husband and I shared. And my dearest man asked me with a smile:

- Nekbaht, sweetheart, are you happy with the build?
- Yes, but this is only the beginning- I replied- I am sure that great happiness awaits all of those children who will come to stay in your boarding house. I love you so much: you are so intent on spreading joy!-

... Once again, the three of us- "children of different nations"- were sitting on the shores of the stormy mountain river. Now part of a big, happy family, our troubled childhoods seemed to belong to the distant past.

No one bothered us; only the youngest son of my uncle – Nazar – constantly looked over in our direction from afar. I knew everything, and winked at Nilufar. We laughed out loud. Zulfiya smiled, apologized and as she got up to go to him, handed us a sheet of verses:

> *In this paradise on Earth,*
> *We, who have gone through pain and suffering,*
> *Suddenly find the flame of love.*
> *Believe me; it is worth the wait for*
> *Such paradise on Earth…*

The road to happiness is not easy and only love can make us strong and wise. If the flame of love in the soul is burning and not smoldering, no one will be alone. Love conquers all, breaks all barriers and changes us so that we become more sincere, compassionate, responsive and ready to share our joy.

4. IF I HAD BEEN MASTER OF MY OWN DESTINY...

Shernazar' story

Our search for paradise begins whilst we're tied to our mothers' apron strings

Do you know what it's like to be born into a large family; to be the youngest, the tenth child? I know, because that was my fate.

I appeared in a family, which already had nine children - five older sisters and four brothers. I was called "Shernazar" – which meant - "the lion's stare". But lying in my cradle I was so small and sickly that my brothers called me "murchasher" or "the ant lion". My elder sister later told me that my arrival in the family was unexpected: the youngest son was ten years old, and our mother was sure that there would not be any more children. She only realized that this was not the case, in the third month of her pregnancy.

Just before my birth, my family moved from our mountain village to the capital. During the perestroika years, living in the village became difficult, and father decided to leave. For many years, he worked as a driver for the head of the village and was well versed in car maintenance; a skill which helped him to find work in the city. He began to repair cars, and later opened a private workshop. There was no need to hire staff since all of my brothers became his assistants. There was plenty of work and life was prosperous for our family. Everything would have been fine, had it not been for that senseless, civil war...

I was very young, but I remember being constantly hungry. When my brothers laughed at how skinny I was, my mother would smile and joke:

– You were all given the best food and vitamins, whilst was he was left with the crumbs. But he is the only who was born in the capital - in the beautiful city of Dushanbe. Just wait! One day, you'll be proud of him! -

I felt like my stomach was never full. I remember one cold morning during the first year of the war, when my mother, carrying me, stood in a queue for two hours at the bakery. She begged for an extra loaf which was her due as a mother of many children. She had the relevant papers and was given the bread but I ate almost half of that extra loaf on the way home. Perhaps it was due to my constant hunger, that I became so moody and touchy. And that caused a lot of trouble between me and my older brothers. My mother stood up for me but I spent much of my time hiding behind her and holding tightly onto her knees.

War time was not easy for everyone, but I was young and did not understand much. My father worked hard and we looked forward to moving into the house which he was building, after temporary accommodation in the tent which he'd bought when we arrived in the city. Thankfully, we had a large yard! One morning a car drove up to our house. The father went to the gate and came back with a boy, and a girl the same age as me. It turned out that they were my cousin Ali and his neighbour - an orphan – who having escaped the hostilities, had been brought to live with us. I do not know why, but I became even angrier; I thought that now, I would never have enough to eat. I especially disliked Nekbaht, and was set on tormenting her. She was a very reserved but kind girl, and only cried when my cousin, Ali, was at school or helping my father in the workshop. He always brought her some sweets or a cookie which she always shared with me. After three months, Nekbaht was registered in an orphanage, and I suddenly felt sad…

I realize now, that I was a complicated child. My brothers told me that I would grow up angry and malign but Ali kept telling them: – If you continue saying such things, then he's bound to turn bad. It would be so much better if we could inspire and encourage the good in him and thus build his self-belief- But the brothers did not have time for any of that. And my mother was so busy with housekeeping and everyday life that it was only in rare moments that she took me in her arms, kissed me and whispered softly in my ear: –Hold on to Ali. - At night, there were problems with power cuts and the city was plunged into darkness: In Uzbekistan it was not profitable to sell fuel at low rates to the poor. It was always cold at home but my mother warmed me with her body as I slept in her arms…

By the time I went to school, a lot had changed in my life. All of my brothers were married and the eldest, who still lived at home, applied for Russian citizenship and decided to move his family to Russia. Ali had plans to study abroad and was very happy. When he saw how sad I was about his departure, he told me to study hard so that one day, I could join him. But then my mother became ill and began to fade before our eyes. When Ali went to her bedside to say goodbye, he spoke as though it would be forever: it appeared that I was the only one who didn't realize the full extent of her illness. Before he left, mum asked Ali to promise to always look out for me, his youngest brother. She told him that she wanted to live to see the day when she could be proud of her youngest son…

He left, having made me promise to regularly visit Nekbaht in the orphanage and to stay close to her so that she didn't feel lonely. But Ali's main request was that I take care of our mother. He told me that if every day, I brought home excellent marks from school, she would be so pleased that she would definitely get better. Ali understood that in our early years, our mother is the most important person in our lives but sadly, not all children are aware of this.

A month later, my mother passed away. Each day I had kept my promise to present her with excellent marks from school , something which filled her with joy, and every day as she stroked my head, and reminded me : – Hold on to Ali.- On the day she died, I grew up overnight. I remember running away and hiding somewhere. It was Nekbaht who found me, grief-stricken, and it was only she who was able to console me.

I could not find peace for a long time and it was also a difficult period for my father. All he could do was pat my head as together, we tried to overcome our loss. Memories of my childhood haunted me and I often recalled hiding behind my mother and holding onto her knees. I realized how true it is that our first search for paradise begins whilst we are still tied to our mothers' apron strings…

Every weekend Nekbaht came to our house with a letter from Ali. He wrote that my mother's greatest desire had been for me to be well educated so that everyone would be proud of me. I was to do everything in my power to honour her wish. One day Nekbaht brought along an old cassette recorder, books and tapes, and told me that it was these which had enabled Ali to study abroad. This small, simple, yet miraculous gift had been given to him by her mother who had died in the senseless war. She asked me to take special care of the recorder, because it was the only thing that reminded her of her mother.

I began to study English intensively and went to Nekbaht's orphanage to work on the computer. The director gave me permission and trusted me out of respect for Ali and because he loved Nekbaht like a daughter.

It was my serious approach to my studies that helped me overcome my grief over the loss of my mother, and to understand that I was not alone. Father rejoiced at my success and proudly showed off the good marks in my jotters to all of our relatives. At the end of the school year, he hid them away, promising to return them to me when I was an adult.

Nekbaht and I finished school in the same year. We waited impatiently for Ali's planned return from America as a Master of International Law and Economics, wanting to please him with our own successes. I was however, saddened by the prospect of parting with them both. Nekbaht was preparing for their wedding after which, the young marrieds would move abroad.

Father, Nekbaht and the director of orphanage went to meet Ali at the airport whilst I was asked to stay at home to meet everyone at the gate. And there he was: our Ali! We hardly recognized him: he had grown up and become such a gentleman! Ali looked at me and likewise, did not seem to recognize me; obviously, I had changed a lot, too. I was pleased that Ali treated me like an equal, entrusting me with the most crucial aspects of the wedding. It was reputedly a very homely affair but I have never seen anything more beautiful and formidable in my life.

After the wedding, Ali sat me down for a serious conversation about my future. He told me that he had written to the Karachi branch of Cambridge College about my further education and had received a positive response. This was a complete surprise to me. At first, worried about the instability of Pakistan, father was against the idea, but came around after Ali reminded him of Tajikistan's civil war and how here, in common with many of the world's other politically unstable countries, life went on.

I could not find the words to thank Ali. He had supported me for all these years and taught me a lot, despite the long distance between us. And I was proud that Ali had entrusted Nekbaht to me. She had become someone to whom I felt very close. And so I told Ali - No grief is someone else's burden – before reciting Saadi:

> *The entire Adam's race shares one and the same body*
> *Created from the same ashes.*
> *If only one part of the body is wounded,*
> *The whole feels the same injury.*
> *If you do not cry over the grief of other humans,*
> *Can anyone call you human?*

Anyone who has been beaten by life will achieve the most…

Ali and Nekbaht left and I too, had to prepare for my journey. Father was sad, but I promised to write and call. Our house, which had been filled with people throughout days of wedding celebrations, gradually emptied. Only Nekbaht's friend – Zulfiya – stayed around, and her presence charged the house with joyous laughter. She called me "sambusa", and there was a reason for that…

When I was a kid, I could not walk past the tandoor[9], which prepared and sold delicious sambusa[10] . An intoxicating scent of cumin filled the entire street. With tears in my eyes, I pleaded with everyone to buy me a cake, but no one ever did and I did not understand why. However, one day Ali relented and bought two large, hot sambusas. He sat down at the table with me. But my face fell as soon as I started eating. I looked around; everywhere on the tables lay turds of the innards of my alleged "goodies": onion and fat. It appeared that most of the customers only ate the dough which had been roasted in the tandoor. Suddenly I noticed the famous comic actor Ubaidullo, sitting nearby. He too, was unhappy with his meal. He winked at me, smiled, and then got into character. He began to repeat in a scolding tone: – "meshudast-ku" - So, as it turns out, it *is* possible-. People gathered around him. The cook, who was also the owner of the tandoor, approached the disgruntled Ubaidullo, and asked what was going on. The actor explained that the previous day, when he had asked his wife to bake sambusa, she replied that she couldn't, because she didn't have any meat. But now, looking at the tables strewn with discarded onions and fat, he realized that here at least, this dish was made without meat. - Meshudast-ku! – he cried and everyone burst out laughing. They say that after this incident

---

[9] The term **tandoor**/tɑːnˈdʊər/ refers to a variety of ovens, the most commonly known is a cylindrical clay or metaloven used in cooking and baking. The tandoor is used for cooking in Southern, Central and Western Asia, as well as in the Caucasus.

[10] **Sambusa', Samboosak (/sə'moʊsə/) or samoosa** is a fried or baked pastry with a savory filling, such as spiced potatoes, cheese, onions, peas, lentils, macaroni, noodles, and/or minced meat (lamb, beef or chicken).

the sambusa was much improved by the addition of more meat but I had been put off buying sambusa on the street for life!

I flew to Karachi via Tashkent. Ali had asked me to bring a souvenir for his business partner as a gift, and without thinking twice; I chose a beautifully incrusted, handmade knife. Such knives are used in every house throughout Central Asia, and everyone knows that the most beautiful and strongest knives are made in our ancient Istaravshan. I shall never forgive myself for such carelessness ...

I was detainedin Tashkent airport where they left me, a 16-year old boy, in some dark basement overnight. I was brought out for interrogation at midnight, and for hours, was tormented by question upon question in Uzbek. I understood nothing since I didn't speak the language, and eventually they called in an elderly Uzbek to act as translator. He asked about the contents of my baggage and I dutifully provided descriptions of everything I'd packed, including the gift I'd bought. I explained that I was going to study in Karachi and produced the relevant documentation. Seeing my sincerity and openness, they released me the next morning and put me on the plane. It was only when I arrived, that I realized that the knife was missing...

In Karachi, I was greeted like a long lost son. Ali's business partner was also named Ali, but since he was older than my father, I called him "Amu Ali"- Uncle Ali. For the first time I met a man who was perfect in every sense. Quiet, kind, spiritual, concise, erudite and intelligent, he treated everyone on equal terms.. He became my spiritual father, as well as my friend, teacher, mentor and "guardian angel" for the rest of my life. It was thanks to him, that many doors opened for me.

I learned English and he gave me a job in his office. Amu Ali opened my eyes to many things. I often talked to him about my trials. He smiled and said that it was always necessary to compare one's trials with the trials of others, and quoted a verse from the Rubaiyat of Khayyam:

> *One, who has been beaten by life, achieves the most,*
> *One who has eaten only a peck of salt, values honey.*
> *One, who has wept many tears, laughs the most sincerely,*
> *One who once felt dead, knows how to live.*

If only I…

Two years of study passed almost imperceptibly. Having done well in all my exams, I could continue my education in any university in Great Britain, but I needed a lot of money for that. I decided to go to Dushanbe, to work for an international organization and so earn money for my further education. How naïve I was..

I arrived in my beloved Dushanbe on "cloud nine". My father was very happy to see me and at a small family party in my honour, kept exclaiming: –If only your mother could see you now! You've made us all so proud! - Some woman was helping around the house and when I asked him who she was, he looked away. It was up to one of my brothers to tell me: – She's father's new wife. – Shocked, I ran down the street and rushed into the workshop where I began to cry.

Suddenly an SUV pulled up in the forecourt and I heard loud voices coming from inside. A girl began to complain loudly, so I ran out and opened the car door. To my surprise, a flushed Zulfiya jumped out.

She was so relieved to see me that she took my hand and whispered: –God Himself sent you to me. – As we walked to the house, she told me what had happened. And when she saw that I did not want to go in, she asked what the matter was. I told her how much I resented my dad's marriage and how I hated him for it. Zulfiya scolded me. And then gently explained that a woman can live without a man, but any man who has lived with a woman all his life, finds it difficult to be without a woman to help him through his old age. We entered the house together. Father was very pleased to have me back and told me that he was sorry: He had been scared to tell me about his marriage in case I never came home at all.

After the incident with Zulfiya, her "boyfriend" started to avenge our family and did everything in his power to make father give up his business. My brothers, finding it difficult to deal with his threats, decided to go to Russia. I found a job of sorts in an international organization but realized that I could not make enough money to cover further study. I wrote to Ali explaining the situation at home and he in turn, advised me to arrange a meeting with the Minister of Security, whom he greatly respected. So that was exactly what I did. Of course, it was not easy to get to him, but when I explained that my brother Ali had recommended that I come to see him, he listened to me and promised to settle the problem with the tax authority, which would not let us live in peace. Then, turning to the question of my own future and impressed by my qualifications, he advised me to apply for a position with Mr Smith, the representative of the Tajik-British Holding Company.

I worked there all summer. Mr. Smith was happy with my progress and believed in me. He promised to help finance my studies, on condition that after graduation, I would return to his office to work off my dues. I was in seventh heaven.

Years of study passed quickly but it was not easy. In the mornings, I went to the university, in the afternoons, I worked in Mr Smith's office, and at night, I worked in a restaurant, cleaning potatoes until midnight. But what an amazing time that was! It turned out that many students from our republic attended British universities. We created a Tajik diaspora in Britain and opened a fund to help children in Tajikistan. Similar diasporas were set up in America and Russia. We were scattered across the world ...

I returned to my beloved city with great hopes and Napoleonic plans and suspect that many like me, felt the same when returning home after a long absence. Our reunion was joyful. Proud of his brother, Ali did not hide his excitement. Father, wiping away his tears, kept repeating: –Mother always said that we would all be proud of you! - And Zulfiya accompanied by her son and Nekbaht, stood smiling to one side, exclaiming over and over: – "meshudast-ku!" - It turns out, anything is possible. –

Immediately after my homecoming, I was taken from the city, to Varzob – "Paradise on Earth" – to see the construction of a summer resort for the orphanage. I was overjoyed to be amongst our big family and friends: the people closest to me. That day was also one of the most memorable in my life: I offered my hand to Zulfiya, and she accepted.

Meanwhile, a surprise awaited me at home: My father's wife's son was sitting in our living room, wearing a huge beard and fingering a rosary. At first I mistook him for the Muslim cleric, a Domullo, and greeted him with reverence. Then on closer inspection, I recognized him and taken aback, asked:

– What's happened to you? -

Father answered for him:

– This is our devotionist! Just imagine; in the past, people had to go far and wide to pursue their studies, worship in holy places, make pilgrimages, and get involved in charitable affairs in order to attain the rank of Domullo. But this one became a devotionist after only two months! Either Salafi, or Wahhabi. He does nothing apart from spreading his knowledge.
– Father is tired, give him the cushions; let him lie down. - I said indignantly.
– Tired? Then let him read namaz a hundred times. – came the calm response from our so-called, devotionist.

Furious, I could not resist the retort: – What?! Where, in the Quran is it written that we should disrespect our parents by asking them to read namaz a hundred times?! Come on! Get up, when your elders enter a room! Who taught you this interpretation of Islam? -

Later, Zulfiya explained to me that his behavior typified a problem which had arisen in our country. Many young people, especially girls, who had neither gone to school nor found jobs, were joining all sorts of religious sects and strange groups. They had no need to work since they were provided with plenty to eat. So, whilst some young people still find work or leave to work abroad, there are many others who prefer to be turned into zombies by religious fanatics.

And sighing, she repeated: – That's why it's so good that guys like you come back –

I had to get a job. The Tajik-British Holding Company had been transformed into a Tajik-Chinese company, and no one hired me there. Before I left London, Mr Smith who had opened a new office there, offered me a job, but I decided to return home at whatever cost.

I secured a job in a major bank but my direct boss was young and inexperienced, and as it later transpired, had a criminal record. He did nothing for days on end, leaving everything to his subordinates. He reminded me of someone… One day he asked me to stay on after work. That evening, he was waiting for me in his office with his brother. These were the sons of the taxman who, through threats and extortion, had forced my father to abandon his business, and threatened Zulfiya on that ill-fated night. It transpired that following my complaint, their father was destined for dismissal from work, but he still managed to quickly secure a substantial pension for himself. They asked me to accompany them out of the building and when I refused, they warned that it would be Zulfiya who would suffer, rather than me. I had no option but to go with them. As we set off along the road, I saw Zulfiya standing at the stop outside the Press

House and judging from her troubled expression and the terror in her eyes, I guessed she knew everything.

Our journey was long. Eventually, we stopped at a big gate and I was taken into a house but thereafter, I remember nothing. There was a lot of noise- crackling and screams- and then I fell, unconscious to the floor. I awoke in Zulfiya's arms and heard her sigh:

– You'll be alright. Thank God, our friends made it in time. -

I learned later, that someone had called Zulfiya to warn her that I was in danger. She had hurried out to the road and then seeing me being led away, called friends who rushed to rescue me. They had quietly pursued the car and got me out of that house. Everything would have been all right, but we were then summoned to the police station because they wanted to initiate proceedings concerning our involvement in a fight and damage to the personal property and country house of a pensioner. It was clearly the work of these characters and their "connections" but it took a long time to prove that we had been set up…

I no longer worked at the bank. I could now look after my stepbrother, even though I'd rather have kicked him out! It was also around this time that one of my elder sisters came back and her husband, who left to make a living ten years ago, was found.

Ali offered to help me find a position in an international organization, but I wanted to work in my own specialist field and believed that by working abroad, I could better benefit my country.

And so, I reluctantly left my beloved city. Zulfiya promised to join me later, as soon as she had gathered the necessary documentation for herself and the baby. Father was once again saddened by my departure. Ali, who had helped me arrange everything, was also there to console me when we parted. He told me that life can be difficult, but it's up to you how you choose to live it, in spite of its trials. He then recalled the words of his favourite Khayyam:

> *If I had become master of my own destiny,*
> *I would have looked it through all over again.*
> *And, having ruthlessly deleted mournful lines,*
> *I would have happily reached my head*
> *towards the skies.*

Yes, if I had been able to control destiny, I would certainly have done so: There would never have been a war, or orphans, or starving children, and my own mother, as well as Ali's parents and sister would still be alive…

How lucky I was to meet you, my dear Ali. Maybe your name contains the energy of goodness and perfection? I talked about this with Amu Ali, but he said that it is not the name that exalts the person, but the person who exalts a name. If I have a son, I will give him this name.

And one day, I will return to my beloved Dushanbe: the city where dreams come true.

СОСЕДУШКИ

С ВЕРОЙ В ЛЮБОВЬ

Вот и новая книга Гульсифат Шахиди под названием «Соседушки». И опять я, как близкая подруга и коллега-журналистка была первым читателем и редактором.

Напомню, что предыдущий сборник рассказов Гульсифат Шахиди «Город, где сбываются мечты» стал победителем ежегодного Международного литературного фестиваля «Лондон-2015». А автор удостоена высшей награды – медали «Голубь мира» за талантливое воплощение темы укрепления мира, дружбы и взаимопонимания между народами.

В марте 2016 года в Лондоне состоялась презентация книги «Город, где сбываются мечты» на английском языке и информация об этом событии прошла в СМИ разных стран.

А тем временем у нас с Гульсифат шла интенсивная работа над сборником новых рассказов «Соседушки». Каждый из них публиковался на её авторской странице на Проза.ру и мы поражались массе откликов, отзывов и мини-рецензий от читателей. Поделюсь и я своими впечатлениями.

Книга «Соседушки» включает в себя десять рассказов. Автор предваряет её искренними, душевными словами:

«Мои милые женщины Таджикистана! Гордые, трудолюбивые, терпеливые. Я – одна из вас и я кланяюсь вам». Каждую строчку этого обращения Гульсифат расшифровывает в рассказах о героинях, чьи судьбы достойны осмысления. Но никого из них автор не осуждает. В своих соседушках она стремится найти хотя бы крохи великого двигателя жизни – любви. С верой в любовь выписаны все характеры, коллизии и перипетии и это помогает читателям близко к сердцу принять и смешные, и трагические линии в их историях.

Как заметил один из них на Проза.ру, «Соседушки» - мозаика из жизней таджикских женщин. А мысли и рассуждения автора об их судьбах плавно перетекают из одной темы в другую. Ещё один отзыв: «Гульсифат не придумывает действия героев – это фрагменты прожитой нами и вами жизни. Рассказы написаны простым, понятным, общедоступным русским языком, пронизаны национальным колоритом, гуманизмом, человеческими ценностями».

Читатели отмечают также зримость героев, слышат их голоса. А сюжеты разворачиваются словно на киноэкране. Многие жители Таджикистана, покинувшие родину из-за гражданской войны 1990-1993 годов, узнали в собирательных образах себя, друзей, соседей. Признаются, что жизнь разделилась на «до» и «после». В прошлом остался мирный, цветущий Таджикистан, в котором люди не делились на нации и кланы. Жили дружно общим двором, где каждый каждому был близким и родным. Вот о такой потерянной родине рассказывает Гульсифат Шахиди, «оголив» до боли читательские нервы.

В «Соседушках» два главных героя: врач-педиатр Зульфия, от имени которой ведётся повествование, и фронтовик-орденоносец, мудрец и наставник Григорий Семёнович. А главное место действия – топчан во дворе между многоэтажными домами. Он как общий дастархан, как символ гостеприимства и дружбы под одним небом, на котором солнце одинаково светит для всех.

Образ Зульфии очень убедителен и достоверен – о такой подруге и соседке можно только мечтать. К ней поправить здоровье идут и стар, и млад.

Как тонкий психолог, Зульфия по лицу, по походке, по голосу сразу ставит «душевный диагноз» своим соседушкам. И спешит в их дома не только с тонометром и лекарствами, но и со словами поддержки, сочувствия, сострадания.

Зульфия осознаёт, что невозможно мерить людей по себе, ведь каждому Бог даёт свою ношу и судьбу. Ей повезло родиться и вырасти в большом городе, в добропорядочной и любящей семье.

А вот соседку Барно в рассказе «Чужая работа» - родители во время гражданской войны продали второй женой пожилому полевому командиру за мешок муки и мешок риса. Как не пожалеть её?

А какая страшная судьба у Соро из того же рассказа! Она смолоду не видела ничего хорошего в дальнем кишлаке в бедной семье. Завидовала каждому, кто побогаче, мечтала иметь лишнее платьице и, хотя бы простенькое колечко. И вот, когда с мужем и сыновьями-тройняшками переселилась в Душанбе и отправила их гастарбайтерами в Россию, появился достаток. Соро беззаботно стала тратить присылаемые деньги на себя, хвалясь перед соседями новыми дорогими нарядами и золотыми украшениями. Но однажды всё оборвалось: муж вместо денег привез двух сыновей в цинковых гробах. Мальчики заступились за русскую девушку, над которой прямо на улице издевались пьяные подонки. Напоролись на нож…

Сцену покаяния Соро, её прощания с сыновьями невозможно читать без содрогания. И вместе с обезумевшей от горя соседкой плачет и страдает Зульфия.

Не всё складно в жизни Зебо и Лолы – близких подруг Зульфии, равных ей по возрасту, интеллекту, воспитанию. Никто в мире не может дать гарантий на счастливую женскую долю и в лотерею её не выиграть.

Красавица Зебо из рассказа «Солнечная женщина» точно соответствует своему имени. Она не красуется напоказ, а дарит людям доброту, отзывчивость, умение быть рядом в трудную минуту. Измена мужа ранит её, но даже в этой ситуации Зебо не теряет достоинства и не позволяет унизить себя. «Доброжелатель» по телефону подсказывает адрес соперницы и Зебо не врывается к любовникам со скандалом, а лишь потихоньку уносит из прихожей туфли мужа. Тот возвращается домой со свидания в женских калошах и вот эту обувку, завернутую в подарочную бумагу, Зебо отсылает сопернице как «изящное подношение». А мужа простить не может и отпускает на все четыре стороны.

Такой поступок не каждой женщине по силам – это вызов восточным традициям. Разведенную женщину никто не возьмет

замуж, её удел – прозябать в нищете и в одиночестве. А Зебо
не пропала: она уехала в другой город, встретила настоящего
мужчину, полюбившего и её, и её детей.

В рассказе «Бог трепел и нам велел» Зульфия переживает ещё
за одну подругу – Лолу. На неё не устают удивляться все вокруг:
строгая учительница и нежный тюльпан, правдолюбка и верная
жена. С философским пониманием терпит и прощает пьяные
загулы мужа – известного поэта, считая его человеком редкого
таланта и избранником Бога.

Лола даже сама решается на «пьяный» подвиг, сходу выпивая
стакан водки, налитый мужем. Отравиться такой дозой не
дала подруге подоспевшая Зульфия. А вот эпизод в котловане,
куда пьяный поэт уронил свой портфель-дипломат: дворовые
мальчишки, обвязавшись бельевыми верёвками, изображали
альпинистов, доставая ценную находку. Верная Лола, слыша
насмешки в адрес мужа, всё же не позволила на людях укорить его.

Для наставлений, «разруливания» ситуаций любой сложности
у Зульфии есть любимый сосед дядя Гриша. Вот его первое
появление в рассказе «Бог терпел и нам велел». Ветерану войны
выделили в столице новую квартиру, и он приехал из района
вселяться как на праздник – в парадном костюме с боевыми
наградами. Но случилась незадача: в его квартире обосновалась
другая семья, а хозяйка Лола с ордером в руках пытается
разобраться с милиционером, по-тихому занявшим её законное
жильё под опорный пункт.

Новый сосед Григорий Семёнович ещё никого из жильцов
не знает, но сразу же, как на фронте, бросается на защиту
справедливости и законопорядка. Под напором его убедительных
речей, милиционер сдаётся, покорно передаёт ключи Лоле и
ретируется. А Григорий Семёнович с этой минуты негласно
становится верным другом и духовным отцом всех новосёлов. Он
командует, как лучше обустроить и озеленить двор, предлагает
установить топчаны для бесед за чаем.

В рассказе «Старик и горе» именно с Зульфией делится
дядя Гриша подробностями своей нелёгкой жизни. Его, сына

раскулаченного донского казака, ещё мальчишкой выслали на чужбину – в далёкий Туркестан. В знойном Вахшском районе Григорий обрёл вторую родину и за неё ушёл воевать в суровую годину Великой Отечественной войны. Здесь ждала его с фронта донская казачка Матрёнушка, влюбившаяся в Гришу ещё девчонкой в переселенческом обозе. Её любовь спасла солдата от гибели в боях, помогла переносить тяжёлую контузию и забыть страшную работу на полях сражений, где приходилось выносить на себе раненых и хоронить убитых.

Образцом мужества, жизненной мудрости стал для Григория, большого почитателя книг,немецкий писатель-фронтовик – Ремарк. Он цитирует наизусть запавшие в душу слова из любимых произведений Ремарка в разных ситуациях   и они находят отклик во дворе в людях всех наций.

Как человек познавший любовь, Григорий Семёнович бережно относится к чужим чувствам. Это он с первых дней увидел силу и красоту отношений молодой семейной пары с поэтическими именами Фархад и Ширин (рассказ «Голубки»). Это дядя Гриша со своей женой Матрёной нянчится с их долгожданной дочкой Зариной – плодом сказочной любви. И первым приходит на помощь Ширин, ставшей вдовой, перенести горе. На раскопках в археологической экспедиции Фархада застрелили боевики, из тех нелюдей, кто развязал братоубийственную гражданскую войну в Таджикистане. Его тело привезли в родной двор и где найти силы Ширин пережить похороны? Григорий Семёнович успокаивает её, называя доченькой, убеждает быть сильной, ведь любовь нельзя убить. И добавляет фразу, которая режет болью, но и настраивает на продолжение жизни: «Вон, уже несут тебе траурный платок»…

Ширин выстояла, вырастила дочь, выдала её замуж, а вместо отца у невесты на свадьбе был верный дядя Гриша. Ему и близкой подруге Зульфие умирающая от страшной болезни Ширин доверят устроить свои похороны без слёз и причитаний, ведь её ждёт любимый Фархад и это будет радостная встреча на небесах.

На надгробном камне Григорий Семёнович вытесал голубя с голубкой, влюбленно смотрящих друг на друга. А вместо эпитафии написал слова любимого Ремарка: «Мы никогда друг друга не забудем, но никогда друг друга не вернём». Как наказ живым – беречь любовь.

Очень трогательные отношения сложились у Григория Семёновича с самой старшей по возрасту соседкой бабушкой Марфоа, или как её прозвали во дворе сказочницей бибиджон. В рассказе с одноименным названием автор с любовью описывает почти вековую судьбу внучки хранителя печати библиотеки Эмира Бухарского, выросшей в неге, богатстве, любви. А в революцию вместе с мужем Сироджем пришлось пережить гонения, нужду, ссылки и тюрьмы. В первые дни Великой Отечественной муж, оставив её с пятью детьми, уходит на фронт. Предчувствуя свою гибель, завещает сыну Фирузу не сообщать маме правды, не отнимать у неё надежды на его возвращение: пусть верит и ждёт.

Григорий Семёнович давно догадался о похоронке, но и виду не подал за прошедшие послевоенные десятилетия. Он ласково зовёт Марфоа сестрицей Марфой, восхищается силой её духа и удивительной верностью мужу. А ещё ценит накопленное «богатство» Марфоа – пятерых детей с высшим образованием и 22 внука. Она не озлобилась на жизнь, и за всё ей благодарна.

Дворовым ребятишкам бибиджон сочиняет «многосерийные» сказки с житейскими примерами. И они, бережно поддерживая любимую сказочницу под руки, помогают спуститься со второго этажа. Усаживаются вокруг неё на топчане, перечисляя выполненные работы по дому и во дворе и ждут, что бабушка каждого похвалит, погладит по голове и с улыбкой расскажет волшебную историю.

Марфоа и её муж Сиродж не вымышленные герои – они дедушка и бабушка Гульсифат Шахиди и я с позволения подруги делюсь этой истиной.

Реальный персонаж и дядя Гриша с его женой Матрёной Ивановной. Правда жизни высказана автором в истории с велосипедом, в шинах которого предприимчивый сосед-гастарбайтер перевозил заработанные рубли и валюту (рассказ «Чужая работа»). Григорий Семёнович с Зульфиёй, заподозрив неладное, решили купить у бедствующей соседки Рано старый велосипед, который почему-то хозяин дома повесил на стене. А когда обнаружили в нём целое состояние, старый солдат велит Рано потратить часть денег на обустройство квартиры, покупку мебели и вещей детям. А свою «долю» за находку ценностей дядя Гриша отдал на приобретение нового трансформатора для всего двора. Вернувшемуся Шерали – мужу Рано он устроил выволочку, пригрозив заявить в милицию о его незаконных проделках, если тот не положит деньги в банк на имя жены.

Григорий Семёнович для всех соседей символ справедливости. Он судья, адвокат и прокурор в одном лице. Старик понимает, что наставлять взрослых людей на путь истинный – дело нелёгкое, всё же не теряет надежду достучаться до каждой души. К примеру, он смог убедить деловую даму, партийного работника, что та променяла семейное счастье, любовь и заботу о близких на карьеру (рассказ «Марварэд Тэтчер»). Наречённая нежным именем Марворид, что в переводе с таджикского означает «жемчуг», она в неукротимой жажде власти и высоких должностей превратила жемчужины своей души в железные окалины. Дворовое прозвище «Марварэд Тэтчер» тешит её гордость, причисляя хотя бы в мечтах к сильным мира сего. Потому она и не «опускается» до посиделок с соседушками на топчане, а все заботы о доме и о маленькой дочери перекладывает на безропотного мужа.

В перестройку закрылись райкомы партии, сократились высокие должности и Марворид, оставшись не у дел, обижена на весь мир. Григорий Семёнович показал главную беду железной женщины: она не приобрела душевной, человеческой искренности и ни одному конкретному человеку не помогла. Не задумалась, почему все соседи ценят и уважают её мужа Карима и дивятся его преданности своевольной супруге. Понимают, что тот до сих пор видит в жене девушку-жемчужину, которую он полюбил с первого взгляда и на всю жизнь.

Спивающийся инженер Владимир Павленко из рассказа «Красота и Конфуций» не вызывает сочувствия соседей. Никто не показывает ему ни женскую, ни мужскую солидарность.

Григорий Семёнович не может оправдать безволия, малодушия и безответственности мужика, который не стал опорой семье. Жизнерадостная и работящая жена Владимира за мудрость и умение видеть во всём красоту получила прозвище «Любаша-Конфуций». Ею восхищается весь двор, а Владимир завидует этому и позорит себя пьяными выходками, скандалами, воровством и продажей ценных вещей из собственного дома. Финальным аккордом стал для него «полёт» с балкона третьего этажа и вмиг прилепившееся звание «первого космонавта Таджикистана». Пока жена с сыном были в отпуске, Володя трусливо сбежал, оставив жалкую записку с нелепыми оправданиями. А Любаша ощутила поддержку соседушек и, конечно же, Зульфии с дядей Гришей. Они внушили ей надежду на новую любовь и дождались этого события.

В рассказе «Тётушка золотошвейка» Гульсифат Шахиди показывает насколько губительна для детей может быть безудержная родительская любовь. Автор пытается разобраться, как в благополучной, трудолюбивой семье могла вырасти подлая, неблагодарная, готовая к преступлению дочь. Обожаемая, боготворимая Нигора, имя которой переводится как «любимая», превратила жизнь своих родных и близких в кошмар, с детства заставляя их подчиняться её капризам и прихотям. Красавицу и умницу, какой она себя мнила, никто не захотел взять замуж, и родители выдали Нигору за дальнего родственника. За это она терроризирует родителей, нелюбимого мужа. Сама выбирает брату Малику невесту, а когда тот полюбил девушку и с радостью женился, возненавидела невестку буквально до смерти. Издевалась над ней, унижала, мучила и довела до самоубийства. Спасли несчастную из петли Григорий Семёнович и Зульфия. Они устроили «семейный суд», заставили Нигору просить прощения и забыть дорогу в родительский дом. А в случае отказа обещали направить агрессивную Нигору на принудительное лечение в психиатрическую клинику. Эти трагические события стали страшным ударом для любимицы двора добрейшей тётушки Саодат. Слишком поздно поняла она свою вину – чрезмерную любовь к жестокосердной и коварной дочери и вечное заступничество за неё на глазах у всех соседей. И вот теперь, сама жизнь преподала золотошвейке урок, который не забыть до конца дней.

Умение взять на себя чужую боль, сострадать людям всем сердцем не прошло даром для Григория Семёновича и Зульфии. Гражданская война, исковеркавшая судьбы соседушек, отразилась и на главных героях (рассказ «Прощай, топчан…»). Умирает муж Зульфии – археолог, доктор наук, вынужденный работать в Москве вахтёром в элитном доме. Благодарит судьбу за такую жену и горюет, что оставляет любимую одну.

Уходит из жизни и Григорий Семёнович, завещавший верной Зульфие свою квартиру, боевые награды, фотографии и документы. Когда-то он взял у любимой соседушки обещание похоронить его рядом с женой Матрёной. А на могилу поставить заранее приготовленный камень с сочинённой им самим надписью: «Здесь лежит старик и горе». Зульфия не может забыть фразу-цитату из Ремарка, которую Григорий Семёнович любил повторять: «Что может дать один человек другому, кроме капли тепла? И что может быть больше этого?».

Сильная, стойкая Зульфия перед отъездом к детям в Подмосковье простилась со своим двором. И с разорённым топчаном, доски с которого сожгли в холода новые соседи, обещавшие сделать на этом месте навес.

Читатели на Проза.ру отметили, что книгой «Соседушки» Гульсифат Шахиди помогла им понять себя. Она сохранила в душе прошлую жизнь и поделилась памятью. Спасибо ей за это.

Вера Дейниченко,
журналистка

ОТ АВТОРА

*«Когда хочешь писать о женщине, обмакни
перо в радугу и стряхни пыль с крыльев бабочки»
Дени Дидро.*

Красиво и мудро, не правда ли? Я восхищаюсь изысканностью слога французского писателя и ценителя женщин. Соперничать с ним не пристало никому из нас, смертных.

Мой сборник рассказов «Соседушки» - чисто женский взгляд на прекрасную половину человечества. Я делюсь своими впечатлениями и воспоминаниями о подругах, живущих когда-то рядом, в общих дворах. Это уже история, ведь время неумолимо диктует другие законы жизни.

Мои милые женщины Таджикистана! Самые красивые, милые, гордые, трудолюбивые, мудрые и терпеливые – я одна из вас, и я кланяюсь вам. Главный тезис священной книги «Ищите рай под ногами матерей» мы постигаем с детства, и как бабушки, матери, сестры, жены, подруги и дочери передаём эту великую науку из поколения в поколение.

Как гласит таджикская поговорка: «Женщина сильнее гранита и нежнее лепестка розы». Об этом речь в моих рассказах.

Гульсифат Шахиди

ЧАСТЬ I.

СОЛНЕЧНАЯ ЖЕНЩИНА

Если б женщина не дарила огонь свой - мы б остались без тепла,
Словно вина в чанах незрелых, поднесенные свету дня.
Если б женщина не дарила продолженье в вечный путь,
Как бы в мире тропу торило наше имя - и наша суть?
Если б женщина не пылала, был бы выстужен наш очаг,
И заря, что пылает ало, не светилась у нас в очах.

Мирзо Турсунзаде

Давайте Познакомимся!

Лет сорок назад жили мы в хорошем, по тем временам, пятиэтажном многоквартирном доме почти в центре города. Через год напротив построили точно такой же и получился общий двор, где выросли наши детки. Все мы друг друга знали и жили открыто, ходили в гости, устраивали общие праздники. Я преподавала в медицинском институте и была чуть постарше многих соседей, получивших квартиры, как молодые специалисты, но помладше тех, кто вселился туда согласно общей очереди.

Многое осталось в памяти… И о каждом жителе нашего двора хотелось бы рассказать. Но я решила посвятить свой рассказ моим милым соседушкам и подругам. Они были разные – хохотушки и не по годам серьёзные, занятые на работе и домохозяйки, очень важные и скромные, старенькие и молодые, умудренные опытом и только вступившие во взрослую жизнь. В общем, всё по порядку.

Начну с себя. Несколько лет назад я закончила медицинский университет и работала на кафедре педиатрии. Всего год, как вышла замуж и родила первенца. Работать врачом в многодетной республике - дело нелегкое. Но у меня мама тоже была врачом и партийной активисткой. К тому времени она работала в райкоме, но всё же находила силы на помощь мне и очень выручала. Мама рано ушла из жизни, и эта боль не отпускает меня.

Я близко знала всех соседей, наизусть помнила болячки и проблемы их деток. Никогда и никому не отказывала в медицинской помощи. Приводили детишек на осмотр ко мне домой, а к кому-то приходилось и самой ходить. Вот и получилось, что я становилась свидетелем многих интересных событий в семьях соседей. Мы очень подружились со многими из них: кто-то стал мне наставником жизни, чей-то жизненный опыт научил меня жить и без наставлений. Все называли меня Зульфия–духтур (доктор Зульфия).

Мой муж Рахим был перспективным ученым, работал в институте археологии. Защитил диссертацию и каждое лето уезжал на раскопки. А я вечерами много времени проводила во дворе, благо он быстро стал тенистым от разросшихся деревьев. Мы поставили большой топчан - что-то типа дощатой высокой кровати на железной основе и ножках посреди двора, купили палас и курпачи - национальные стеганые одеяльца, обильно из шланга поливали зелень вокруг. И допоздна вели увлекательные беседы за чашкой зеленого чая. Каждый приносил что-нибудь вкусное. А в воскресенье у нас был день плова - настоящее кулинарное соревнование. Но как бы не старались все женщины, лучше и вкуснее плова, чем у соседки Лолы (о ней отдельный рассказ) ни у кого не получалось.

Топчан был нашим спасением: жара летом достигала сорока и даже пятидесяти градусов, такую духоту выдержать даже с кондиционером в квартире было невозможно. Сидели на топчане тесным женским кругом, и только один мужчина часто подсаживался к нам – ветеран войны Григорий Семёнович. Мы очень его любили за увлекательные жизненные рассказы.

Много интересного узнала о судьбе этих женщин на наших посиделках. Хорошо это или плохо, не знаю, но так уж сложилось, что в нашем дворе всё слилось как бы в единый организм, и мы – части его незримо были связаны между собой.

Мы старались друг друга поддержать и в трудную минуту, и в радости. А на свадьбах и похоронах так вообще превращались в одну большую семью, понимая важность соблюдения традиций в этих счастливых или грустных событиях.

В соседнем подъезде жила семья коллеги моего мужа. Его жену и мою подругу звали Зебо, что в переводе с таджикского означает «красавица». Имя ей очень подходило. Красота Зебо никого не оставляла равнодушным, и стар, и млад с восхищением смотрели на нее. А мужчины шеи сворачивали, когда она проходила мимо. Характер Зебо достался под стать красоте: при всех своих достоинствах она была веселая, скромная и открытая. Нас, двух молодок, в шутку называли «братья по оружию», так как каждое лето мы оставались с детками одни, пока наши мужья были на раскопках.

Зебо

Зебо была рядом со мной и в грусти, и в радости. Делала это непринужденно, и мне было приятно осознавать, что я ей не в тягость.

Когда мы вселились в наш дом, у Зебо уже было двое детей, сын Али и младшенькая дочка Амина. Скоро и у меня родился второй ребенок, наши дети росли очень дружно.

Все соседи считали, что Зебо повезло с мужем: жизнь в семье была спокойной и размеренной. Высокая, статная, ухоженная, с благородной осанкой, Зебо и в те времена тотального дефицита, всегда хорошо одевалась. Ну все было при ней! Дети двора обожали ее. Они наперегонки встречали Зебо, когда она возвращалась с работы, доставая из сумки конфеты или мороженое. Спешили получить лакомство как награду за доброе приветствие и улыбку.

Всеобщая любовь двора нисколько не возвышала ее над всеми, а лишь ярче проявляла сердечность и доброжелательность Зебо. Столько в ней было тепла и света, что вся она как будто была озарена счастьем. Поэт Мирзо Турсунзаде назвал такую женщину солнечной:

> *То в душе она надежду будит,*
> *то пронзает дуновеньем льда.*
> *Говорю с любовью я: пусть будет*
> *Солнечная женщина всегда!*

Работала она научным сотрудником в Центральной республиканской публичной библиотеке имени Фирдоуси. По образованию Зебо была библиографом и книги считала самым настоящим богатством. Она всегда была в курсе всех книжных новинок и лучших изданий. Дома собрала хорошую библиотеку и как только у нее выдавалась свободная минутка, садилась на топчан и читала. Часто пересказывала нам прочитанное и советовала какие книги обязательно надо знать. Её коллеги с уважением и восхищением относились к ней. Некоторые из мужчин были даже влюблены, но знали, как она предана семье.

Нам казалось, что Шоди, муж Зебо гордится её красотой и радуется, что ему досталось такое сокровище. Но не всё так гладко оказалось в жизни моей подруги. Говорят, же: придет беда – открывай ворота. Что правда, то правда.

    конце той памятной весны сотрудники института, где работали наши мужья, готовились к очередной экспедиции на раскопки. И вот мы стали замечать, что Шоди задерживается на работе. Зебо в шутку спрашивала моего супруга, где это её благоверный «закопался»? В ответ слышала заверения, что муж её как ответственный человек решил до поездки навести порядок с бумагами. Зебо успокоилась. Но как-то раз она по дороге с работы заскочила к Шоди в институт. Секретарша директора на ее расспросы сказала, что все две недели её муж уходит домой вовремя. И, язвительно поджав губы, посоветовала последить, куда это он заворачивает по дороге. А то как бы совсем не потерялся. Зебо, проглотив обидное замечание, с обворожительной улыбкой заметила: «я то думала, что у секретарши должны быть другие обязанности, нежели следить за каждым мужчиной в коллективе». И гордо выплыла из секретарской.

Но, по дороге домой, в сердце её зашевелился «червячок» сомнения. Не успела войти в дверь, как зазвонил телефон. Мужчина, назвавшись доброжелателем, участливо поинтересовался, не искала ли она своего мужа? Зебо, опешив на миг, ответила: «ищут то, что потеряли. А мне что искать?»

Бросила трубку, но на душе у неё было не спокойно, и Зебо пришла ко мне. Спросила моего Рахима, в котором часу он видел коллегу в институте, рассказала о секретарше. А потом вдруг перевела все в шутку: «извините за нескромность, но, похоже, не зря говорится, красивая жена, как сладкое пирожное, много съесть невозможно. Слишком приторно!» Поспешно встала и ушла.

Я побежала за подругой, мне было тревожно, переживала, чем эти поиски закончатся. Сидели мы у неё в доме на диване и молчали, думая об одном и том же. Потом, переглянувшись, кинулись к телефону. А аппарат у Зебо был с функцией памяти номеров – родственник привез из-за границы. Нашла подруга перезвонила на последний номер. Там только этого и ждали. Говорили они недолго – доброжелателем оказался сосед, который всегда с вожделением поглядывал на Зебо. Он и назвал место нахождения Шоди - через дорогу от дома Зебо. А если, мол, не веришь, сходи, да проверь. Зебо смешалась, засуетилась. Недоумённо повторяла: «это же надо - через дорогу! Неужели он не боится?» Попросила меня побыть с детьми и побежала по названному адресу. Возвратилась вся бледная. А в руках - туфли мужа. Я ждала её во дворе на топчане и удивлённо спросила: «где туфли нашла?» Зебо горько усмехнулась:

- Двери дома у моей соперницы оказались почему-то не заперты. А в прихожей стояли туфли Шоди. Что-то противно мне стало на его грязные дела любоваться. Вот забрала обувь, посмотрю, в чем вернется домой.

- Ну, может он помогал соседке по хозяйству, кран чинил или ещё чего? А ты сразу думаешь о плохом? - успокаивала я подругу.

- Вот и узнаем, что он там делал, - ответила она.

Калоши

Стало быстро темнеть, но мы увидели Шоди издалека. Шел он, шаркая ногами, обутыми женские в калоши на три размера меньше. Зрелище было – и смех, и грех! Я и не рада была, что оказалась свидетельницей всего происходящего. Зебо окликнула

Шоди и спросила, не жмет ли обувка. Тот ответил, что оставил туфли у сапожника. Подошел к топчану, собираясь присесть рядом с женой, и вдруг увидел свои туфли. Зебо поймала его взгляд, и глубоко вздохнув, поинтересовалась:

- А как сапожника зовут? Или сапожницу?

- Так это ты забрала туфли? Ты была там? - с удивлением спросил Шоди.

- Нет, они сами ко мне прилетели! Всё рассказали: где ты бываешь, почему задерживаешься на работе. И доброжелатели кое-что сообщили. Вот я и пошла по запаху, как преданная собака!

Я поняла, что мне необходимо уйти, не люблю быть свидетелем разборок, особенно семейных. Но Зебо умоляюще посмотрела на меня:

- Если ты уйдешь, будет скандал. И опять буду я виновата, я ведь женщина! - сказала Зебо. - Ты из тех, кому я доверяю, и муж мой тебя уважает. Хочу, чтобы разговор был спокойным.

Разговор, действительно, получился спокойным. Я сидела и слушала. Супруги не стали ни в чем упрекать друг друга. Только, когда Шоди сказал, что по Корану имеет право взять четыре жены, подруга вспылила:

-Ты что уже и обряд никох - венчание провёл? Если нет, то ты грешник! Жениться ты имеешь право. А вот сумеешь ли полностью обеспечить и меня с детьми, и вторую, и даже четвёртую жену? Куда ты их собирался приводить? Или у тебя есть другой дом? В Коране не сказано, чтобы мужчина в дом жены приходил жить. Помнишь Хайяма, так это про тебя:

Несовместимых мы всегда полны желаний:
В одной руке бокал, другая на Коране.
И так вот мы живем под сводом голубым,
Полубезбожники и полумусульмане.

Подруга была права. Я подумала, многие наши мужчины, в любых ситуациях сразу про Коран вспоминают, причем выбирая в нем только то, что им выгодно. А вот когда, пьянствуют, играют в карты, бросают детей, оставляя их без гроша, забывают, что это запрещено по Корану. Воистину, священную книгу надо читать и понимать. А извращать её – грех страшный.

Разговор был долгий, чувствовалось, что супруги говорили, сдерживаясь в моём присутствии. Любил ли Шоди жену – да. Любовницу – нет, это ошибка. Продолжалось ли это долго – нет, всего месяц.

Шоди упрекал жену, что всю жизнь она заставляла его ревновать: все мужики вечно пялились на нее, а ей это нравилось. Зебо удивлялась его словам и отвечала, что никому и никогда она не отвечала взаимностью. И если только лишь его подозрения заставили предать жену, то лучше им разойтись. Она попросила снять калоши и обуться в туфли. Ничего не подозревая, Шоди так и сделал. Зебо поставила злополучные калоши рядом с собой и сказала:

- Ты можешь идти куда угодно, я тебя не прощу. Знаю, мне будет трудно, ведь мы прожили вместе столько лет. Ты мне никогда не докажешь, что изменил впервые. Калоши я оставлю как вещественное доказательство твоей неверности и предательства. Со временем отдам их хозяйке. За детей можешь не переживать, я сильная, справлюсь. У меня девять братьев и сестер – не оставят в беде. Твоего мне ничего не надо. Забирай свои вещи и уходи. И будь счастлив!

Видно было, что Шоди такого не ожидал. Постоял молча и с трудом выдавил из себя:

- Хорошо. Только давай договоримся: ты подожди с разводом до моего возвращения с экспедиции, чтобы не травмировать детей. Прошу тебя!

- Думаешь, я со временем тебя прощу? Не надейся! Ты обманывал, ревновал без повода, пил, предавал с уверенностью, раз ты мужчина, то тебе все можно. А мы жены, как верные собаки, должны все прощать. Я подожду твоего возвращения, но не как всегда ждала. Просто моя боль растянется ещё на эти три месяца, - сказала подруга.

Она встала, обняла меня, поблагодарила, что я выдержала весь этот нелегкий разговор, и мы медленно пошли в сторону дома. Я кивнула на прощанье Шоди. Он имел бледный вид, но держался. А Зебо плакала, тихо, чтобы не слышал никто, и в свете фонаря крупные слезинки катились по её горящим щекам.

Моя привычка вспоминать изречения любимых писателей привела на сей раз к Ремарку: «Самая хрупкая вещь на Земле — это любовь женщины. Один неверный шаг, слово, взгляд и ничего восстановить уже не удастся». Жаль, что не все мужчины так чувствуют. Особенно у нас в Таджикистане.

Шоди уехал, а Зебо стала собирать вещи, с намерением переехать к родным в Пяндж. Чем бы я могла утешить подругу? Она была спокойна, ничто не выдавало её внутреннего напряжения. Дети всё понимали, ведь были уже подростками.

- Зульфия, милая, могу я оставить ключи у тебя? Не хочу ждать его возвращения, – попросила Зебо.

- Конечно, можешь. Но надо ли? Ты видела мужика, который бы не ошибался в жизни? – задала ей встречный вопрос.

- А твой Рахим тебя предавал? - голос Зебо дрогнул.

- Не знаю, и не хочу знать! Каждый будет иметь свой ответ перед Богом, - тихо ответила я.

- А я не могу его простить, ведь я была у той женщины… Как можно было изменить мне именно с ней? Если увидишь, не поверишь. Милая, я все понимаю и деток жалко, но не могу. Приедет, пусть забирает свои вещи. А квартиру я на продажу выставлю – детям будет - закончила она. На другой день, забрав детей, Зебо уехала к родным в Пяндж.

Без неё двор стал уже не тем, что был: так не хватало её солнечного тепла и света.

Приятная Встреча

Я встретила Зебо через 10 лет. Она была такая же цветущая: красивая и статная, жизнерадостная и приветливая. Мы крепко обнялись. Подруга пригласила меня на свадьбу сына - известного футболиста, игрока Московского клуба. Мы не могли наговориться. Она едва успевала отвечать на мои вопросы. Рассказала, что вышла замуж за хорошего человека, который усыновил ее детей, и помогал в их воспитывать. Она была очень довольна. Я спросила ее о бывшем муже, не знает ли, что с ним, как устроился?

- Знаю, Шоди ведь наведывается к детям, постоянно повторяет, что такую, как я, больше не встретил. А от прошлой любовницы сбежал, как от чумы. И до сих пор у него в голове не укладывается, как сам разрушил семью, - ответила Зебо.

Видно было, что она счастлива. Выходит, правильно сделала, что ушла от мужа? Но ведь бабушки, мамы и все мужчины наши считают, что разведённая никогда не будет счастлива во втором браке. Участь женщины – смиренно переносить невзгоды и унижения, ханжество и лицемерие, предательства и измены. Мол, мужчины перебесятся и вернутся в семью. Когда я рассказываю про Зебо, многие из мужчин не задумываясь, говорят, что это единичный случай, исключение из правил. В основном же разведенные женщины очень нуждаются и остаются одни.

…На свадьбу сына Зебо я не смогла пойти, в тот день умерла моя свекровь. Ей не позвонила, чтобы не расстраивать, что в такой знаменательный для нее и сына день у меня случилось горе. Позже она сама узнала об этом и всё поняла. Мы решили встретиться и посмотреть на наш старый двор.

- Ах как хочется вернуться, ах как хочется ворваться в городок! - запела Зебо. - А самый вкусный знаменитый плов нашей любимицы Лолы? Как вспомню, так слюнки текут!

- Как же без плова? - уверила её я. – Уж Лола специально для тебя постарается.

Двор, конечно, изменился за эти десять лет. Многие переехали, заселились новые соседи. В бывшей квартире Зебо жила семья молодого археолога. А топчан наш гордо стоял на месте. Там был наш любимый сосед Григорий Семенович. Увидев Зебо, он так обрадовался, что даже прослезился. Как в старые добрые времена, к ужину мы приготовили много вкусных блюд. Был и знаменитый плов Лолы. Хорошо посидели, вспоминая былые времена. Стало смеркаться, и Зебо засобиралась. Выразив благодарность соседям, она попросила меня проводить ее.

- Помнишь про калоши? - лукаво смеясь, спросила подруга.

- А как же, конечно помню, - улыбнулась я.

- Знаешь, я их в подарочную бумагу обернула и отнесла хозяйке. У неё от страха и удивления чуть глаза на лоб не вылезли. Просто анекдот! - продолжала Зебо, – Представляешь, получить такой подарок?!

- Ты одна за всех нас – жен сумела ответить достойно за предательство мужчин. Каково другим-то с этим жить? И ведь терпят же, - добавила я.

Зебо поняла, что речь идет о Лоле. Я подумала, что не все такие сильные, умеющие бороться за своё счастье. Как часто мы просто закрываем глаза на недостойное поведение наших мужчин, живем ради детей, боимся сплетен и людских пересудов. Побольше бы таких сильных женщин как ты, моя Зебо!

Я прочла ей вслух строки из стихотворения поэта Мирзо Турсунзаде:

Женщина ласкает, если любит,
А, когда не любит, то она
Опаляет, мучает и губит,
Огненности солнечной полна.

Зебо улыбнулась и покачала головой. Помолчала и перевела разговор на Лолу.

- Подруга наша молодец, но мне за неё тревожно. Терпит всё и упорно строит благополучие. Все знают, как ей нелегко, а она и виду не подаёт, хотя на душе у нее постоянно кошки скребут. И ведь слово плохого не даёт сказать о своём муже-поэте. По мне, я его давно послала бы куда подальше. Лолу он не ценит, не понимает, а она бережёт его, не думая о себе. Ей при жизни памятник ставить нужно.

Зебо как-то испытующе взглянула на меня.

-Наверное, в терпении наша слабость и наша сила. Лола ведь не одна такая. Многие наши женщины живут, не зная счастья, любви мужа, завися от желания и капризов родственников, - с грустью ответила я подруге.

Зебо порывисто обняла меня, прощаясь. Я смотрела ей вслед и не знала, что это наша последняя встреча. Нам и в страшном сне не могло присниться, что в мирном и цветущем Таджикистане начнётся жестокая, бессмысленная гражданская война. Моя подруга уехала заграницу к дочери.

А мне, мои дорогие читатели, хочется рассказать о других соседушках.

ЧАСТЬ II

БОГ ТЕРПЕЛ И НАМ ВЕЛЕЛ

ЧАСТЬ I.

СОЛНЕЧНАЯ ЖЕНЩИНА

Весёлый Переезд

Все соседи запомнили Лолу с первых же дней переезда. Представьте картину: машина с вещами приехала во двор, и счастливые новосёлы спешат заселиться в свою квартиру. Но не тут-то было! Оказалось, что Лолино жилище МВД решило переоборудовать в опорный пункт милиции. Дежурный милиционер пояснил, что с ордерами произошла ошибка, и предложил семье обустроиться в квартире напротив. Лола решила не устраивать скандал и со временем все выяснить. Вещи занесли в соседнюю квартиру.

В поисках правды прошло пять дней, но нигде толком разъяснить щекотливую ситуацию не могли. А тут приехали с ордером новые жильцы, попросили освободить их квартиру, самовольно занятую соседями. Такой несправедливости Лола не выдержала и стала выяснять отношения с милиционером в опорном пункте. Соседи её поддержали, ведь у неё на руках был ордер! Муж Лолы, известный поэт, в этих разборках не участвовал. Сделал вид, что пойдёт разбираться с начальством. Смотрел на расстроенную Лолу, укоризненно качал головой, показывая соседям, какая жена неугомонная.

А Лола ринулась в опорный пункт.

- Ну-ка освобождай мою законную квартиру! - грозно заявила она, тыча в нос милиционеру свой ордер.

- Никуда я не уйду! Я представитель органов, и не Вам решать, что мне делать. К тому же, я потратил уже столько денег на ремонт, - ответил тот, пытаясь вытеснить соседку из опорного пункта.

- Какой ремонт? – не унималась Лола. - Зачем ободрал обои? Замазал стены в грязно-зелёный цвет как в «обезьяннике»? Теперь мне придётся перекрашивать стены! – При свидетелях говорю: или освободишь квартиру, или до решения суда будешь вместе с моей семьёй находиться под одной крышей. Понял? Посмотрим, на чьей стороне правда!

И тут на защиту Лолы неожиданно выступил только что вселившийся в квартиру мужчина. Назвался он Григорием Семёновичем. Ветеран Великой Отечественной войны был в парадном костюме, вся его грудь была в боевых наградах. Он устроил взбучку молодому милиционеру, отчитав по полной программе, так, что тому мало не показалось. Отдав ключи владелице квартиры, сотрудник органов, не оглядываясь, ушел.

Да, «веселый» был переезд у Лолы – чистый анекдот! Его рассказывали с разными дополнениями на всех наших посиделках на топчане. Лола при этом со счастливой улыбкой благодарила соседей – Григория Семёновича, ставшего для всех верным другом, и его жену - бабушку Матрёну. Лола всегда и во всем оставаясь учительницей, свыклась с этой ролью. Говорила правду в лицо и не щадила своих оппонентов, была справедлива и не давала спуску молодым, без уважения относившимся к старшим. Как-то соседские мальчишки подрались во дворе, а их родители переругались и перестали разговаривать друг с другом. Лола их пристыдила: мол, негоже дурной пример подавать. Ведь их дети опять помирятся и завтра будут вместе играть, а старшие могут надолго остаться в плохих отношениях.

Муж Лолы был известным и очень одарённым поэтом. Его стихи знали все – и стар, и млад, почти каждый год выпускались новые сборники. Поэт с друзьями обязательно «обмывал» гонорары и нередко приходил домой навеселе. Так было принято в творческой среде - отмечать любое событие. И всё бы ничего, но пристрастие к выпивке зачастую вело к болезни: кто-то рано умирал от алкоголизма, другие оставляли семьи и «шли по рукам». Мы - соседи сочувствовали Лоле, что и говорить, пьющий муж - беда в семье. Но советов не давали, веря, что наша муаллима сама разберётся. Так и получилось.

Операция «Котлован»

Как-то ранним воскресным утром дети Лолы зашли за моим сыном Фаррухом, который собирался покататься на велосипеде. О чем-то пошептались, и сынуля попросил у меня бельевую верёвку. Я подумала, что это просьба Лолы и, ничего не подозревая, отдала ему.   И тут увидела, что мальчишки на улице просят верёвки у всех соседей и связывают их в длинный канат. Потом вся толпа двинулась за дом, где недавно вырыли глубокий котлован для многоэтажки.

Я испугалась: вдруг дети решили спуститься на самое дно. Побежала за ними. Сын Лолы, Ромиз, завязал один конец каната вокруг ствола дерева, а другой вокруг своего туловища. Несколько раз проверил верёвку – выдержит ли дерево и медленно стал спускаться в котлован. Ребята, помощники и зрители, очень громко кричали, показывая на какой-то предмет на дне котлована.

На шум собрались зеваки и соседи. Выяснилось, муж Лолы ночью возвращался с поэтического вечера, и случайно уронил свой портфель-дипломат. Только утром вспомнил, где искать пропажу. Сам даже из дома не вышел, постеснялся, и выручать его пришлось детям. Лола переживала за них, молила Бога, чтобы никто не пострадал.

- Может быть, наш поэт гонорар не донёс до дома? - весело крикнул один сосед, подбадривая «альпиниста».

- Да нет, гонорар точно остался там, где его «обмывали», а в портфеле стихи, – добавил другой. - Пачка тяжёлая, вот и не донёс!

Зрители стали посмеиваться.

- Хашим-актер носит в портфеле кирпичи, чтобы руки были крепкие. И наш поэт попробовал то же, да и не осилил, - пошутила Любаша-всезнайка и слова её заглушил всеобщий смех.

- Если там деньги, будет нам мороженое? – стали торговаться мальчишки.

- Были бы деньги, дипломат уж точно не оказался в котловане, – уже не выдержала Лола и тоже улыбнулась. – А мороженое в любом случае будет!

Тут мальчики стали кричать: «поймалась рыбка! Поможем вытянуть ее на берег!». И давай тянуть за верёвку, к которой был привязан сын муаллимаджон. В одной руке у него был дипломат, другой он крепко держался за верёвку.

- Ну как прошла операция «Ы»? – крикнул сосед с четвертого этажа.

- Благополучно! – радостно заорала в ответ детвора.

На крыльце подъезда, наконец, появился муж Лолы. С устодом – так называют уважаемых и талантливых людей, стали почтительно здороваться. Он весело отвечал им на приветствия. А потом повернулся к жене:

- Ну что ты так суетишься? Всё в жизни бывает...

- Дорогой, если бы я не суетилась, то вместо дипломата, наверное, пришлось бы из котлована поднимать тебя, - ответила, добродушно улыбаясь, Лола.

…И на топчане на этот раз сидели только мужчины с устодом. О теме беседы можно было лишь догадываться. А звучавшие стихи слушали все.

Лола собрала всех участников операции «Котлован» и поблагодарила каждого. Вместе развязали самодельную «альпинистскую верёвку» и вернули все мамам. Потом все дружно угощались обещанным мороженым: никто и не заметил, когда Лола сбегала в магазин и купила большой пакет лакомства.

- Муаллимаджон, спасибо! Если надо будет, мы всегда Вам поможем, - хором попрощались мальчишки и разбежались по своим делам.

А мы с Лолой прошли во двор, и я заметила, что взгляд её был устремлён в сторону топчана.

- Жалеешь меня, Зульфия? Да, мой поэт пьёт, часто бывает не прав по отношению ко мне. Но он очень талантлив, и может быть это ему нужно для вдохновения? Мне трудно, но это моя ноша, мой крест. Бог терпел и нам велел, - тихо и проникновенно сказала подруга.

- Может ты и права, - ответила я. - Но такое терпение Бог даёт не каждому.

А Лола добавила:

- Я верю, это когда-нибудь закончится. Он поймёт, человек не может быть себе врагом! А я всё сделаю для него и всё выдержу.

- Главное, себя побереги: ты своим детям тоже нужна, - посоветовала я.

- Спасибо, что ты есть! – Лола обняла меня и попрощавшись, ушла к себе.

А я осталась в раздумьях…

Двести Грамм Для Храбрости

Как-то я поздно возвращалась после очередного ночного вызова к соседскому малышу и увидела три покачивающихся силуэта. Одного я сразу узнала – это был муж Лолы, а рядом шли мужчина и женщина. Они были навеселе и, громко переговариваясь, зашли в подъезд. Я села на скамеечку, хотелось узнать, чем это закончится. Переживала, не понадобиться ли моя помощь. Знала, что иногда Лола ночами выходила посидеть на топчане, когда никого не было.

- Здравствуй, милая невестушка, принимай гостей! - узнала я развязный голос золовки Лолы.

- Здравствуйте! – встревоженно ответила Лола, - вы что-то припозднились. Я бы в гости в такой час не решилась пойти.

Дверь закрылась. Но вскоре из квартиры выбежала раскрасневшаяся, явно пьяная Лола. Ей было так плохо, что она не смогла ответить на мои вопросы. Я обняла подругу и отвела её на топчан. Быстро принесла большую банку воды, заставила выпить, чтобы очистить желудок.

Лола пришла в себя и рассказала всё.

- Представляешь, я заставила мужа налить мне полный стакан водки и залпом выпила. Это такая гадость! Мне стало плохо, но все смеялись над моим ужасным видом. Я обещала мужу, что каждый раз, как он придёт пьяным, буду делать тоже самое. Может, это станет ему уроком? – всхлипнув, спросила Лола.

- Тебе-то зачем себя калечить? Нравится мужу разгульная жизнь - пусть сам пьёт, - ответила я. – А твоей жертвы он не оценит.

- Нет, для него очень важно, что о нём говорят, и потом, он привык, что у него послушная и терпеливая жена. А он, как настоящий мужик, что хочет, то и делает, - грустно продолжала подруга.

- Ну почему ты всё это терпишь? Почему не опозоришь его, не выгонишь? Неужели так любишь? – закидала я её вопросами.

- Дело не в этом. Я понимаю, что Бог таких талантливых людей создаёт поштучно. Муж мой очень одарённый, такого поэта в наше время найти трудно. Бог отдал его в мои руки для того, чтобы я берегла и поддерживала. Он, когда не пьёт - совсем другой, хотя боится показывать это на людях. Я бы давно ушла, только жалко мне его, детей и своих родителей.

Не успела Лола закончить свою последнюю фразу, как из дома выбежал её муж. Вид у него был какой-то всколоченный и излишне возбуждённый.

Увидев нас вдвоём, он сразу успокоился. Поздоровавшись со мной, вежливо спросил:

- Ну как, узнаёте сегодня свою соседку? Мы вместе решили отметить мои новые стихи и вот результат, - с усмешкой сказал он мне.

- Лола в порядке, у неё было алкогольное отравление, но мы быстро с этим справились. Не пойму, зачем доводить жену до такого? Вы же известный человек, надо бы поберечь здоровье, и своё, и близких, - укорила я поэта.

Тут из подъезда вышли гости Лолы. Её золовка, увидев нас, подошла и, пьяно улыбаясь, сказала:

- Вот теперь весь город будет знать, что не только брат мой пьёт, но и его хвалёная жёнушка стаканами водку хлещет!

Я заступилась за подругу:

- Это Вам показалось! Хорошенько присмотритесь, Лола вполне трезвая. И давайте расходиться, уже очень поздно, нормальные люди давно спят.

Лола гордо встала с топчана, и пристально посмотрев на золовку, ответила:

- Извините, но я сегодня от водки такая смелая! Повторю слова остроумной и великой актрисы Фаины Раневской: «Хрен, положенный на мнение окружающих, обеспечивает спокойную и счастливую жизнь». – Ясно Вам? Мне всё равно, что будут говорить обо мне, моя совесть чиста. Нормальные люди заняты своими проблемами, а бездельники пусть злословят. Умные будут говорить в глаза, а мне им всегда есть, что ответить.

Мы посмотрели друг на друга, и я поняла, сколько же невысказанного осталось в душе Лолы. Но она не проронила больше ни слова. А я, как всегда вспомнила стихи Мирзо Турсунзаде:

Как будто бы грянуло дивное диво,
В глаза ты глянула красноречиво.
И, став, как обычно, надежды залогом,
Твой взгляд лаконично поведал о многом...

Поэт взял за руку жену, попрощался со всеми и направился к своему подъезду. Больше мы никогда не возвращались к этой теме, Лола была благодарна, что всё осталось между нами. Муж её, и правда, стал реже пить, а потом, говорят, и вовсе завязал.

Я подумала, что таких женщин, как Лола, много рядом, но мы часто их не замечаем. А без них разве были бы достойные и талантливые мужчины?

ЧАСТЬ III
СТАРИК И ГОРЕ

Памяти бабушки Матрёны

Неожиданная Встреча

Долго меня не было дома – три месяца повышала врачебную квалификацию в Питере. Сразу же после приезда побежала к маме на кладбище. Сидела там и всё думала о том, как я рано ее потеряла, как трудно мне без материнской ласки. Поговорила с ней, и мне стало легче. Мама всегда повторяла, что, если человек умирает рано, значит он дарит кому-то остаток своей жизни. Может быть, моим деткам?

Уходила я в раздумьях. Увидела впереди ковыляющего старика. На кого-то он был похож. Решила ускорить шаги и узнала своего соседа Григория Семеновича. Он был грустным и каким-то поникшим. Увидев меня, он удивился:

– Ты что делаешь на русском кладбище?

- Да вот в советские времена не разрешили маму похоронить на мусульманском, потому что она была известным партийным деятелем.

- Да какая разница, где лежать? Земля – она одна. Не видно было тебя во дворе, уезжала что ли?

-Да, ездила на курсы.

- Тебе-то зачем? Ты у нас и так самый лучший доктор. Ну да ладно…

Он замолчал, а я вдруг вспомнила, как дежурила у них, когда его любимая жена Матрена умирала. Он держался молодцом, только изредка глухо причитал: «Моя очередь была, что ж ты и здесь поторопилась?»

- Вот скажи-ка милая, как меня зовут? – спросил он меня вдруг.

- Да уж 40 лет в соседях, и по-разному мы Вас называем: кто Григорием Семеновичем, кто дядей Гришей, а детям нашим стали дедушкой Гришей.

- Верно! А правильнее было бы назвать ГриГоре. Ты знаешь, у

Хемингуэя есть рассказ «Старик и море», а про меня бы сочинили «Старик и горе». Всю жизнь маюсь, как будто страшное испытание на роду написано. Говорят, жаловаться – грех, Бог не прощает – но я к слову …

А ведь, правда, если рассказать о дяде Грише, то и одной книги мало будет. Я часто ходила к ним в дом: старики наши здоровьем не блистали. У бабули Матрены всегда было чем полакомиться. Она слыла мастером на все руки. Помогала всем, присматривала за детишками во дворе. Вот бывало, приду к ней и обязательно засижусь: так мило и уютно было в их доме. Всегда пахло выпечкой.

Детей своих у них не было, и удочерили старики соседскую девочку 11-ти лет. Но она выросла, уехала в Россию, и остались они опять одни.

…Дорога от кладбища до дома не короткая. День был не по-осеннему теплый и солнечный. В Душанбе осень – самая красивая пора.

- А я знаю, о чем ты думаешь! О том, что погода хорошая? – спросил неожиданно дядя Гриша. Хорошие люди были наши усопшие, вот как не приду – всегда солнечный день. И с небушка они нас поддерживают.

- Вы правы. Моя мама всегда всем улыбалась, как солнышко. Красивая была и добрая, - ответила я.

Вспоминая Прошлое

Григорий Семёнович согласно кивнул. А потом вдруг начал рассказывать про свою долгую, почти вековую жизнь. Слова звучали медленно и красиво, как будто он читал написанную им самим книгу.

- Подростками нас - детей кулаков отправили далеко от красивых раздольных полей Донского казачества. Родителей своих мы так больше и не увидели. А стариков, что с нами отправились, мы по дороге всех похоронили. Они припасы молодым и деткам отдавали, а сами с голоду померли.

- Дошли мы до Ворошиловабада – сегодняшнего Вахшского района Таджикистана. Куда ни глянь - кругом голая пустыня. Одни колючки да солнце безбожно печет, никуда не укрыться от него. Первым делом мы стали рыть колодец. Долго рыли, и многие падали от солнечного удара. Так началась наша жизнь «на чужбине». Вскоре провели нам Вахшский канал, мы построили добротные дома. Приусадебные участки стали давать хороший урожай, и мы зажили! Никто из местных и представить себе не мог, что всего через пять лет этот безжизненный уголок превратится в маленький, но прекрасный оазис. На совхозных полях мы сеяли хлопок – самые лучшие тонковолокнистые сорта. Они прославили нашу Вахшскую долину на весь мир.

Вместе с нами приехала в обозе девочка 6-7 лет. Звали её Матреной. В поселении   выросла она в длиннокосую, веселую красавицу. Ее оптимизм был заразительным, вселял уверенность, что у каждого все наладится. Мы мало общались, я даже и не подозревал, что она в меня влюблена. Я-то уже взрослый был и все советовали обзавестись семьей. А тут грянула Отечественная война. Нас – кулацких сынов раньше всех призвали на фронт. За час до отъезда Матрена в слезах прибежала ко мне и сказала: «я тебя дождусь!».

Поверишь ли, её слова в меня надежду вселили. А война – дело страшное! Это в кино все приукрасят, да пафосу придадут. А на самом деле – ад!

В первые же дни нас молодых бросили на передовую. Тут я и получил контузию от снаряда в голову. Вроде к боевым действия уже не пригоден, так нет, оставили меня на фронте. Всю войну выносил трупы с поля боя и так до самого Берлина… Видеть искорёженные тела, нести их на себе, собирать в братские могилы – дело не для слабонервных. А я зубы стисну и ползу, и иду, и копаю. Как-то вынес бездыханного немецкого начальника, а он оказался тяжелораненым. Быстро увезли его в штаб, а мне - орден Красной Звезды. Вот за всю войну и получил высокую награду.

- Да как же? Ваш китель весь в наградах, и в День победы мы же это видим?

- То все медали за Победу, в честь памятных дат, а орден был один. Получается, фашист мне подсобил – и смешно, и грешно, - продолжал свой рассказ Григорий Семёнович..

- Вернулся я с войны, а меня никто и не узнает. Поседел, глаза грустные, постоянно шум в ушах, морщины на лице, как будто танком проехали. Думал, не признает меня Матренушка, а она так бросилась ко мне в объятья, что я чуть не упал. Как она была рада! Говорила, живой, а это главное! Больше половины дворов получили похоронки, многие бойцы вернулись калеками. Эх, знала бы ты, моя красавица, какие душевные увечья я получил, сколько смертей на своей спине вынес. Свадьба наша была скромная, зато все село радовалось. Я всего на несколько лет старше Матрены, а выглядел как ее отец. Матрена оказалась сильна духом. С моими недугами справлялась, дом всегда - полная чаша: и готовила, и пекла, и на зиму запасалась. На нашем урожайном огороде Матрена первой парник поставила. Стала выращивать лимоны, а это, по тем трудным временам, дело было нелегкое. Зато деликатес появился на столах односельчан: и для вкуса, и для здоровья. Единственное, что мою жену огорчало – не было у нас детей. Да и как им быть с моими болячками-то? Она не унывала, говорила, что все соседские дети – наши. И правда, целыми днями они резвились у нас во дворе. От их шума, я со своей контузией уходил подальше любимые книжки читать. Вот ты переживаешь за маму, я за Матрену. А знаешь, что сказал Ремарк: «Смысл бытия заключается в небытии. А вечное – в преходящем; здесь круг замыкается». Только вот я бы ещё добавил – всему должен быть свой черед. Твоя мама ушла из этого мира раньше твоей бабушки, разве это правильно? И Матренушка – раньше меня. В Отечественную войну много молодых парней полегло. И это понятно – с фашистами бились. А в Таджикистане ради чего друг друга убивали? Здесь-то, какого черта заварили кашу?

- Да, наша гражданская война точно не имела смысла, - тихо поддержала я его мысли. – Помните, как все мы плакали на похоронах убитого в те годы молодого археолога? Его дочке было всего шесть лет, но она запомнила своего отца. А свадьбу мы ей

устроили какую! Наша невеста за столом спела своему   жениху
песню:

> *Прошу… Любить меня, как отец недолюбил,*
> *Прошу… Стать вместо брата и сестры,*
> *Прошу беречь меня, как мама берегла одна,*
> *Но как орлица защищала, и в твои руки отдала…*

- Сама сочинила песню! Жених прослезился, и все гости
плакали, а она нет. Стойкая была! И голосок – такой чистый,
проникновенный, - тихо добавила я.

А Григорий Семенович с грустью продолжил.

- Ты знаешь, Матрена так рыдала на свадьбе, что после этого
слегла и уже не встала. Любили мы эту невесту как дочь. Мать
ее постоянно работала, а малышку мы всегда забирали к себе. Я
вместо отца вел ее за руку на свадьбе. После ее песни мне сильно
сердце прихватило. Но терпел, боялся испугать жену. Видел, на
Матрене лица не было от переживаний…

- А помнишь день нашего «новоселья»? Мне квартиру
дали как инвалиду, ветерану войны и труда, и пришлось из
оазиса переселиться в город. Приезжаем, а в нашей квартире
другие живут. Показываем ордер, хозяйка тоже. Оказывается,
«правоохренительные», то бишь охранительные органы в
квартире напротив опорный пункт милиции открыли. А жильцам
велели поселиться в соседней, то есть в нашей квартире. Стали
объясняться, соседка Лола на все лады ругала милицию. Муж ее
- поэт, услышав это, пообещал разобраться и сбежал. Я, весь в
орденах, пошел в опорный пункт прояснить ситуацию. Увидев два
законных ордера, дежурный милиционер решил дело миром. Да,
у меня все в жизни не без приключений…

Есть Язык - Ума Не Надо?

Григорий Семенович был персональным пенсионером, но никогда
без дела не сидел. Его приглашали на встречи со школьниками, с

молодёжью, с ветеранами войны и труда. Ещё наш дядя Гриша без конца хлопотал за обиженных местными чиновниками. Ходил по разным кабинетам, помогая решать самые злободневные бытовые проблемы. Изредка, при головных болях, Григорий Семёнович присаживался на топчан к нам, выпить зеленого чая. Дома казаку было тесно и душно, скучал по казачьим раздольям, по совхозным полям. Тяготила его городская жизнь. Мы это чувствовали, хотя он не жаловался.

После работы никто из соседей не мог пройти мимо топчана. Старались хотя бы пять минут посидеть рядом, спросить, как дела, что нового?

Не забуду случай, когда соседка – научный сотрудник, считавшая себя важной особой, обидела Григория Семеновича. Как-то возвращалась она с работы и мы, сидящие на топчане дружно поздоровались, пригласив и её к нам. Но она, буркнув, что у нее нет времени, лишь махнула рукой. Тогда Григорий Семенович без всякого злого намерения, с улыбкой сказал: Пушкин был прав - «в академии наук, заседает князь Дундук». Прозаседались, наверное?

Соседка остановилась и зло выпалила: кто заседает, а кто всю войну бреет бороды, и трупы собирает.

Вот это был удар! А ведь интеллигентную и благородную из себя изображала, укоряла нас, мол, чем бесцельно сидеть и разговоры разговаривать, лучше книжки читать. Выходит, книги ее научили быть такой грубой? Мы онемели.

- Вот за что мне такие люди попадаются на жизненном пути? - спокойно ответил ей дядя Гриша. - Есть язык, ума не надо? Ты подумай, сколько молодых я вынес с поля боя, теперь их души меня берегут. А тебя и живые-то, похоже, не жалуют.

Соседка побледнела и ушла восвояси, опустив голову.

- Не желал я ей зла, - продолжал вспоминать Григорий Семенович, - но ведь знаешь, что потом случилось. Муж нашей научной особы - хороший человек, без которого и жизни бы у нее такой не было, помер. Четыре месяца лежал, мучаясь от страшных болей. А соседка, хотя и видела меня часто, но так и не извинилась. Может и ей, и мужу бы легче стало, если бы не гордыня. Гордыня

– самое мерзкое качество в характере человека.

Я поняла, как больно дяде Грише было услышать обвинение в его «легких» военных буднях. Он рвался в бой и мстил бы врагам, если б не его контузия. Я   ходила к нему, лечила, приносила лекарства, еду.

Последняя Просьба

Мы шли среди оградок, смотрели на надгробные камни, читали надписи на них. Григорий Семёнович то улыбался, то хмурился. Потом вдруг задумался и сказал:

- Хочу еще тебя попросить вот о чем, не удивляйся только. Больше некого, ты у нас самая исполнительная и, главное, добрая. Еще в советское время мы – ветераны войны после 65 лет могли выбрать себе надгробный камень. И я выбрал себе и даже надпись сделал.

- А ты не улыбайся, - добавил он, увидев мое лицо, - это моя последняя просьба. Камень даже в дни нашей гражданской войны сохранился. Там только нет даты смерти. Это сделают. Нас – ветеранов теперь по пальцам посчитать можно. Ты только проследи, чтобы все было достойно. А знаешь, какую я надпись сделал на камне:

Здесь лежат старик и горе,
Так в обнимку и лежат,
Ведь старик и не допустит
Горю по земле гулять...

- Пусть нескладно, зато от души. Будут люди читать и думать, вот где - горюшко-то захоронено, и оставят свои грустные мысли.

- Ну, какой же Вы позитивный! Даже об этом и то с улыбкой, - тихо сказала я.

- А я смерти не боюсь, пусть она сама меня боится! И ты не грусти, Твои добрые дела к тебе добром и возвращаются от детей, которых лечишь, и их родителей тоже. Вот я тебе и доверил свою просьбу, знаю, что выполнишь. Мой любимый писатель Ремарк, такой же израненный на войне, как я, сказал: «А время — оно не лечит. Оно не заштопывает раны, оно просто закрывает их сверху марлевой повязкой новых впечатлений, новых ощущений, жизненного опыта…А иногда, зацепившись за что-то, эта повязка слетает, и свежий воздух попадает в рану, даря ей новую боль… и новую жизнь… Время — плохой доктор… Заставляет забыть о боли старых ран, нанося все новые и новые… Так и ползем по жизни, как ее израненные солдаты…

И с каждым годом на душе все растет и растет количество плохо наложенных повязок…»

Дядя Гриша цитировал без запинки, и я опять поразилась его памяти.

… Мы, наконец-то подошли к своему дому. Муж ждал меня на улице и, увидев рядом с Григорием Семеновичем улыбнулся, а его тревожный взгляд смягчился.

- Не переживай, в надежных руках была твоя любимая. Мы по дороге разговорились и припозднились. – Читай Ремарка, он сказал: «Первый человек, о котором ты думаешь утром и последний человек, о котором ты думаешь ночью — это или причина твоего счастья или причина твоей боли». – Зульфия любит поэзию Мирзо Турсунзаде, а я своего Ремарка, а всё одно и то же, всё о жизни.

Он уходил, прямо держа спину, а мы с мужем смотрели ему вслед и каждый молча думал о своем…

ЧАСТЬ IV

СКАЗОЧНИЦА БИБИЧОН

Бабушка Марфоахон

Весь двор называл ее бибиджон – бабушка, потому что она была старше всех. Когда она выходила во двор погулять, опираясь на свою тросточку, все детки сбегались в надежде услышать интересную историю. Бибиджон слыла у нас сказочницей. Сказки её были многосерийные и рассказывала она их при условии, если дети наводили порядок во дворе, ухаживая за деревьями и цветами. А ещё учитывалась их помощь старшим и дома, и в огородах. Ребятишки готовы были на всё, только бы слушать бибиджон. Жила она вместе с семьёй своего сына, четыре дочери были замужем и по очереди приезжали навещать её. Иногда забирали погостить с собой, но она быстро возвращалась, на радость детворе.

Звали бибиджон Марфоа. Дома она сидела у окна и смотрела вдаль, как будто кого-то ждала. Ребята в первую очередь наводили порядок перед её окнами, чтобы она их увидела и вышла рассказать очередную сказку.

Мы, старшие, тоже с интересом слушали рассказы о жизни этой удивительной старушки. Она была ровесницей двадцатого века: пережила Бухарскую революцию, потом Великую Отечественную войну, одна воспитала пятерых детей и дала всем им высшее образование. Но всё по порядку. Чаще всего она вспоминала своего мужа Сироджа. Он был русый и светлоглазый, очень похожий на русского. Знал много языков, по-русски говорил почти без акцента. И имена их звучали как русские: Марфоа все называли Марфой, а Сироджа - Сережей. В конце 20-х годов Сироджа с группой молодых ученых послали в Германию на учебу, где он выучил немецкий, да еще и пристрастился к фотоделу.

Сироджа с Марфоа поженили очень рано. Дети приходились друг другу родственниками. Дед их был хранителем печати и библиотеки эмира Бухарского. Красавицу-внучку как мог, оберегал. Он знал, что шпионы эмира всюду выискивали красивых девочек, воровали и приводили в гарем эмирата. Вот и решил сосватать внуков, кузена с кузиной, и сыграть свадьбу. Невесте не было и десяти, а жениху только исполнилось 13. По сути, они долгое время только назывались мужем и женой, а жили, как все дети. Потом Марфоа родила дочь, вслед за ней еще трех девочек и, наконец, сына.

Революцию бибиджон вспоминала как дурной сон. Богатых считали тогда главными врагами и мстили по полной: грабили, убивали, издевались. Многие бежали кто куда. Сиродж с молодой женой были грамотными и, как ни странно, пришлись по нраву новой власти. Доверили им учить детей в школах. Вроде жизнь стала налаживаться, а тут вдруг арест Сироджа. Ему определили 5 лет тюрьмы. А пострадал он из-за своей доверчивости.

После приезда мужа из Германии Марфоа стала замечать в их доме приятеля, загоревшегося желанием выучиться фотоделу. В комнате, где проявляли фотографии, шустрый ученик обнаружил в коробке золотые монеты и десять слитков золота. Три слитка украл, а на друга написал донос. Сироджа сразу же вместе с золотом забрали люди из органов. На допросах он написал правду о наследстве от родителей, и перечислил всё, что было. Трёх слитков не хватало. В результате, друга тоже привлекли и осудили за воровство.

Осталось Марфоа одна без мужской поддержки, а в семье уже было пятеро детей. Мужа отпустили через пять лет, но радость была короткой. Началась Отечественная война и Сироджа, несмотря на льготы многодетной семьи и возраст, отправили на фронт вместо сына местного чиновника. Перед отъездом он сказал сыну: теперь ты главный мужчина в доме. Держись сынок! Береги маму и сестёр. А если меня убьют, никому не говори. Пусть мама ждет и верит, что я вернусь. Так и случилось. Сироджу недолго пришлось воевать – пал смертью храбрых на рубежах советской границы где-то на Украине.

Фируз не разрешал сестрам получать письма с фронта и похоронка попала в его руки. Он порвал страшное известие, а клочки бросил в реку. Так и не сказал о том, что отца больше нет.

…А бибиджон ждала до последнего своего дня. Все соседи видели, как она сидела у окошка и смотрела вдаль. Верила, что отец её детей жив. Иногда шутила, что похоже Сироджу понравилась на стороне какая-нибудь голубоглазая и русоволосая девушка, вот он и остался. А надоест на чужбине, вернется к деткам, внукам и правнукам.

Похожие Судьбы

Бибиджон была ровесницей Григория Семёновича и дружила с ним и его Матрёной. Много у них оказалось общего в жизни. Бибиджон называла соседа Гриша-ака, а Григорий Семёнович - ее сестрой Марфой. Он всегда садился рядом с ней, шутя обнимал за плечи, а бибиджон ласково гладила его руку. Им всегда было что вспомнить и о чём поговорить.

- Много у нас общего, похожего в судьбах, а, сестрица Марфуша? – Начинал Григорий Семёнович беседу. - Всё сказки рассказываешь детворе, а наша жизнь, небось, самая правдивая сказка на свете. И грустная, и поучительная.

- Да, Гриша-ака, мы с тобой свидетели истории, - поддерживала разговор бибиджон. – Вспоминаю детство своё как сказку. Подняла меня судьба так высоко, и так жестоко кинула… Столько испытаний выпало… Вы меня можете понять.

- У меня детство тоже было беззаботное, жили безбедно. А в одночасье остались не только без копейки, но и без самых близких людей, - задумчиво продолжил Григорий Семёнович.

- В конце недели нас - женщин возили в фаэтонах на пятничный базар. А перед этим каждой давали по горшочку золотых монет, и мы покупали себе красивую одежду, обувь, украшения. Я была очень молода и не знала нужды, не раз вспоминала бибиджон.

- Больше всего я любила ходить в книжную лавку, потому что была грамотной. Мой отец очень баловал меня. После старшего брата несколько детей родились в семье, но, не дожив до года, умирали. Я осталась жить. Отец часто возил меня в библиотеку эмира и там научил читать, писать, считать. Библиотека стала моей школой. Мама тоже помогала мне. Она была знатоком поэзии, и, наверное, от неё в моём сердце любовь к великому поэту Ходже Хафизу на всю жизнь.

Марфоа, рассказывая о своём жизненном пути, подчёркивала, что именно образование, которое ей дали в семье, очень помогло в дальнейшем.

В революцию от прямого попадания снаряда сгорел их большой дом и всё добро. Что смогли в руках унести, то и осталось. Большая семья в одно мгновение распалась на маленькие группы, теперь каждый мужчина должен был самостоятельно решать свои личные семейные проблемы. Старший брат бибиджон сбежал в глубинку. Муж решил с семьёй переехать в Самарканд, где жила его сестра. Детей уже было пятеро. Они сразу пошли учиться в новые школы. Сиродж устроился работать в издательство. Потом с группой молодых представителей новой восточной интеллигенции побывал в Германии, вернулся с большим багажом знаний. И опять работал с радостью, пока его не предал «друг», и его не осудили.

Брат Марфоа, узнав о тюремном сроке Сироджа, позвал её с детьми к себе. Он был директором школы, где грамотных учителей не хватало, особенно женщин. Так семья оказалась в далёком кишлаке Ходжентской области. Марфоа работала в три смены в школе брата учительницей начальных классов.

- Каково было мне, знаем только я и Бог! Всегда своим детям говорила: учитесь – это ваше настоящее богатство. Все силы и средства буду тратить на ваше образование. Станете у меня врачами, учителями, экономистами, - неторопливо вела беседу бибиджон. Мои надежды сбылись, все дети окончили высшие учебные заведения, получили дипломы. Достойно живут, вырастили мне 22 внука. Уже и правнуки есть. Вот оно - богатство! – с гордостью заканчивала она каждый раз рассказы о своей нелёгкой доле.

- Как же похожи наши судьбы, - вторил Григорий Семёнович. Донские казаки всегда были зажиточными. Любили волю. Умели работать и зарабатывать, в домах всегда был достаток. У всех - дворы, скот, земли. С детства нас учили быть смелыми, преодолевать трудности, не бояться правды и беречь честь. Только вот золото нам горшочками не раздавали. Для нас конь был дороже золота.

Произнося эти слова, Григорий Семёнович затихал, смотрел куда-то вдаль, вспоминая свою лихую юность, широкие раздолья родной стороны и оставшихся лежать в донской земле родных и близких.

- Вот Марфа, ты сидишь у окошка и ждёшь своего ненаглядного, думаешь, он вернётся. Правильно, жди. До конца будь верна ему, ведь вера и надежда даёт нам силы. Как сказал Ремарк – «пока человек не сдается, он сильнее своей судьбы», - повторял он бибиджон, а она улыбалась. – Значит, очень Сиродж у тебя был хороший. Знаешь строки из стихотворения Константина Симонова? «Жди меня, и я вернусь, только очень жди!» - это про тебя и про таких женщин, как ты. Моя Матрёна меня дождалась. Была писаной красавицей, а я вернулся с фронта весь седой, да еще и контуженный. Не верил, что примет меня, а вот уже скоро сорок лет как мы вместе. У всех свои испытания: ты всё ждёшь мужа, а у меня нет детей. Ещё неизвестно, что лучше. Твой Сиродж оставил тебе в наследство деток. Да, ты мучилась, было трудно, но дети – это достойная память о нём. Не тужи, радуйся, что столько рядом с тобой его кровиночек.

Мы всегда с удовольствием слушали поучительные рассказы из жизни наших стариков. Они были для нас примером достоинства и стойкости.

Помню, спускалась бибиджон со второго этажа, а все вставали и бежали навстречу, чтобы поддержать её и довести до топчана. Иногда она приносила старый альбом и показывала фотографии, сделанные в давние времена её мужем Сироджем. Как же надо было любить, чтобы столько лет хранить эту семейную реликвию?

Много хорошего она рассказывала нам о своем Сироджхоне. И он стал для всех родным и близким, хотя мы видели его лишь на старых выцветших фотографиях.

Так и осталась в памяти наша дорогая и мудрая соседка бибиджон – бабушка, сидящая у окна и смотрящая вдаль. Она всё ждала своего любимого, не пришедшего с фронта мужа…

ЧАСТЬ V

ГОЛУБКИ

Новые Соседи

Когда после развода с мужем уехала наша солнечная женщина Зебо, в их квартиру вселилась молодая семейная пара. Все соседи сразу увидели нежность влюблённых и прозвали их «голубки». Имена молодых были, как из классической поэзии, Фархад и Ширин. Мы с улыбкой и светлой завистью наблюдали за ними. Работали они вместе, отдыхали вдвоём, гуляли вечерами во дворе и постоянно о чём-то беседовали, будто ворковали друг с другом. Иногда Фархад уезжал в командировку, а Ширин тосковала. Сидела с нами на топчане, но мысли её были где-то далеко. А когда он возвращался, обязательно присаживался к нам и ждал, пока жена увидит его в окошко и прибежит. Фархад никогда не стеснялся обнять её при всех и прочитать стихи моего любимого поэта Мирзо Турсунзаде:

Я верностью к тебе храним. Чего еще ты хочешь?
Я от тебя неотделим. Чего еще ты хочешь?
У всех по-разному любовь берет свое начало.
Я начал с именем твоим... Чего еще ты хочешь?

Говорят, такая любовь только в кино и в сказках бывает. Оказывается, и в жизни тоже: вот она во всей красе!

Все соседи во дворе уже знали наизусть строки из песни на слова Мирсаида Миршакара, которые Фархад каждый раз пел при встрече с любимой:

Ширин, ширин, ширинтари аз джони Ширин!
(Ширин, сладкая Ширин, слаще жизни ты - моя Ширин!

Ширин по образованию была экономистом. Работала в управлении торговли, а потом, посоветовавшись с Фархадом, перешла бухгалтером в его институт. Мы, соседи удивлялись, как они не надоедают друг другу? Всегда ищут повод побыть вместе.

Мы и предположить не могли, что голубки наши поженились вопреки воле родителей. С выбором детей они не смирились. Горная и гордая красавица Ширин была из Бадахшана, а Фархад из знойных южных степей. Они и внешне разительно отличались:

она с копной длинных, огненно-рыжих волос, огромными глазами
цвета лазурита, невысокого роста.

«Маленькие женщины рождены для любви», - всегда говорил
ей Фархад. А он был высокий брюнет с миндалевидными глазами
цвета ночи. Познакомились они ещё студентами в университете.
Полюбили друг друга, и решили после окончания учебы поже-
ниться. Родители были против их выбора, но Фархада и Ширин
отказ не остановил, и они сыграли скромную комсомольскую
свадьбу. В институте археологии решили помочь молодому пер-
спективному специалисту и предложили выкупленную институ-
том квартиру.

Первый и единственный ребёнок появился у них только через
три года. Григорий Семёнович успокаивал:

- Молодые, здоровые, чего ж не быть детям? Не торопитесь,
всему своё время. Надо съездить к родителям и ко всем родным
попросить благословения. Они обязательно простят вас, увидев,
как вы друг друга любите.

- Боюсь я родительского гнева, - отвечал Фархад. – Ведь я ещё
с колыбели с кузиной помолвлен был. Смотрю на неё сейчас и
становится смешно: она в четыре раза толще меня, да дело и не в
этом. Она мне всё-таки родственница, а медицина таких браков не
одобряет.

- А мне бабушка говорит, за «чахта» (чахт – кривой, в религии -
ушедший по неправильному пути) вышла замуж: мы - исмаилиты,
а он - суннит. Не хочет меня простить, и родители её слушают. Но
религия-то у нас одна – мусульмане. И Бог один! – поддерживала
мужа Ширин.

- Не пойму, почему всё так несовершенно в мире, - удивлялся
Григорий Семёнович. - Все религии проповедуют любовь, а в
жизни сплошное разделение. Какая разница в наше время, кто ты?
Главное вы друг друга любите, и это поймут ваши родные. Вы
поезжайте к ним, а там, как Бог даст.

И правда: после того, как молодые навестили родителей,
поездили по святым местам, Ширин забеременела и родила дочку.

Весь двор любил малышку-красавицу, которую назвали

Заррина. Она и правда, была лучезарная – тёмно-русые волосы, светло-карие светящиеся большие глазки, нежные розовые щёчки с ямочками. Просто куколка! Родители её обожали. Каждый день Фархад приносил что-нибудь для малышки, а любимой Ширин - цветы. Вечерами они гуляли уже втроём.

Бабушка Матрёна в Зарриночке души не чаяла. После декретного отпуска Ширин девочку в ясли отдавать не захотела, а нянечку и искать не надо было. Заррина уже привыкла к «бабуле» - так она стала её называть, и родители отдали малышку в её руки.

Говорят, плод большой и чистой любви, как ангел божий. Заррина такой и росла - спокойная, смышлёная и весёлая, всем на радость. Любила сказки, и бабушка Матрёна выводила её во двор в тот самый момент, когда на топчане собирались детки вокруг любимой сказочницы - бибиджон. Дома Матрёна тоже читала ей книжки и детские стихи, которые малышка сразу запоминала. Родители были рады. Все дворовые мальчишки вставали в очередь, чтобы покатать эту куколку в летней коляске. Спорили между собой, кто на ней женится в будущем, а взрослые, смотря на всё это, только улыбались.

Последняя Командировка

Пришло время очередной экспедиции и Фархад готовился к отъезду. Ширин не хотела в этот раз его отпускать, твердила, что у неё нехорошие предчувствия. Муж её успокаивал, но она никак не могла скрыть свою тревогу, даже заявила, что поедет вместе с ним. Он, глядя на дочку, нежно гладил руки Ширин и говорил, что не позволит на два месяца оставить любимую малышку без родителей.

- Зарриночка будет скучать, тебе её не жалко? Смотри, как она загрустила, не хочет, чтобы ты уезжала, - ласково убеждал он жену.

- А я хочу, чтобы ты не уезжал, - грустно ответила Ширин. – Что-то мне неспокойно.

A

- Ну это же не в первый раз! Сколько лет езжу и всё нормально. Ты не переживай, моя дорогая, у тебя теперь есть наша дочка. Вдвоём вам веселее будет.

Он уехал, а через неделю в Душанбе начались волнения: в центре собрались огромные толпы народа. Одни требовали смены правительства, другие ратовали за исламское государство. Это противостояние вылилось в гражданскую, братоубийственную войну.

Ширин всё больше переживала за мужа, от которого не было вестей. Хотела даже поехать на место раскопок, но мы её отговорили. Она была в отчаянии, как будто чувствовала беду.

Как-то зашла к бабушке Матрёне и сообщила, что всё-таки собралась ехать к мужу. Григорий Семёнович подошёл, обнял её и тихо сказал с дружеской укоризной:

- Вот ты собралась в дальний район, сама, не зная, что там происходит. Допустим, случилось самое ужасное, а ты уезжаешь туда же? Ты посмотри на дочку, хочешь оставить её сиротой? Не думай о плохом и жди! Никогда, слышишь, никогда не отчаивайся: такая любовь как у вас с Фархадом, не умирает, а живёт, несмотря ни на что.

- Увидела я сон, он громко зовёт меня, а горы эхом повторяют моё имя. Это неспроста, - ответила она. - Дядя Гриша, Вы правы, я останусь и буду молить Бога, чтобы муж вернулся.

- Успокойся, доченька! Ты должна взять себя в руки и не тревожить малышку нашу. Она-то в чём виновата? Посмотри, какая грустная Зарриночка, даже личико осунулось. Береги её, а то ненароком заболеет. Дети, ведь, как промокашки, всё впитывают в себя, и от плохого настроения тоже могут захворать, - успокаивала соседку Матрёна Ивановна.

- Я себе места не нахожу! Но вы правы, не надо думать о плохом, хотя сердцу не прикажешь. Ничего не могу с собой поделать, но постараюсь, - тихо сказала Ширин, поцеловала дочку и вернулась к себе.

Прошли две недели. Весь двор был, как на военном положении-везде стреляли и страшные слухи росли не по дням, а по часам.

Мужчины двора во главе с Григорием Семёновичем поочерёдно дежурили по ночам: закрывали ворота, сидели на топчане, готовые защитить соседей от незваных гостей. Все мы удивлялись, как один народ мог встать друг против друга? В голове не укладывалось - ужасы бессмысленной гражданской войны, когда брат идёт против брата, а сын против отца…

Говорят, плохая весть летит как ветер. Это точно. Молодой сотрудник института археологии вечером подошёл к воротам и попросил пропустить его к Ширин. Григорий Семёнович почувствовал что-то неладное. Спросил его документы, повёл к топчану и стал расспрашивать, по какому поводу он прибыл.

- Меня зовут Парвиз. Я был поваром на полевых работах в экспедиции. Через неделю после приезда на стоянку мы узнали, что в столице неспокойно. Фархад-ака страшно переживал за жену и дочку. Мы его успокаивали, как могли. Он очень любил свою семью, - с волнением начал молодой человек.

- Ты почему о нём в прошедшем времени говоришь? Скажи прямо, что случилось? - перебил его Григорий Семёнович.

- Утром следующего дня я спустился за водой к речке, слышу выстрелы наверху, и громкое эхо в горах повторяло имя Ширин, - вытирая слёзы, продолжил Парвиз. – Я тихо стал подниматься наверх, и увидел, как открытый черный джип, полный вооружёнными людьми, уезжал с места стоянки. Я побежал к месту раскопок – а там убитые. Среди них был и Фархад-ака. Завтра всех должны привезти в Душанбе. Дорога опасная, я только вчера доехал до города. Спасибо, хорошие люди помогли мне.

- Надо сказать Ширин, - грустно вздохнул Григорий Семёнович, и пошёл к подъезду соседки.

Мы с бабушкой Матрёной поспешили за ним. Дверь была не заперта, Ширин с дочкой собирались пойти погулять. Бабушка Матрёна взяла Заррину, и, не проронив ни слова, ушла. Ширин посмотрела на нас и сразу всё поняла.

- Нет! Нет, нет, не говорите ничего, - горестно запричитала она, глотая слёзы. – Не зря я видела тот сон. Как же я без тебя буду жить, мой Фархад? Ведь Заррина так ещё мала и не насытилась твоей любовью, как я. Почему ты меня не послушал? Я ведь всё чувствовала…

Я обняла Ширин за плечи, но она вырвалась из моих рук и побежала на улицу. Увидела Парвиза и бросилась к нему.

- Это ты принёс страшную весть? Ты был там? Ты видел его? Почему так случилось? Где его тело? Я не хочу в это верить, – рыдала она. – Расскажи про него живого, ты же его видел последним. Хочу запомнить его живым!

Григорий Семёнович не отходил от Ширин ни на шаг. Он крепко прижал несчастную к своей груди, уговаривая:

- Поплачь, поплачь, говорят, слёзы помогают. Тебе много сил потребуется. Ты должна держаться, доченька. Я знаю ваши похоронные традиции. Завтра у тебя трудный день, но мы рядом. Главное, будь сильной, твоя любовь тебе поможет. Вон, уже несут тебе траурный платок. Матрёна останется с тобой. Ты должна обязательно поспать.

- Зульфия, - обратился он ко мне, - успокой её. Пусть поспит, завтра ей целый день на ногах придётся стоять.

Я забежала к себе забрать лекарства и тонометр и пошла к Ширин.

Мужчины стали готовить всё необходимое для похорон Фархада, а женщины были с убитой горем соседкой. Я попросила всех разойтись, чтобы приготовить комнату для последнего «прихода» хозяина. Ширин после успокоительного забылась сном. Заррина со своей бабулей Матрёной заснули в детской. По телефону мы за ночь оповестили всех родственников.

Траурные дни не хочется вспоминать. Все соседи искренне соболезновали Ширин и помогали ей. Григорий Семёнович, прожив столько лет в Таджикистане, знал все традиции и обряды и делал всё, как положено. Никогда не забуду, как Ширин говорила о своем любимом и повторяла стихи, которые он ей читал:

> *Твое господство признаю. Чего еще ты хочешь?*
> *Когда пою - тебя пою. Чего еще ты хочешь?*
> *На имя записал твое - и подпись я заверил -*
> *И жизнь мою, и смерть мою… Чего еще ты хочешь?*

- Фархад не зря читал мне эти стихи, он и смерть свою на моё имя записал. Как будто бы знал. Он подарил мне нашу кровиночку – дочку, ради неё буду жить. Без него жизнь моя не имеет смысла, если б не дочь, - без конца повторяла Ширин.

…Прошли годы. Но боль от потери не утихла. Когда мы собирались на топчане, Ширин говорила только о муже. После его смерти она как-то сразу повзрослела. Много работала, а когда мы упрекали её в трудоголизме, отвечала, что заботы помогают забывать о грусти. И добавляла: – «я хочу, чтобы доченька стала самой красивой невестой, как хотел Фархад».

Песня Невесты

Ширин так больше и не вышла замуж, хотя желающих было хоть отбавляй. Она полностью посвятила себя дочке. Заррина выросла, школу закончила с золотой медалью. Любила книги: Григорий Семёнович всю свою библиотеку отдал в распоряжение внучки – так он её называл. Сказал, книги будут его подарком на свадьбу. Бабуля Матрёна вязала ей всё – от шарфов и шапочек, от платьев до пальто. Одевалась Заррина всегда скромно, но со вкусом. И домашним хозяйством занималась с любовью: умела и готовить, и шить, и на зиму заготовки делать по Матрениным рецептам. Училась в медицинском университете, готовилась стать кардиологом. А Ширин много работала, каждое лето возила дочь куда-нибудь отдыхать. И бабушку Матрёну иногда с собой брала.

Как-то Заррина зашла за очередной книгой к своим старикам.

- Ну, внученька, получила диплом, пора тебе и о замужестве подумать, - как бы невзначай сказал Григорий Семёнович. - Мама твоя всю жизнь мечтала об этом радостном событии, да и мы все хотим увидеть твоё счастье.

- Вот начну работать, и маме будет легче. Хочу, чтобы она отдыхала. С первой зарплаты сделаю ей хороший подарок. А замужество никуда не убежит, - весело ответила Заррина.

- Замужество этому не помешает. Есть у тебя парень? Ты не тяни, я уже совсем старый, боюсь, не доживу, - продолжил он.

- Доживёте, и вместо папы меня за руку поведёте к жениху. Я так хочу! А парень есть, мой однокурсник. Любит меня, но такой стеснительный: ходит, молчит, а глаза всё выдают. Мне он тоже нравится, - призналась Заррина.

- Тогда будем готовиться! – с радостью заявил Григорий Семёнович.

Матрёна Ивановна рассказала мне об этом и мы радовались, как- будто свою кровиночку собирались замуж выдавать. Само собой, Ширин всё знала и с улыбкой поглядывала на всех. Через неделю пришли сваты и дело было решено.

В день свадьбы Заррина вышла в зал к гостям под руку с дедушкой Гришей. К удивлению собравшихся, вдруг подошла к микрофону. Она пела о том, чтобы её суженный смог дать ей любовь, которую недодал отец. Просила любить так же сильно, как мама, которая всю жизнь отдала ей и передаёт дочь в руки мужа. Любить так, как в поэме жизни о Фархаде и Ширин. Чистый, звонкий голос Заррины, душевные слова песни, которую она сама сочинила, покорили сердца слушателей. Весь зал плакал. Жених тоже не сдержал слёз - подошёл к невесте и крепко обнял её на глазах у всех. Никто этого не ожидал, ведь по традиции наши невесты всю свадьбу безмолвно сидят, скромно опустив голову, и даже не притрагиваются к еде.

Как же радовалась Ширин за свою дочь! Поздравляла молодых от себя и от своего любимого Фархада, будто он был рядом. И без устали танцевала: и не было ни одного гостя, кто бы не встал с ней в пару. А, когда вышли танцевать молодые, она взяла микрофон и громко произнесла, обращаясь к жениху:

- Я хочу, чтоб ты любил Заррину, как любил меня мой Фархад!
Весь зал дружно зааплодировал.

Лебединая Верность

Через две недели после свадьбы Ширин решила на месяц уехать к родным, оставив новобрачных наедине. Попросила меня и Григория Семёновича поддержать молодых, если им нужна будет помощь.

- Ты даже не сомневайся, у всех соседей под присмотром будут твои дети, - ответили мы ей в один голос. Да они сами не лыком шиты, уже вполне самостоятельные. Отдохни Ширин и приезжай: мы все тебя будем ждать.

Я заметила, что взгляд Ширин был странным. Она слушала, а глаза были устремлены куда-то вдаль. Вместе с молодыми я пошла провожать её до машины и мне вдруг показалось, что она прощалась с нами как будто навсегда. Меня это встревожило.

- Можно я поеду с тобой до аэропорта? - спросила я её.

- Если хочешь, Зульфия, пожалуйста, я буду рада, - Ширин как будто ждала этих слов.

- А нам не разрешила! - с лёгким укором сказала дочь.

- Не хочу, чтобы мы долго прощались, ещё заплачу. Я ведь впервые уезжаю без тебя. Обещаю, в следующий раз мы все вместе поедем к родным, - а сейчас думайте о жизни, учитесь жить, - как всегда ласково ответила она.

По дороге в аэропорт Ширин молчала, всё думала о чём-то. Я не мешала. А перед посадкой в самолёт Ширин призналась, что неизлечима больна.

- Ну как же так, я врач, ты должна была раньше сказать мне об этом, - возмутилась я.

- Нет, Зульфия, я бы и сейчас не сказала, но ты мне близка, как старшая сестра, и поймёшь. Я сама узнала о диагнозе перед свадьбой Заррины, и уже тогда врачам было ясно - всё поздно, - грустно ответила она.

- Обследоваться никогда не поздно, не говори чепуху. Никуда тебя сейчас не отпущу! Мы поедем в больницу! - стала я уговаривать Ширин.

- А я хочу к моему любимому Фархаду. Он ждёт меня. Столько

лет дочь меня сдерживала, и я должна была жить ради неё. Но раз так получилось, значит, я скоро снова буду с ним. Поэтому ничего не боюсь. Сейчас мне необходимо увидеть своих родных, успеть попрощаться. А ты не переживай, и детям моим пока ничего не говори. - Ширин улыбнулась, крепко обняла меня и пошла на регистрацию.

Домой я вернулась убитая горем. Пошла к Григорию Семёновичу. Он совсем недавно похоронил свою Матрёну Ивановну, и в доме явно не хватало того тепла, которое было при её жизни. Известие о неизлечимой болезни Ширин стало для старика ещё одним ударом.

- Мы уже ничем не сможем ей помочь, раз она решила уйти к Фархаду. Вот это любовь! Про такое чувство только поэмы писать. Как же она жила всё это время? Всё внутри себя переживала. Эта болезнь от нервов, от страдания, от душевных потрясений, – грустно ответил мне Григорий Семёнович, - «Лучше умереть, когда хочешь жить, чем дожить до того, что захочешь умереть» - не зря сказал Ремарк. Мне бы надо к Матрёнушке, а Ширин ещё жить и жить…

Я впервые увидела, как он плачет. Этот сильный мужчина, прошедший столько испытаний за долгую жизнь, не сдерживал свои слёзы. А я задыхалась от жалости к старику, ставшему для нас отцом. Как врач, я опасалась за его сердце, вместившее столько горестей и потрясений.

Никто во дворе не знал, как мы ждали возвращения Ширин. Мой муж пытал, почему я так беспокойна и грустна. Я рассказала ему всё. Он тоже стал переживать за Заррину с мужем, ведь им предстояли большие испытания.

Встречать Ширин не пришлось: её прямо с самолёта на скорой помощи увезли в нашу больницу. Я работала в соседнем корпусе и сразу пошла к ней. Она была очень бледна, сильно похудела. Видно было, что она меня ждала. Взяв меня за руку, поближе притянула к себе, тихо сказала, что хочет видеть Григория Семёновича. Мы переглянулись с Зарриной: она не отходила от мамы, сдерживая слёзы, улыбаясь, рассказывала ей о своей жизни.

Я позвонила дяде Грише, и он быстро приехал в больницу. Ширин попросила дочь пойти купить ей минеральной воды и осталась наедине с любимым соседом. Потом позвала меня:

- Мне осталось совсем немного, давай обсудим с тобой моё последнее желание. Ты ведь мне как старшая сестра. Думаю, что дочери будет сложно провести похороны. Не хочу никаких рыданий и причитаний - это для меня будет радостный день и я, наконец, соединюсь с моим любимым Фархадом. Знаю, ты всё сделаешь, как подобает, - очень спокойно произнесла Ширин и слабеющими пальцами погладила руку Григория Семёновича, а потом мою.

Похороны прошли очень скромно. Без громких речей и слёзных причитаний. Все знали, что это было последней просьбой умирающей. На Заррину было больно смотреть, когда она прощалась с мамой. Похоронили Ширин рядом с её любимым Фархадом.

Через сорок дней Григорий Семёнович попросил меня поехать с ним на кладбище к Ширин.

Удивилась, как за такой срок можно было украсить место захоронения. Красивая ограда, молодые кипарисы по углам, а на могиле черный надгробный камень с двумя смотрящими друг на друга голубками.

- Вы, Григорий Семёнович, их называли голубками. Как же это красиво! – со слезами тихо сказала я.

- Зульфия, помнишь, перед смертью Ширин позвала меня к себе? Рассказала, что камень привезла с Памира и столько лет не ставила на могиле мужа, хранила у родных в гараже. Оказывается, ей сегодняшние святоши не разрешали живность на камне вытесать, вот она и попросила меня. Вроде, красиво получилось… Это как будто её лебединая песня…

- Какой же Вы молодец! Я думаю, их души рядом и радуются, что опять вместе. Ведь такая любовь не умирает никогда. Как бы в подтверждение моих слов, мы увидели на ограде двух голубей, воркующих рядом и невольно улыбнулись.

- Вы выбили на камне слова своего любимого Ремарка: мы никогда друг друга не забудем, но никогда друг друга не вернем.

Хорошо сказал писатель, как будто про них, - поразилась я.

- Нет – это не про мертвых. Это для живых. Как назидание, чтобы берегли и любили друг друга, - ответил он.

Когда мы возвращались, в небе пролетал длинный клин белых лебедей. Мы долго смотрели ему во след. Показалось, что они машут нам крыльями и поют песню о настоящей любви.

ЧАСТЬ VI

МАРВАРЕД ТЭТЧЕР

Железная Тётя

На втором этаже над квартирой Зебо поселилась семья тихого и скромного преподавателя университета Карима Хайдаровича. Жена его была деловой дамой и секретарём райкома партии. Звали её Марворид что в переводе с таджикского значит жемчуг. Но Григорий Семёнович через некоторое время стал называть её Марварэд Тэтчер - с ударением на первую «а». Ей очень понравилось такое сравнение, и она даже гордилась новым «именем».

Мы-соседки видели Марворид нечасто: на партийной работе, как известно, не нормированный рабочий день. Утром за ней приезжала машина, вечером привозила назад. Случались и многодневные командировки, но усталой Марворид никто не видел. Она была всегда подчеркнуто вежлива, на лице - дежурная улыбка. Мы скоро к этому привыкли.

Её маленькая дочка Нигина гуляла на улице только с папой, одной ей выходить за дверь не разрешалось. С подружками во дворе девочка играла, и приглашала их домой, но сама - никуда. Карим Хайдарович был хозяйственным человеком, всё по дому делал сам. Мы никогда не видели недовольства на его лице.

Странной была эта пара: родились в одном городе и жили по соседству, но будто с разных планет. Он гостеприимный и открытый, она же общалась с людьми только выборочно и по долгу службы - с руководителями, шефами и коллегами.

Когда приезжали в гости родственники мужа, Марворид, ссылаясь на свою занятость, уходила, оставив их дома. Приезжала поздно, когда все уже ложились спать. Она считала, что главное для неё работа, а всё другое может помешать карьере. Иногда родственники выходили к нам и, сидя на топчане, сетовали, что так и уедут, не пообщавшись. А свекровь и обижалась, и переживала за неё, но боялась даже слово сказать.

Как-то наш правдолюбец и наставник Григорий Семёнович не выдержал и спросил Марворид:

- Что же ты так непочтительно относишься к родственникам?

- Извините, но мне кажется, нельзя вмешиваться в чужую

жизнь, - вежливо ответила она. Было видно, что разговор ей не по душе.

Свекровь гостить у них перестала, а Марворид на наши расспросы отвечала, что часто ездит в командировку в родные места и заодно навещает её. Не забывала передавать нам приветы от свекрови. С тех пор Карим Хайдарович каждое лето в отпуск уезжал с дочкой к матери и родственникам. А жена улетала по путёвке на элитный курорт.

В те годы легковой автомобиль «Волга» считался самым лучшим в Советском Союзе и предназначался для чиновников высокого ранга. А наша Марворид и была из таких. Когда она выходила из «Волги», и величественно скрывалась в подъезде дома, дворовые ребятишки буквально прилипали к машине. Разглядывали каждую деталь, спорили, хлопали по капоту, упрашивали шофёра разрешить посидеть за рулем, или просто в салоне.

Но однажды Марворид увидела, как её водитель катал ребят по двору - до ворот и обратно. На ней лица не было! Скандалить мадам ни с кем не стала, а водителя тотчас заменила на строгого, неразговорчивого и пожилого. Тот не только не разрешал детям трогать машину, но и близко к ней не допускал.

С этого дня соседка наша с подачи детей стала железной тётей, а взрослые именовали её, как и дядя Гриша - Марварэд Тэтчер.

Полчища Железной Тёти

Пока Зебо жила на первом этаже, она часто жаловалась, что не может отделаться от тараканов.

- Ты бы посмотрела в подвале, может кто-нибудь держит там продукты, - посоветовала я.

- А я думаю, Зульфия, проблема не в этом, надо все квартиры в подъезде почистить. Давайте вызовем работников санэпидстанции да и решим вопрос, - сказал Григорий Семёнович. - Марворид, у нас партийный руководитель, вот пусть и займётся делом.

Решили вечером попросить Марворид посодействовать в решении тараканьей проблемы. Но, почему-то, никто не решался с ней поговорить. Тогда Григорий Семёнович сел на скамейку напротив подъезда и стал ждать её возвращения с работы. Когда Марворид подъехала, он сразу окликнул её и передал просьбу соседей.

- Конечно, Григорий Семёнович, я это организую. Мне тоже так надоели эти тараканы, - вежливо ответила она. Но всем соседям после химической обработки придётся на пару дней куда-нибудь уйти. Согласятся ли все на это?

То ли Марворид не могла договориться с жильцами, то ли забыла про санэпидстанцию, но тараканы продолжали царствовать. Тогда соседи в один из выходных обработали дихлофосом свои квартиры и, закрыв их, ушли на целый день.

Марворид же не захотела у себя этого делать, уехала на выходные с семьёй на ведомственную дачу в живописном Варзобском ущелье. На время тараканы исчезли, но вскоре Зебо пришлось опять воевать с ними.

Потом в её жизни начались семейные проблемы, она переехала, а в квартиру вселились Фархад и Ширин. Первым делом чистюля жена проверила, откуда же берутся эти тараканы и обнаружила, что они бегут к ней сверху от соседей. Тогда она попросила Фархада поговорить с Каримом Хайдаровичем, а сама решила объясниться с хозяйкой квартиры.

- Надо дождаться отъезда жены в командировку, - сказал Фархаду сосед. - Она боится за дочь, чтобы у неё не было аллергии на химикаты. Через неделю Марворид поедет в областной город Курган-Тюбе. Мы обработаем квартиру, и я с дочкой погощу у родственников.

- А можно мне в этом поучаствовать? - попросила Ширин. - Всё-таки я женщина, лучше знаю, где они прячутся. Обязательно надену респиратор, Вы не бойтесь, Нигиночка перед отъездом побудет с бибиджон на топчане.

- Договорились, - согласился Карим Хайдарович.

Так и сделали. Что было потом, не описать словами. Ширин

даже не ожидала, что целые полчища тараканов ринутся к ней в квартиру. Дети на улице хором считали ряды и сбивались со счёта.

- Карим Хайдарович, да как же Вы жили в таком кошмаре? – спросила Ширин. – Наверное, поэтому и в гости никто не приходил?

- У жены времени нет, а ещё боится за нашу доченьку. Я потихоньку боролся, да видимо, до конца дело не довёл, - ответил сосед. - Думаю, теперь и у тебя необходимо провести дезинфекцию. Ты уж извини, милая.

- Вы не переживайте, вместе мы победим эту армию, должны же они, наконец, исчезнуть, хотя такие живучие оказались, - весело сказала раскрасневшаяся от работы Ширин, искренне пожалевшая соседа.

Мальчишки во дворе хохотали и показывали всем на рассыпавшихся по двору насекомых. Бибиджон, сидевшая на топчане, позвала их и по-тихому разъяснила, что нехорошо смеяться над чужими неприятностями. А чистоту и опрятность надо каждому соблюдать, тогда и порядок будет во всём. Пацаны, понурившись, обещали бибиджон подумать о её словах и вести себя примерно.

Ширин потом, каждые полгода проводила с Каримом Хайдаровичем такие чистки, и тараканы стали исчезать. Марворид, конечно, знала обо всём этом, детей ведь не заставишь молчать. Но делала вид, будто она ни при чём. Даже хвалилась, что тараканы сами ушли и теперь в доме чисто. Ширин, смеясь, отвечала:

- Они, наверное, испугались вашего железного руководства.

Соседка не обижалась на Ширин и переводила разговор в шутку. Дети же долго вспоминали полчища железной тёти и втихомолку хихикали с оглядкой на бибиджон. Сказочница укоризненно покачивала головой, спрятав улыбку.

Железный Конь

По моим наблюдениям, самой большой гордостью Марворид была
её ведомственная «Волга». Позже у соседей стали появляться
«Москвичи» и «Жигули», а Григорию Семёновичу каждые семь
лет выделяли новый «Запорожец». Он в машину даже не садился,
не любил автотехнику. Весь двор пользовался его «Запорожцем»
и на всех общих мероприятиях появлялась эта «рабочая лошадка».

Но белоснежная красавица «Волга» была во дворе нашем одна!
И та государственная. Ребятишкам невозможно было объяснить,
что трогать её нельзя. Они без конца допытывались:

- А почему на вашей машине нельзя покататься?

- А почему у вас в кабине нельзя порулить?

- А почему мы с вами вместе не можем поменять колёса?

Иногда они задавали эти вопросы при Марворид. Она отвечала
гордо и сдержанно:

- Это государственная машина, которую надо беречь. Я за неё
отвечаю!

- Если я для вас железная тётя, то это мой железный конь, -
как-то даже пошутила она.

А когда, машина по каким-то причинам не появлялась во дворе
и Марворид приходилось пользоваться дежурным транспортом,
дети спрашивали:

- Где же Ваш железный конь? Заржавел? Или на металлолом
сдали? А может он обиделся, что Вы нас не подпускаете к нему, и
сбежал?

- Нет, его доктора осматривают, чтобы не заболел, - в ответ
шутила она.

Когда появлялись новые марки «Волги», машина у Марворид
менялась, но была непременно белого цвета.

- У нашей железной тёти новый железный конь, - ребята
первыми разносили новость во дворе.

Как-то одна из соседок, которую звали тётя-золотошвейка,
готовясь к свадьбе сына, поделилась своими планами с соседками.
Мы сидели на топчане, пили чай, и она вдруг вздохнула:

- Так хочется, чтобы сын мой поехал за невестой на белой «Волге»! Как бы уговорить Марворид, чтобы она дала машину, хотя бы на половину дня?

- Ой! У неё зимой снега не выпросишь, - ответила ей Ширин. А уж она-то никогда не злословила, знала, о чём толковала.

- Надо дяде Грише сказать, она его послушает, -сказала я. – Он ведь всегда рад всем помочь.

- Вряд ли Марворид даст машину, - усомнилась Лола. – Вдруг это помешает её карьере? Она же никогда в наших дворовых праздниках и буднях не участвует. Хорошо, хоть, Карима Хайдаровича отпускает.

- А может быть и, правда, напрячь Григория Семёновича? Тётя Матрёна, он дома? – спросила мама жениха.

- Да, дома, только что пришёл из магазина для ветеранов, - ответила Матрёна Ивановна, - сейчас позову.

Григорий Семёнович выслушал нас, и согласился поговорить с Марворид. Он ушел, а мы ждали, чем это кончится. Когда он вернулся, было понятно, что разговор не получился.

- Странно, но она меня даже в квартиру не пригласила, пришлось объясняться на лестнице. Говорю про машину и свадьбу, а она так глаза выпучила, что я аж испугался, – растерянно развёл руками сосед. - Как будто я её оскорбил простой просьбой. Вот это да…

- Не переживайте, Григорий Семёнович, - стала я успокаивать его. Поэт Мирзо Турсунзаде про таких сказал:

Нет мысли в речах у иных ни крупицы,
Как силы в крылах у подстреленной птицы.

Тётя-золотошвейка загрустила, но Григорий Семёнович решил сходить в райком и поговорит с первым секретарём.

На следующее утро он надел свой парадный костюм с фронтовыми наградами и пошёл «на штурм». Вернулся довольным и весёлым. Партийный секретарь обещал ветерану машину аж на целый день, чтобы и в ЗАГС, и на свадьбу жених с невестой приехали на белой «Волге». Все обрадовались, а про Марворид никто и не вспоминал. Только ребятишки наши по привычке перешучивались, что железный конь железной тёти заболел, захромал и не может напрягаться. Не до свадьбы ему, бедному…

Сейчас я вспоминаю те годы с улыбкой. В настоящее время можно хоть десять мерседесов арендовать любого цвета, а тогда всё было по-другому. Молодому поколению 21-го века трудно поверить в подобное. А мои современники подтвердят: так всё и было!

Нужно Уметь Проигрывать

Прошли годы, началась перестройка. Жизнь менялась, вроде, к лучшему. На прилавках появились импортные товары. Расплодились разные общественные организации, комитеты и партии. Разрешили свободу слова, и многие лидеры поняли это как свободу действий. Верили новым лозунгам почти все, а к чему это привело, станет ясно позже. Наша страна, могучая держава, распалась, союзные республики стали утверждать права на самоопределение. И в Таджикистане вспыхнула гражданская война.

В райкомах и горкомах всё чаще стали задумываться, как же быть с новыми веяниями. Многие коммунисты отказывались от своих партийных билетов, другие вышли вдруг в демократы. Мне это было не интересно: политика дело грязное! А у докторов при любых государственных переменах работы всегда по горло. Тем более в нашей многодетной республике.

Для моей партийной соседки Марворид настали не лучшие времена. Видно было, как она в растерянности металась. Григорий Семёнович после случая с отказом машины на свадьбу, только из вежливости отвечал на её приветствия, но близко не общался.

Как-то я возвращалась из поликлиники после работы. Смотрю, наша Марворид тоже идёт пешком. Увидела меня, поприветствовала, дежурно улыбнувшись. Но скрыть грусть и обиду ей не удалось.

- Вот, всё отбирают, сокращают. Столько лет работала, а теперь и не нужна стала, - неожиданно поделилась со мной Марворид.

- Ты же политехнический заканчивала, диплом инженера получила. С такой специальностью не пропадёшь, - ответила я.

- Нет работы по моей профессии, я уже узнавала, - удивила меня Марворид.

- Не может быть! С твоими-то связями? Ведь столько объектов ты курировала. Может хочешь на высокую должность? - спросила я. – За столько-то лет привыкла быть руководителем. А заново начинать сложно, по ступенечкам на самый наверх подниматься надо.

- Я понимаю, Зульфия, а смириться не могу. Уверенна была, что прежняя жизнь моя райкомовская – навсегда. Кто мог подумать, что такое случиться? - продолжала соседка. – Я всегда была строгой и принципиальной, меня не очень за это жаловали. Теперь чувствую, мне всё откликается.

- Не отчаивайся, у тебя прекрасный муж, славная дочь, теперь можешь полностью заняться своей семьёй. Вот эта работа для женщины - самая важная, - хотела я подбодрить Марворид.

- Ну уж нет! Никогда я не буду домохозяйкой, это не для меня. Я ни одного дня не была безработной, даже в декретном отпуске дома не сидела, - отрезала она и пошла вперёд.

Через несколько дней мы с соседями узнали, что наша железная леди, сдав свой партбилет, вступила в другую партию, и получила невысокую должность. Но ведомственной машины у неё уже не было.

В те годы весь город заполонили старые иномарки, и машины, выпускаемые в Узбекистане. И, если когда-то за «Волгу» отдавали большой дом, теперь подержанную покупали за бесценок. Менялись ценности не только идеологические, но и материальные.

Как-то в выходной день, тёплым вечерком мы сидели на топчане. Впервые Марворид подошла к нам и скромно присела с краю. Мы удивлённо переглянулись.

- Добрый вечер! - сказала она. - А с чего вы вдруг замолчали? Меня обсуждали?

- Ты считала, что мы от безделья на топчане сплетничаем? - ответила Лола.

- Здесь не партком, Марворид, чтобы кого-то обсуждать. Топчан для нас вместо дворового клуба. И мы собираемся здесь не зубоскалить, делиться семейными проблемами и помомогать друг другу. Ты, похоже, и не заметила, что здесь бибиджон нашим детям рассказывала сказки, - добавила я.

- А я на топчане люблю вышивать при дневном свете. Глаза совсем не устают, потому что деревья дают тень и солнышко не так ярко слепит, - поддержала разговор тётя-золотошвейка.

- Ну невозможно, чтобы женщины и не судачили о ком-нибудь, - парировала Марворид. – Не могу поверить, чтобы здесь не перемывали соседские косточки. Поэтому я никогда и не сидела с вами. Извините, если это не так.

- Мы все работящие женщины, не бездельницы, и у нас никогда не было времени на праздные разговоры. Напротив, как могли помогали друг другу. Советы и поддержка бибиджон Марфоа и Григория Семёновича учили и учат нас жить, не бояться трудностей, - поддержала разговор Ширин.

- Так ведь говорят, когда встречаются две женщины, то обсуждают третью, три женщины - обсуждают четвертую, и так далее, - оправдывалась Марворид.

- А моя Матрёна и бибиджон Марфа не позволяли себе заниматься ерундой, - поддержал разговор подошедший Григорий Семёнович.

- Ты, Марворид, думала, что занималась самым важным делом в своём райкоме? А дело должно быть полезным. Вот Зульфия и Лола учат и лечат детей – за это их уважают и любят. Так и о других соседях можно сказать. А о тебе – нет! Мы только и видели, как ты утром уезжала, а вечером приезжала. У тебя было много возможностей для конкретной помощи близким, родным и соседям, но никто тебя добрым словом не вспомнит.

- Да, конечно, я многое упустила. Другие на моём месте и квартиры, и машины, и дачи приобрели. А я так и осталась в этом дворе, с соседками, которые меня ненавидят, - заплакала Марворид.

– Я честно жила: ни себе, ни другим не позволяла хапать.

- А ты не убивайся, или у вас дома семеро по лавкам и бедность замучила? Барахла не накопила – не страшно. Ты душевной, человеческой искренности не приобрела, а это гораздо хуже, - тихо сказал Григорий Семёнович. - Я тебя прозвал Марварэд Тэтчер, дети - железной тётей, и тебе это нравилось. А хоть раз бы подумала, почему тебя не называют ласково тётушкой Марворид?

- Придётся переехать из этого дома, подальше от вашего топчана. Чувствую себя среди вас белой вороной, - соседка резко встала и пошла к своему подъезду.

Железная женщина так ничего и не поняла. Гордыня грызла её, а обида пеленой легла на глаза.

Мы теперь видели Марворид лишь мельком, когда по утрам она уходила на работу, а вечером возвращалась. Ни с кем из соседей во дворе она не разговаривала.

Потом в Душанбе начались волнения, перешедшие в боевые действия, и семья Карима Хайдаровича решила переехать к родным в областной город. Уезжая, он попрощался с Григорием Семёновичем. Чувствовалось, что ему было грустно. Сетовал, что жена не хочет больше оставаться в столице.

- Не переживай, Карим. Как приедешь – напиши. А Марворид передай слова Ремарка: «Нужно уметь проигрывать. Иначе нельзя было бы жить».

ЧАСТЬ VII

КРАСОТА И КОНФУЦИЙ

Любаша

В двух домах нашего двора почти половина соседей при заселении оказались русские и русскоязычные. В нашей многонациональной республике никогда ни у коренных таджиков, ни у других не было даже мысли делиться на выходцев южных и северных районов. Не вспоминали про разницу в кланах, родах и кастах - об этом и речи не могло быть. Мы делились на хороших и не очень.

На третьем этаже дома напротив жила семья инженера Владимира Павленко. Жена его – Любовь Владимировна или Любаша, как мы её ласково называли, поражала всех жизнерадостностью, умом и добротой. Знала много анекдотов, умела их рассказывать и слыла хохотушкой. За любовь к китайскому философу и мудрецу, мы прозвали её Любаша-Конфуций. А любимую её цитату из Конфуция мы все выучили наизусть: «красота есть во всём, но не всем дано это видеть». Работала Люба в издательстве главным редактором книг на русском языке. Тогда в СССР была в ходу практика обмена макулатуры на хорошие книги. Люди собирали картонные коробки, старые обои, газеты и журналы, чтобы получить заветную книгу.

Был у супругов Павленко сын-дошкольник Сергей. Бибиджон Марфоа полюбила мальчика сразу. Для неё это имя было созвучно по мужу Сироджу, которого русские называли просто Серёжа. Она постоянно гладила его по голове, радовалась, что такой умный парень растёт. Серёжка любил читать книги, ребята во дворе за это его уважали, а также за рассудительность, весёлый нрав и справедливость. Умел пацан решать споры сверстников мирным путём, а не дракой.

- Любаша, ты, наверное, все издательские книжки до выпуска даёшь почитать сыну? - шутил Григорий Семёнович.

- Не все, до некоторых надо ещё дорасти. Может, Серёга в литературный институт пойдет учиться, вот и база будет. Он у меня уже и стихи пишет.

- А ты у нас на все руки от скуки: работа ненормированная, но в радость, ребёнка хорошо воспитываешь, дома чистота и порядок.

Всегда модная – сама себя обшиваешь. Тебе не трудно? – как-то спросил дядя Гриша.

- Конфуций сказал: «выберите себе работу по душе, и вам не придется работать ни одного дня в своей жизни». А я люблю быть при деле, вот и не устаю, - весело отвечала Любаша.

Всё у неё в семье было ладно, хотя иногда мы примечали: Владимир ревновал жену без повода. Любаша была настоящим «культуртрегером», и старалась в свободное время обязательно сходить в театр, кино, на концерт или выставку. Обо всех событиях писала для газеты заметки и рецензии. Её знали и уважали все деятели культуры, и постоянно приглашали на премьеры. Муж редко сопровождал её. Люба переводила всё в шутку, но от культурных мероприятий никогда не отказывалась. Она была невысокого роста и очень обаятельная: вздёрнутый носик, ровные красивые зубы и большие синие глаза завораживали. Григорий Семёнович называл её актрисой и настоящей русской красавицей, а у мужа – высокого, русого, голубоглазого и статного, во дворе прижилось прозвище Ален Делон. При таком раскладе Любаша должна была бы ревновать мужа. У Павленко - всё наоборот. Постепенно над их безоблачной жизнью сгустились тяжелые, темные тучи.

Советы Мы Принимаем Каплями, Зато Раздаём Вёдрами

К нам на топчан Любаша присаживалась нечасто: времени не хватало. Но, если уж появлялась, от её искромётного юмора и задорного смеха становилось так весело, что, мы за животы держались. А Григорий Семёнович говорил:

- С тобой, Любаша, жизни радуешься! Видишь, от твоего смеха все соседи окна пооткрывали: смотрят и завидуют. А то наши с бибиджон душераздирающие истории в транс вводят.

Ширин всегда подсаживалась к ней поближе. Ещё бы: Любовь Владимировна очень интересно рассказывала о новых премьерах, знала и почитала всех знаменитых русских и таджикских артистов, режиссеров, драматургов, музыкантов, художников.

Всем нравились наряды Любови Владимировны. Она выписывала знаменитый тогда немецкий журнал «Бурда моден» и по его выкройкам шила себе платья. На концерты и спектакли она собиралась такая красивая, что все соседки выходили посмотреть и оценить. Её волнистые густые русые волосы и укладывать не надо было. Расчешет – и прическа готова, как после парикмахерской.

- Вы и сегодня идёте в театр одна? – спросила, как-то её Ширин.- А почему без Владимира Сергеевича?

Для Ширин такое разделение интересов в семейной паре было непонятно, ведь со своим Фархадом они всегда и везде - вместе.

- Милая моя Ширин, Владимир Сергеевич сегодня задерживается на работе. Думаю, в театре с ним и встретимся. А в следующий раз обязательно пойдём на спектакль с тобой, - весело ответила Любовь. Помахала сыну и добавила, –Вот скоро вырастет мой джентльмен и будем его с собой брать.

Внезапно на них налетел супруг Любы.

- Ой, напугали Вы меня! - воскликнула Ширин. – Как-будто из-под земли появились.

- Разве ж так можно? Опять навеселе?! – Возмущённо спросила Люба мужа.

- Кто что любит: ты артистов, а я повеселиться с друзьями, - ответил он с упрёком. – Нарядилась и опять к ним бежишь? А мне это не нравится.

Люба попросила Ширин оставить их с мужем наедине.

- Стыдно да? Я тебе вот что посоветую: ты семьёй своей занимайся и поменьше ходи по своим якобы «культурным мероприятиям», - с ухмылкой сказал Владимир. – Вечерами надо оставаться дома.

- Больше нет советов, дорогой? Я опаздываю! Ты отдохни, приди в себя, потом поговорим.

- А ты слушай, что глава семьи говорит! Как бы одной тебе не остаться. Место женщины у плиты, рядом с детьми и в койке у мужа, поняла? – грубо выпалил он.

- Да, уж! Про для таких как ты сказал Конфуций: «советы мы принимаем каплями, зато раздаём вёдрами», - сдержанно парировала Любаша. –Ты меня не пугай, ведь знаешь не люблю скандалов.

Ширин, потрясённая этой сценой, молча наблюдала как супруги расходились в разные стороны - Любаша в театр, а Владимир домой к сыну.

Серёжку он любил, и даже побаивался. Ребёнок уже всё понимал: уговаривал не пить и заступался за маму.

Космонавт С Третьего Этажа

Каждое воскресенье у меня была большая стирка – не любила сдавать постельное бельё в прачечную. Благо появились стиральные машинки с отжимом. Бельё я сушила во дворе. Мужчины специальное место соорудили для этого. Некоторые мои соседушки и свои паласы да ковры стирали на улице и сушили на металлических перекладинах.

В то утро, не успела я вынести бельё, как во дворе услышала крики ребят:

- Дядя Володя разбился! Упал с третьего этажа!

Я бросила свои тазы с бельём в коридоре и выбежала на улицу. И правда, под деревом рядом с газоном, лежал весь покарябанный и изодранный Володя.

- Быстро принесите мне воды! - крикнула я ребятам, послушала соседа: и пульс, и сердцебиение у него нормальные. Но от него несло таким перегаром, что я чуть не задохнулась.

Дети принесли ведёрко с водой, и я с силой выплеснула его в лицо Володи. Он очнулся. Отрезвевший от «полёта», кряхтя и ругаясь, встал, отряхнулся и, как ни в чём не бывало направился к своему подъезду.

Любаши дома не было. Она уехала с сыном на каникулы к маме в Воронеж. Была очень огорчена, что впервые Володя отказался отдыхать с ними. А ведь каждый год вместе брали отпуск, отвозили Серёжу к бабушке. К началу учебного года один из родителей забирал его обратно.

- Володя! - окликнула я его, - давай поедем в травмпункт, всё же с третьего этажа летел. Может необходимо провериться?

- Да всё нормально, доктор Зульфия, пока боли не чувствую! – Он даже матросский танец пытался показать, и добавил, - если что, обязательно к Вам приду.

Дворовых ребят молчать не заставишь, и они устроили весёлый галдёж:

– Первый космонавт из Таджикистана приземлился в нашем дворе! – кричал один.

- Тройное сальто с третьего этажа завершилось удачно! – рапортовал другой.

- Герой нашего двора добился мирового рекорда в прыжках с высоты!

- Надо написать в книгу рекордов Гиннеса!

Зеваки даже из других дворов прибежали поглазеть на это представление. Но строгий Григорий Семёнович быстро успокоил всех, и попросил разойтись.

Я присела на топчан. И не могла успокоиться, думала, что Володя вправду разбился. Григорий Семёнович сел рядом и спросил:

- Ты что такая бледная? Испугалась?

- Ой, жаль мне Володю. Какой парень был и куда скатился… Сегодня его Бог миловал, а ведь в другой раз может и плачевно всё кончиться, - ответила я с тревогой.

- Есть хорошая поговорка: дуракам и пьяным везёт, им всё нипочём. Другой бы разбился, а этот - отряхнулся и пошёл.

- Дядя Гриша, мы ведь спокойны были за их семью. Такая славная пара, любили друг друга. А сын? Радость и гордость родителей! Почему же в жизни всё так несовершенно? Куда уходит из семьи любовь? - сожалела я.

- Мужикам теперь легко стало жить - никакой ответственности. Ты знаешь, Зульфия, мою непростую жизнь. Я столько видел страшного – и запить, и с ума сойти можно было, - сокрушённо ответил Григорий Семёнович, - мог сломаться? Мог! А видишь не пропал Гри Горе!

- Ой, а я и забыла, надо бельё вынести и развесить! – не успела я договорить, как Григорий Семёнович показал рукой на верёвки.

Я увидела, как мои простыни и пододеяльники развешивают дворовые ребята, а мой муж им помогает.

Про полёт космонавта долго ходили слухи, добавлялись к ним смешные подробности. А мне было не до смеха: вспоминала этот случай и сердце сжималось…

Любаша тоже переживала за мужа, но не позволяла себе грузить кого-то своими проблемами. Я видела, как ей трудно и поражалась мудрости и мужеству подруги. Она не опускалась до скандалов, переводя в шутку все разговоры с мужем. Верила, что он вернётся к нормальной жизни. А когда уставала от его пьяных выходок, уходила или уезжала из дома ненадолго.

Если Ты Ненавидишь – Значит Тебя Победили

Вечером, после «приземления космонавта» Григорий Семёнович попросил нас – женщин на часик оставить топчан в его распоряжение и позвал Володю «на ковёр». Мне велел принести чайник зелёного чая и остаться с ними.

- Знаю таких героев: завтра напьётся и придумает то, чего не говорили. Будешь моим свидетелем. Ты не против? – спросил он Володю.

- Нет, дядь Гриша, для меня Зульфия, как сестра, - ответил он.

- Давай послушаем Володю, как он объяснит это своё состояние «невесомости»? - строго спросил Григорий Семёнович.

- Плохо мне! Знаю, Любаша никогда вам не жаловалась, а я виноват! Всё в наших отношениях не как у людей. Радовался дурень, когда меня всё время красавцем и Аленом Делоном называли. Думал все женщины должны быть у моих ног. Всё хотел, чтобы Любаша мне как рабыня была. Гордился тем, что другие бабы за меня – в огонь и воду. Жена и по-хорошему и со строгостью меня пыталась образумить, а я обижался и заливал свою обиду водкой. Так и пристрастился. Из дома вещи стал выносить: то в подарок девкам, то на продажу. Любаша старалась приобрести что-нибудь дефицитное, красивое, а я это – на пропой. Ни одного цветка за всю жизнь Любаше не подарил. Она-то молодец, всё это время не выносила сор из избы.

Вот к матери уехала, а мне без неё свет не мил. Когда трезвый, понимаю, какой я подлец, а напьюсь - и за старое! Ненавижу себя, а когда напьюсь ненавижу всех, думаю, что все мне враги. Уеду я к матери в Казань. Она пожалеет и такого непутёвого.

- Если только бросишь пить и помогать ей будешь на старости лет – то поезжай, - перебила я его.

- Сегодня меня Бог испытал: курил на балконе пьяный, голова закружилась и упал. Будет ли мне уроком? Не знаю. Люблю своего сына, но и ему я уже не в радость, упрекает меня, что мамку обижаю.

- Ты что, исповедуешься? Хочешь, чтоб мы тебя пожалели? – с укором спросил Григорий Семёнович. – Люди даже от большого горя и болезней страшных так себя не ведут. Ишь ты какой обиженный – не оценили его, как Алена Делона. А знаешь сколько замечательных ролей он сыграл, сколько работал, чтобы стать знаменитым? Поставь твою красоту напоказ – никто платить не будет. Работать надо, семью кормить. А ты что сделал за свою жизнь? Я в твои годы седой был от увиденных на фронте смертей, а ты как красная девица, плачешь в жилетку, жалобишься. Видать тебя и не исправишь.

- Как Любаша все эти годы скрывала свои страдания? Никогда не подумала бы, что у вас всё так серьёзно. Она верила в тебя и слова плохого о тебе не говорила. Значит любила? - добавила я.

- Дурак я, кроме себя никогда никого не любил. А теперь презираю себя, - опустил голову Владимир.

- Была бы здесь Любаша, она б тебе ответила словами Конфуция: «если ты ненавидишь – значит тебя победили», - этими словами Григорий Семёнович подчеркнул, что разговор окончен.

Мне было жаль смотреть на уходящего Володю, его сгорбленную спину и неуверенную походку.

- Какой Ален Делон? Даже на артиста из погорелого театра не тянет. Нет, не бросит он пить. И надо обязательно поговорить с Любашей, - подытожил Григорий Семёнович и засобирался, сказав мне на прощанье:

- Спасибо, моя любимая Зульфия, что осталась на разговор. Скоро мы тебя судьёй двора изберём.

- Это Вы наш судья, адвокат и прокурор в одном лице, дядя Гриша! Но что же будет дальше? Мне так тревожно за судьбу Любаши. Лучше б они разошлись. Хотя, Бог рассудит, - сказала я. Пожелала старику спокойной ночи и подумала: а будет ли спокойной ночь у Владимира?

Красота Есть Во Всём, Но Не Всем Дано Это Видеть

Наутро Владимир собрал свои вещи и, не попрощавшись ни с кем, уехал. Мы его больше не видели.

Через две недели вернулась Любаша. Мелькала как обычно - то на работу, то домой. Летом концерты и спектакли редки, поэтому она гуляла во дворе и заметно грустила. Когда мы её спрашивали об этом, отвечала, что соскучилась по сыну. Про «полёт космонавта» Володи ей ребята рассказали во всех подробностях, Любаша только перекрестилась: слава Богу, не убился.   Я не выдержала и напросилась к ней в гости. Хотелось объясниться и поддержать подругу. Она этого ждала и была рада. Улыбнулась на моё удивление: квартира выглядела какой-то пустой и неуютной. Только мебель на местах. Оказывается, Володя, собирая деньги на дорогу и дальнейшую жизнь, продал самое ценное. Но не это волновало Любашу. Она дала мне прочесть его прощальное письмо.

Милые мои Любаша и Серёжа!

Никогда в жизни я не думал, что упаду так низко. Поговорил с Григорием Семёновичем и понял, что не смогу жить, как прежде. Понимаю, что должен был проститься с вами, но даже на это сил и духу не хватило. А быть постоянной обузой не хочу.

Я думал, что добьюсь многого. Но, оказалось, не стою даже твоего мизинца, Любаша. Вот и стал ревновать тебя к твоим успехам, умению работать и жить. У меня, похоже, хронический алкоголизм, а с моим безвольным и неустойчивым характером, я вряд ли я вернусь к нормальной жизни. Пишу эти строки, а рука дрожит, так и тянется к выпивке.

Извини, что забрал ценные вещи – надо было купить билет до мамы. Если когда-нибудь заработаю, верну деньгами. Если нет, не обессудьте. Такой я бессовестный и позорящий вас муж и отец.

Ваш несостоявшийся глава семьи – Владимир.

Мне, постороннему человеку, честно говоря, было стыдно за такое письмо. Вроде всё правильно, а осадок на душе мутный.

- Володя, вроде, гордиться тем, что забрал всё из дома? Как же, деньги были нужны. А заработать не пробовал?! – возмутилась я.

- Ой, чёрт с ними, с этими вещами, Зульфия, главное, я не буду больше думать о его проблемах. Мне стало легче. Не ожидала, что так легко от мужа уйду. Хорошо, что без скандалов, без разборок и дележки. Жалко, конечно, потраченных нервов и здоровья. Думала любила его, а он всё до ненависти довёл. Не видел никакой красоты вокруг. Только собой и любовался, - ответила Любаша, сдерживая слёзы:

- Я ведь никогда не рассказывала никому о своих трудностях. А он у меня теперь «Первый космонавт из Таджикистана»! – Люба грустно улыбнулась. - Опозорил сам себя наш «Ален Делон». Хорошо, что Сергей у мамы, но приедет и всё узнает.

- Не переживай, моя хорошая, всё у тебя в жизни наладится. И одна не останешься. Я знаю, ты достойна самого лучшего мужчины, - подбодрила я Любашу.

- А они есть? – невесело спросила она.

- Конечно есть! Всем двором будем искать, - пошутила я.

Она задумалась. Я поняла, что мне лучше оставить её сейчас одну и тихонько ушла.

У подъезда меня ждал Григорий Семёнович. Я рассказала о нашем разговоре с Любашей, и мы сошлись с ним во мнении - что Бог не делает, всё к лучшему.

…Прошло несколько лет. Сергей подрос. И его отношения с мамой радовали всех соседей. А потом мы стали замечать, что Любаша помолодела и расцвела. Её заразительный смех всё чаще радовал нас. Подруги просили Любашу раскрыть секрет её второй молодости.

И однажды вечером, подсев к нам на топчан, она рассказала, что встретила вторую половинку. Он, старше Любаши, но очень добрый, искренний и надёжный человек. Вдовец, директор издательства. Они долгое время присматривались друг к другу. И вот, всё решено.

- Помнишь Зульфия, ты сказала, что я найду себе достойного мужчину? – спросила она меня. – Тебе бы экстрасенсом работать! Так и вышло!

- Да кто бы сомневался: ты такая позитивная, жизнерадостная, терпеливая. И заслуживаешь самого большого счастья, – порадовалась я за подругу.

– Любаджон, когда ты нас познакомишь с другом? - ласково спросила бибиджон-сказочница.

- Сперва он должен сдать мне экзамен, - с улыбкой поставил условие Григорий Семёнович.

- Мой Илья Леонидович всем будет сдавать экзамен и не сомневайтесь – сдаст на отлично! – уверенно ответила Любаша. – Он правда не такой красивый как Ален Делон, но для меня - самый лучший!

- А чем он тебя так заворожил? – спросила Лола.

 - Умеет видеть во всём красоту, а таких немного. Некоторые только собственную красу и замечают, - с намёком на прошлое сказала Любаша.

- Любаш, ты прямо по Конфуцию нашла себе половинку, как он писал: «красота есть во всем, но не всем дано это видеть».

- Это точно, любимый Конфуций и тут помог, - смеясь подтвердила она.

Мы все были рады, что Любаша нашла себе мужа, а Сергею отца. Григорий Семёнович наш с Ильёй подружился с первых же дней, и мы тоже сразу приняли его за своего.

Горбачёвская перестройка привела к распаду СССР, а в Таджикистане разразилась братоубийственная гражданская война. Многие рвались к власти и даже на пост директора издательства начали претендовать многие бывшие чинуши, не гнушаясь угроз. Любаша с семьей, как и многие другие русскоязычные в республике, решили переехать в Россию.

Всем двором мы провожали соседей. Серёжа долго прощался с друзьями, обещал писать, но почта в военное время работала с перебоями, и мы потеряли Любашину семью из виду.

Как они обустроились в России? Ждали ли их там? Я постоянно задавала себе эти вопросы. Нам в Душанбе точно не хватало Любаши-Конфуция и её близких...

ЧАСТЬ VIII

ТЁТУШКА ЗОЛОТОШВЕЙКА

Не Бывает Ненужных Людей

«Люди, полагающие, что они никому не нужны, на самом деле часто самые нужные» - этими словами Ремарка характеризовал холаи зардуз – тётушку золотошвейку фронтовик Григорий Семёнович. Звали нашу соседушку тётя Саодат. Она была скромной, спокойной и молчаливой женщиной. Если я числилась доктором двора, Лола – всеобщей учительницей, то тётушка Саодат – золотой портнихой. Все соседки заказывали у Саодат таджикские платья из хлопка и шёлка – такие прохладные и удобные для жаркого лета. А главное она обшивала невест всего микрорайона. В общении очень стеснялась своей малограмотности, горевала, что даже 3-х классов не закончила. Считала, что нам с ней и говорить-то не о чём.

- Вы все такие умные, столько книг читали и читаете, а я же многих вещей не понимаю. Вот дядя Гриша говорит о Ремарке, а я даже не знаю такого писателя. На что сосед отвечал:

- А я не могу вышивать золотом! Каждому своё, Саодат. Сколько ты приносишь радости людям! Женщины, дети, невесты именно у тебя наряжаются и обновки у всех самые красивые. Работаешь, головы не поднимая, скоро и линзы для твоих очков найти будет трудно. «Учёных» у нас развелось много, впору новую Академию наук открывать. А толку? Среди них и сотни настоящих учёных не наберётся. А другие пусть хотя бы в лаборанты идут, и то польза…

- Саодат-апа, разве дело в дипломе или в аттестате? – поддержала я Григория Семёновича. – Вон, сколько дипломированных без дела сидят. А ваши золотые ручки в каждом платье частичку золота нам дарят.

Холаи зардуз смущённо улыбалась и продолжала своё рукоделие. Она любила вышивать на топчане: светло и прохладно от тенистых деревьев. И ценители рукодельной красоты, всегда рядом. Никто не мог пройти мимо Саодат, ведь от неё так и веяло теплом.

Дети по-доброму подшучивали над тётушкой, вспоминая сказку «Красная Шапочка», и разыгрывали на ходу представление.

Бывало, Саодат смотрит на ребятишек огромными, увеличенными линзами глазами, а кто-нибудь спросит:

- Бабушка, бабушка, почему у Вас такие большие глазки?

- Чтобы всех хорошо видеть, и ваших мам красиво обшивать! – в тон им отвечала тётушка Саодат.

Муж соседушки золотошвейки инженер-строитель Талабшо всегда подчёркивал, что жена его зарабатывает больше министра. И с досадой добавлял:

- Надо и мне было какое-нибудь ремесло освоить. А то пять лет в институте учился, на стройке вкалываю – семью не вижу, но зарплата раза в четыре меньше доходов жены, и приносить стыдно.

- Зато ты у меня здоровый, все зубы целые, очки не носишь, спина не согнулась, пальцы не исколоты. Вот и радуйся! А мои большие деньги, даром-то не даются, - весело успокаивала мужа тётушка Саодат.

В их семье было двое детей. Старшая дочь Нигора закончила педагогический институт, сын Малик – учился на юридическом факультете. Саодат в дочери души не чаяла, просто боготворила её. Баловала девочку с ранних лет. Нигора для неё была самой умной, красивой и лучшей. Мы соседи удивлялись такому воспитанию, но давать советы тётушке Саодат считали неприличным.

Нигора росла очень уверенной, самолюбивой и своенравной девушкой. Вроде, мило улыбалась всем, но так, будто одолжение делала. Она очень завидовала брату, и в то же время командовала им. Обо всех подробностях учёбы Нигоры в институте знал весь двор. Отец с её зачёткой постоянно бегал на кафедру, умоляя друзей преподавателей поставить зачёты и оценки за экзамены по разным предметам. Иногда просили помочь Лолу: многие её бывшие ученики уже преподавали в институте. Лола возмущалась тем, что девчонка не старалась учиться и заставляла краснеть родителей. Но Нигора, с циничной ухмылкой отвечала:

– Главное, тётушка, диплом! А каким путём – не важно!

Сын тётушки Саодат Малик - добрый и открытый парень, был полной противоположностью сестры. Но почему-то слушался Нигору и даже, как нам казалось, побаивался её. Получалось, что все в семье подчинялись её капризам. Саодат всегда надеялась, что уж к её Нигоре придут свататься самые лучшие женихи города. Ждала долго, но предложений не было. Дочери исполнилось 27 лет, пошли слухи, что Нигора уже перестарок. Тогда-то Саодат выдала её замуж за хорошего парня - дальнего родственника мужа.

Нигора

Полюбить мужа Нигора не смогла, да и не захотела. Привыкла только принимать любовь. Через год родила дочь, но отношения в семье не улучшились. Под любым предлогом Нигора приходила к маме, сидела целыми днями, а порой и на ночь оставалась в родительском доме.

Тётушка Саодат с первых дней обшивала внучку, наряжая как куклу и была на седьмом небе от счастья. Муж Нигоры почти не появлялся во дворе. Как-то раз Ширин спросила её об этом.

То ли в шутку, то ли в серьёз Нигора ответила: «Хочу видеть рядом с собой красивого мужика! А своего стесняюсь».

- Как же так? Любимый муж всегда лучше и красивее всех. Даже Алена Делона и Аполлона Бельведерского с ним не сравнить. Хотя, что о них говорить, ты, небось, и не знаешь, кто это такие. Яснее ясного - ты супруга не любишь. А если правду сказать, кроме себя никого не любишь. И не умеешь! – с укором сказала Ширин.

- Вам меня никогда не понять! Всю жизнь принца на белом коне ждала, а мужа мне нашли, чтобы в девках не засиделась. Вот и хочется бежать из дома. А здесь родители чувствуют себя виноватыми и ничего в оправдание сказать не могут. И мне хорошо, - высокомерно процедила Нигора и с усмешкой добавила:

- Большая любовь тоже не вечна.

Ширин как кипятком ошпарили. Знала ведь, как зла на язык Нигора, но всё же попыталась вразумить её:

- Настоящую любовь Бог не каждому даёт. А к тебе по доброй воле не только принц на белом коне, но и старик на кляче не посватался бы. Про твой характер не зря говорят, наглость – второе счастье. Больше всего мне жаль твоих родителей, им спасибо за такую дочь никто не скажет.

- Мне всё равно, - спесиво буркнула Нигора и ушла.

Тётушка золотошвейка всегда заступалась за дочь, считая её молодой и неопытной в жизни. Просила у всех за неё прощения. Ругала себя, что избаловала дочь, но не позволяла другим говорить о ней плохо.

А Нигора решила заняться братом. Вернее, его семейным обустройством. Сама искала ему невесту. Приносила фотографии, и устраивала на топчане заочные смотрины. Соседки посмеивались над таким рвением, но Нигора стояла на своём.

- Хочу, чтоб мой брат женился на той, которую я выберу, - не стесняясь говорила она. - Уж я-то знаю, кого надо привести в нашу семью.

- Не суй свой нос куда не следует! Брат сам должен выбирать себе жену, это его личное дело, им вместе жить, - отвечала я Нигоре.

- Зульфияджон, она просто покажет, а сын выберет, - заступалась тётушка Саодат за дочь.

- Ой, как же Вы любите дочь и не видите, что не своим делом она занимается. Пусть работать идёт: дочку уже в садик можно устроить, вот и перестанет распоряжаться чужими жизнями, - с учительской интонацией посоветовала Лола.

- Нет, внучка ещё маленькая, пусть побудет с мамой, - опять заохала соседушка.

В итоге Нигора всё же выбрала брату невесту и Малику она понравилась. Звали её Гульнора. Молоденькая, миловидная, с красивыми вьющимися волосами до пояса и всегда с улыбкой на лице. Малик рассказывал, что полюбил её с первого взгляда за кроткий нрав и скромность. А ещё за то, что Гульнора не похожа на его сестру.

Семья невесты имела хорошую репутацию, в городе их знали как порядочных и дружных людей.

Началась подготовка к свадьбе.

- Не зря я старалась! И брату невеста понравилась, и родители в восторге от того, что роднимся с такими людьми, - с гордостью похвалилась Нигора, присев к нам на топчан.

- Чувствую, ох и трудно будет невестушке с тобой, - со вздохом произнёс Григорий Семёнович.

- Я думаю, у меня будет теперь две дочери, - опять заступилась тётушка золотошвейка. – Нигора сама же нашла брату жену, а себе подругу.

- Но дочка-то у вас останется одна единственная – Нигора! Своё место она ни с кем не поделит, - решила пошутить я.

- Только так! Гульнора будет женой брата, невесткой, а я точно - единственная и неповторимая, - вдруг вспыхнула Нигора.

- Ещё не привели в дом невестку, а ты уже начинаешь делиться, - не выдержала Ширин. – Лучше бы молодым отдельно жить. Не завидую я ей, бедной …

- Всё будет нормально, если она подчинится традициям нашей семьи,- воскликнула Нигора, не боясь выглядеть нескромной.

- А ты делаешь всё, как положено в семье мужа? –парировала Ширин.

Тётушка Саодат посмотрела на всех нас умоляюще: не хотела, чтобы её дочку заранее обвиняли. На этом разговор и закончился.

Я подумала, Нигора отчаянно завидует Ширин. Сама она любить так не умела, характер не позволял. И её-то никто не любил, разве что мама да дочка. А Нигора с юности мечтала о большой любви, не понимая, что чувствам надо учиться и полностью поменять себя. Григорий Семёнович предупредил Нигору:

- Я хоть и не видел невесту, но уже на её стороне, запомни! Не дам молодку в обиду, а то от тебя всего можно ожидать!

Свадьба

Первую свадьбу в нашем дворе соседи решили сделать настоящим праздником. Мы все радовались за тётушку Саодат и её замечательного сына.

Нигора тут же объявила себя «главнокомандующей» в орга-низации всех дел, но родители жениха обратились за помощью к Григорию Семёновичу. Он предложил для стариков расстелить дастархан на топчане, а в красивой большой беседке по-современному поставить столы и стулья.

Всё, вроде, складывалось хорошо, только вот тётушка Саодат мечтала привезти невесту на белой «Волге». Попросили соседку Марворид одолжить её ведомственную машину. Но та наотрез отказала, мол, не имеет права.

Тогда Саодат со слезами пошла к верному нашему помощнику Григорию Семёновичу.

Ветеран и инвалид войны при полном параде и с боевыми наградами пошёл прямиком в райком партии и у первого секретаря получил разрешение на использование «Волги».

Как же радовались соседи и особенно тётушка золотошвейка! Нигора ходила гордая. На новой белоснежной «Волге» молодые поехали в ЗАГС, потом в Варзобское ущелье. Для того времени это было невиданной роскошью.

Вся детвора во дворе с весёлым гулом встречала жениха с невестой. Тётушка Саодат всех ребятишек угостила сладостями, да еще и отдельный стол им накрыла.

Веселились на свадьбе все и гуляли почти до утра. Только один случай немного омрачил праздник. Оказалось, брат невесты и его жена однокурсники супруга Нигоры. Они танцевали постоянно вместе, перешучивались, улыбались, заражая всех весельем. Нигора весь вечер не обращала на супруга никакого внимания, а тут вдруг «прозрела», вклинилась к танцующим и ни с того, ни с сего громко стала отчитывать своего мужа. Он был навеселе, недолго думая, оттолкнул жену, и ушёл.

Вроде инцидент был исчерпан, но настроение у Нигоры испортилось. Не ожидала самолюбивая гордячка, что её в сторону при всех можно отодвинуть.

На следующий день по традиции был женский рубинон (дословно – увидеть лицо). По традиции - это приход первых гостей к новобрачным и знакомство с невестой. Но с утра было слышно, как Нигора громко кого-то ругала и рыдала. Мы с Лолой не выдержали и пошли к соседке: доктор и учительница всегда спешат на помощь.

Ненавижу его! Не-на-ви-жу-у-у! Почему я должна терпеть всё это? – услышали мы ещё в подъезде.

- Что сделал плохого твой муж? Все танцевали, и он танцевал, - спокойно спросила Лола.

- Это Вы у нас образец покорности, а я терпеть мужские выходки не собираюсь, - огрызнулась Нигора.

- Тебе не стыдно так со старшими разговаривать? - не выдержала я.

Наше разбирательство прервала тётушка Саодат, пригласив в зал, где невеста ждала гостей.

- Не обижайтесь, пожалуйста, на дочь, - на ходу шепнула нам она. Нигора никак не может успокоиться, что её выдали замуж за родственника, вот и скандалит с нами. Мне так стыдно перед невесткой.

В зал, не успев взглянуть на невесту, влетела Нигора и менторским тоном с ходу стала читать нравоучения:

- Думаешь, жизнь – это вечная свадьба? Подожди, и слёз будет немало, и страданий, и горя!

- Ты что это пугаешь невестку? Сама же её из тысячи выбрала. Если тебе плохо, и родным хочешь радостный день омрачить? - не выдержала я. –Сейчас дам тебе успокоительное, иди домой и там выясняй свои отношения с мужем. А лучше поспи и приди в себя.

Нигора растерянно оглянулась вокруг, ей было не по себе, впервые за неё мать не заступилась. Этого она уж никак не ожидала. Повернулась и вышла из комнаты.

Приехали родственницы невесты, зашли соседушки и рубинон прошёл на славу. Но мне было очень тревожно за Гульнору. Не выглядела она смелой и вряд ли сумеет за себя постоять. С такой золовкой будет очень трудно. Любаша заметила моё беспокойство. Пришлось ей рассказать о выпадах Нигоры. Подруга объяснила ситуацию одной фразой из Конфуция: «благородный человек предъявляет требования к себе, низкий человек предъявляет требования к другим».

Нет Ничего Сильнее Жизни

Прошло три года. У тётушки Саодат подряд родились два внука. Всё это время мы любовались её невестушкой – воспитанная, опрятная, приветливая. А потом стали замечать, что Гульнора идет гулять с детками, а глаза на мокром месте. Нигора просто задыхалась от ненависти к невестке: в глаза и за спиной ругала Гульнору последними словами. Бедный Малик ничего не мог поделать с сестрой. Даже Саодат стала понимать, что сама очень избаловала дочь.

- Каждый год рожает, чтобы брат её не бросил, – с ухмылкой громко говорила всем Нигора. – Ничего дома не успевает, брата замучила бытовыми проблемами, мама устаёт.

- А ты возьми, да помоги. Не чужие ведь? Разве можно о родных так говорить? – посрамила я Нигору за такие слова.

Она с вызовом ответила:

- Почему же я у себя дома всё успеваю? Мне-то не помогают.

- Никто у тебя дома не был. Откуда нам знать, что там творится? А вот как к мужу относишься – мы уже видели. Всех осуждаешь, никого даже из своих близких и родных не жалеешь, - в сердцах кольнула её Любаша.

Григорий Семёнович по-доброму наблюдал за молодыми и во всём помогал им. Тётушка Саодат была ему благодарна. А однажды старый солдат спас молодку от смерти. Этот страшный случай и вспоминать больно.

Дядя Гриша рано вставал и поздно ложился. Вошло у него в привычку ходить по двору, обойти все дома, осмотреть сад - всё ли в порядке.

В один из тёплых летних вечеров старик заметил Гульнору, бежавшую на задний двор, где росли крепкие и ветвистые деревья. Он почувствовал что-то неладное. Ускорил шаг, и увидел, как Гульнора встала на ящик, затянула висевший узел верёвки на своей шее и ногой столкнула ящик. Григорий Семёнович скоренько подбежал, но помощи не понадобилось: ветка хрустнула и вместе с Гульнорой оказалась на земле.

- Ну как же ты меня напугала! Ты что это задумала, доченька? - Осторожно поднимая её, спросил дядя Гриша. – Умирать не торопись, тебе своих малышей на ноги поставить нужно. Дурочка, ты дурочка...

Он с трудом поднял почти бесчувственную Гульнору и на руках понёс домой.

Тётушка Саодат, узнав о случившемся, упала в обморок. Малик с ужасом смотрел на жену. На руках он держал плачущих во весь голос детей. Свёкр помог Григорию Семёновичу положить невестку на диван.

Позвали меня. Я сделала укол и Гульнора пришла в себя. Тихо, еле дыша сказала:

- Простите родные, что такой грех хотела совершить – убить себя. Меня замучила Нигора. Муж боится её, свёкор и свекровь слова поперёк ей не скажут. А она из меня мишень сделала. Твердила мне: «лучше бы ты умерла, чем жить такой безропотной и безвольной. Ты моя рабыня, делай всё, что прикажу, или сожги себя». Довела она меня до края. Выгнала из дома.

На что Григорий Семёнович ответил:

- Не ты должна просить прощения, Гуля! Завтра я пишу заявление в милицию. Раз дома не могут разобраться с отношениями, то в органах найдут способ. В крайнем случае, Нигору в психбольницу направим, пусть полечится, если дошла до того, что желает смерти другому, а ещё и направляет его на самоубийство.

- Мне жаль тебя, - сказала я Нигоре. - Ты чёрной завистью своей себя же и растерзаешь. А чтобы наказать тебя, я тоже подпишу заявление.

Тётушка Саодат с плачем бросилась к нашим ногам:

- Умоляю вас, не делайте этого! С сегодняшнего дня Нигоры здесь не будет. Гульнора, душенька, почему ты держала всё внутри? Почему мы ничего не знали? Прости нас!

Повернулась в сторону дочери и крикнула:

- Пошла вон из моего дома! Чтобы ноги твоей я здесь больше не видела!

- Нет, такая хитрость не пройдет, Саодат, - строго сказал Григорий Семёнович. - Ты опять хочешь дочь уберечь. И она ни у кого не попросит прощения. Снова сухой из воды выйдет? Не будет такого! Я прямо сейчас вызову милицию.

На Нигору смотреть было жалко: она впервые испугалась. Пыталась что-то говорить сквозь слёзы. Но гордыня не давала.

- Пока не попросишь прощения у Гульноры, я от своего решения не откажусь, - твёрдо произнёс Григорий Семёнович.

Нигора растерялась. Умела ли она чувствовать себя виноватой и покаяться в этом? Никто и не верил, что подобное возможно. Но страх быть осуждённой или направленной в больницу для умалишённых взял верх. И она, судорожно ломая пальцы, повернулась к Гульноре. Обещала всем, что больше не будет лезть в чужую жизнь.

Насколько слова прощения были искренними, не знаю. Но сломили её гордыню. А это – уже победа, подумала я.

Нигора ушла. Григорий Семёнович позвал её родителей в другую комнату, закрыл двери. Разговор был долгим. О чём они беседовали я только догадывалась. Мне же предстояло прояснить случившееся с молодыми. Муж Гульноры Малик, съёжившись сидел у неё в ногах и плакал, всё ещё не веря, что жена могла сделать такое. Та, глотая слёзы, теребила конец своего платка.

- Гульнора, милая, ты сегодня совершила ужасный поступок. Если вешаться от страданий и несправедливости, то уже давно бы не было в живых нашего дяди Гриши. Всем известно, что характер у Нигоры - не подарок. Но ты должна думать о детях! – советовала я Гульноре. А потом обратилась к Малику:

- Ты-то куда смотрел, безвольный мужик? Не можешь сестру угомонить? Пусть она у себя дома распоряжается. А тут ты глава семьи, умей постоять за неё! Ты в ответе за счастье жены и детей.

Наконец, мы с Григорием Семёновичем оставили соседей с их думами и пошли к своему подъезду. Было поздно, но от пережитых волнений мы не могли сразу разойтись по домам. Наш фронтовик сокрушался, что люди разучились ценить жизнь и драгоценные человеческие отношения. А ведь всего-то нужно, уметь любить и беречь друг друга по-настоящему.

Каков итог, Зульфия? Саодат всю жизнь трудилась, не покладая рук, но воспитать дочь не смогла. Кается сейчас, ругает себя, а уже поздно. Обещала любить Гульнору и беречь её. А вот это никогда не поздно. Как правильно сказал Ремарк: «что может дать один человек другому, кроме капли тепла? И что может быть больше этого?» …

ЧАСТЬ IX

ЧУЖАЯ РАБОТА

Перелётные Птицы

После распада Советского Союза многие предприятия в нашей таджикской республике вынужденно остановили свои производства. Экономически важные объекты – заводы, фабрики, филиалы всесоюзных предприятий – в одночасье замерли. Из последних сил держался алюминиевый завод, да кое-где в районах ещё выращивали хлопок – это и было основным доходом бюджета. Люди пытались проявить себя в малом бизнесе, но основная часть населения осталась без работы.

После братоубийственной гражданской войны положение ещё более усугубилось. Тысячи русскоязычных с болью в сердце покинули Таджикистан. А потом и таджики решили искать «счастье» на стороне.

В нашем дворе сразу пятнадцать семей собрали свои пожитки и уехали на север Таджикистана, в Узбекистан, Казахстан и Россию. В их квартиры вселились новые соседи из южных районов республики. Всё менялось на глазах. Тогда-то я и услышала новое и чужое для меня слово «гастарбайтер», от которого почему-то становилось зябко.

Первое время семьи наших уехавших на заработки мужчин, жили хорошо.

Три наши соседушки не скрывали радости и рассказывали о том, что мужья с их высшим образованием строили дома в Москве. Мы видели, как здесь в семьях распоряжаются присылаемыми деньгами. Не всё было ладно, но в чужой карман заглядывать неприлично.

✎

Рано

Новую соседку Рано мы сразу полюбили за её трудолюбие и терпение. В Душанбе приехали они с мужем и пятью малыми детьми из дальнего района, где шли бои. Продали там всё, что смогли и купили квартиру Любаши. Первое время жилось очень туго. За хлебом с пяти часов утра надо было стоять в очереди у хлебозавода. Муж Рано всё бегал – искал работу. Дети от голода и холода постоянно болели. Я часто ходила к ним, чтобы помочь с лекарствами и лечением.

Отопление и горячая вода в наших домах, как и во всей республике, зависели от газа, поставляемого соседним Узбекистаном. Так вот, газ отключили, а электрический свет отключался сам – от постоянных перегрузок и взрывов трансформаторов.

Вроде подписали мирное соглашение, война кончилась, но она принесла с собой другие беды. Теперь всех «душил» кризис.

Муж Рано Шерали, не найдя работу дома, собрался в Россию. До отъезда он предусмотрительно оформил российское гражданство. Тогда это можно было сделать намного проще, чем теперь.

Мы соседи отговаривали его от погони за деньгами и всё спрашивали, на кого он собирается оставить свою семью. Отвечал полушуткой – полусерьезно: «семью оставляю на вас, а вас на Бога!»

Взял денег в долг у нового соседа-бизнесмена, оставил их на первое время семье. Пообещал, что через месяц и долг вернет, и детям пришлёт. Так и случилось. С российским гражданством Шерали в Москве было полегче. Каждый месяц он присылал денег семье, но мы видели, что Рано еле-еле концы с концами сводила.

А потом через городской хукумат (мэрию) она устроилась работником лесопаркового хозяйства города. Рассказывала, как губятся деревья в городе для топлива: люди для обогрева жилищ ставили «буржуйки», жгли во дворах костры и готовили еду. Озеленение в столице конечно же проводится, но саженцы вырастут не скоро.

Теперь ежемесячно присылаемых денег мужа и зарплаты Рано на прожиточный минимум хватало. Детки во всем помогали маме, росли дружными.

Два года Шерали прожил в России без отпусков. Наконец, приехал, привёз велосипед, подарки детям – одежду и лакомства, а жене пальто и четыре отреза на платье.

- Два года вкалывал и заработал только на старый велосипед? – смеялись соседи.

- Эх вы! Ничего не понимаете. Я заработал достаточно, вот привезу все сразу и дом куплю, - хвастливо отшучивался Шерали.

- Главное, чтобы жив-здоров был! А то ведь в цинковых гробах уже столько людей привезли… Деньги он заработает, а я подожду, - заступалась жена.

Через две недели Шерали опять уехал на заработки в Россию. Повесил велосипед на стену и наказал жене не трогать до его приезда.

- Мамин портрет не дал повесить на стенку, а велосипеду разве там и место? - удивлялась Рано. На что муж отвечал:

- Наш бригадир подарил мне его! Благодаря этому двухколёсному другу, я многое успевал делать вовремя, соответственно, и зарабатывал больше.

- Что-то я не вижу больших денег, - Рано, всякий раз, рассказывая нам об этом, приговаривала: - Всё ли у Шерали в порядке с головой?

После этого приезда сосед ещё два года не появлялся, а деньги присылал крохами.

Волшебный Велосипед

Как Рано мучилась, знала она, постоянно болеющие дети и Бог. Нам она даже виду не показывала. Я как-то зашла, а у них только лепешки с водой на дастархане. В тот год зима была невиданно лютой. От нехватки тепла в квартирах жители почти все вечера проводили у костров. Электрические обогреватели, чайники и прочие электроприборы не спасали. Трансформаторы не выдерживали, горели и вся махалля превращалась в вымерший, холодный и тёмный город. Людям порой даже помыться было негде – все хамамы закрыли - а в частные ходить - не каждому по карману.

Дети Рано мечтали лишь об одном - попить горячего чая и согреться в ванне. Я не знала, чем помочь. Вышла от соседки и увидела костер во дворе. Вокруг сидели новые соседи, а с ними мы близко не общались.

Но всё же я подошла. Они, как провинившиеся, опустили головы. Предложили мне трёхлитровый чайник с кипятком. И я радостная вернулась к Рано. При свечах напоили деток, потом приготовили тазик и, смочив в теплой воде полотенца, мы хорошенько обтёрли каждого. Ребятишки сияли, как после настоящей бани. А Рано плакала. Уснули ребята счастливыми.

- Продать, что ли этот старый велосипед? – спросила меня Рано. – Думаю, на две буханки хлеба хватит?

- Да ты что? И на одну не наберётся, - возразила я. - Что-то не пойму, почему этот велосипед как реликвия висит на стенке? Ну да ладно, не переживай, говорят, утро дарит новые идеи. Завтра я с Григорием Семёновичем посоветуюсь.

На следующий день дяде Грише всё рассказала. От постоянного холода он тоже чувствовал себя совсем худо. А на счёт соседского велосипеда наш ветеран заинтересованно сказал:

- Здесь есть какой-то подвох. Придёшь вечером, поговорим.

На работе я очень уставала. С этими отключениями и взрывами трансформаторов больных детей было много. Возвращалась домой никакая.

- Ты что мимо проходишь, Зульфия? – остановил меня Григорий Семёнович. – Не помнишь, о вчерашнем разговоре?

- Ой, дядя Гриша, замоталась я со своими больными, голова кругом. Что будем делать?

- Значит так, я пойду к Рано и попрошу её продать велосипед, а ты будешь свидетелем, - раскрыл план наш фронтовик. - Ты отдохни малость. Вроде, свет дали, попей чаю. Как будешь готова, зайдёшь за мной.

- Давайте почаёвничаем вместе, муж будет рад. Каждый раз спрашивает, почему стали редко видеться, – в ответ пригласила я его к себе домой.

Мы посидели, поговорили. Григорий Семёнович с грустью

рассказал, что вчера соседи целое дерево вырубили из сада, чтобы развести костёр и согреться.

- Ну как я могу их ругать? У всех дети, семьи, всем холодно. Дожили! Уже сколько лет прошло после нашей гражданской, а жизнь не налаживается. Жалко деревья – им-то по 25-30 лет, – в голосе соседа чувствовалась горечь и досада.

- А в центре постоянно рубят столетние чинары, средняя аллея стала почти лысой. Высоким чинушам тоже нужны дрова, - с обидой ответила я.

- Очень жаль старый парк, где прошла наша юность. Весь вырубили, а пока новый разрастётся, годы пройдут. Мы и не увидим, наверное, - поддержал меня муж.

- Плохо мне! На душе плохо, будто что-то светлое уходит. Я уже старый, мне жить-то осталось немного. А вот молодые не будут помнить ничего хорошего о прошлом старого города, с красивыми тенистыми улочками и чудесной архитектурой. Все ввысь растём, а дома-то пустые: ни тепла, ни света, - в сердцах высказался Григорий Семёнович.

Он медленно поднялся из-за стола и позвал меня к Рано. Силы нашего старшего друга иссякали на глазах, но он держался, как старый бравый солдат, заряжая нас оптимизмом.

- Рано, принимай покупателя на свой велосипед! – воскликнула я, входя в квартиру соседки.

- Ой, дядя Гриша, а зачем Вам велосипед? – удивилась Рано.

- Ты ещё добавь – в Ваши-то годы? - отшутился Григорий Семёнович. – За сколько продаешь?

- Вам продать могу подешевле, но этих денег мне не хватит даже на одну неделю, - ответила Рано.

- Покупаю! Я же должен понять почему такое почетное место отведено этой рухляди, - не унимался Григорий Семёнович.

- Ну ладно, забирайте, хоть недельку поживём как люди. Вам я отказать не могу, - уже сквозь слёзы произнесла Рано.

Григорий Семёнович стал осматривать свою покупку, и удивился тяжести колёс. Попробовал сесть на велосипед и чуть отъехать, а он – ни с места! Стал разбирать колёса, вскрыл шины.

И мы не поверили своим глазам.

Оба баллона были забиты деньгами: российские рубли и доллары, аккуратно скрученные рулончиками, лежали ряд к ряду.

Рано упала в обморок. Стали приводить её в чувство, а когда пришла в себя, глаза её выражали и удивление, и гнев.

- Безбожник! Я с детьми здесь голодала, а рядом столько денег! – запричитала она. – Нет стыда у вашего отца, - обратилась она к детям. - И я продала такое богатство за копейки?

Григорий Семёнович улыбнулся ей и успокоил:

- Сейчас пересчитаем деньги и направим их на благое дело. А ты, Рано, садись и пиши своему «благодетелю» письмо, что продала велосипед. Думаю, будет ему встряска.

Насчитали мы пять тысяч долларов и пятьсот тысяч российских рублей.

- Это твои кровные деньги Рано, только ты можешь ими распоряжаться. Дома дети спят на полу, на одеялах. Ни посуды, никаких удобств, - начал Григорий Семёнович. - Я заберу «свою» часть за находку ценностей и отдам на покупку нашего дворового надёжного трансформатора, чтобы свет всегда был. А тебе купим все электроприборы, оборудуем место для занятий детишкам. Своими силами сделаем косметический ремонт. А то живёшь, как в мазанке.

- Хорошо, - осмелела Рано. - Правильно Вы решили, Григорий Семёнович. – А своей покупкой распоряжайтесь сами!

- Но я прошу, чтобы никто никому пока ничего не говорил, – строго наказал дядя Гриша.

История закончилась весьма благополучно. Шерали, узнав о продаже велосипеда, поспешил домой. Ехал, как на похороны. А жена и дети встретили его нарядными, дома было уютно и красиво. Дети теперь спали на двухъярусных кроватях, малыш в отдельной кроватке. И все соседние дворы стали завидовать – у нас появился свет! Новый трансформатор стойко выдерживал все нагрузки!

- Я ничего не могу понять, ты же сказала, что продала велосипед? Сама вскрыла колёса? – спросил разгневанный Шерали.

- Нет, дорогой, я лишь продала его очень порядочному человеку, вот иди и разбирайся с ним. Но, в начале, со своей совестью разберись, - ответила Рано мужу.

И Шерали поплёлся к Григорию Семёновичу. Тот на его вопросы ответил:

- Спасибо жене скажи, что столько лет терпела. Ну и кубышку себе изобрёл! Ты от кого деньги прятал? От детей? Я отдам тебе остатки денег только в том случае, если ты их положишь в банк на имя жены. Понял? Иначе пойду в милицию, где надо будет объясниться по поводу хранения такого богатства. Деньги должны работать!

- Извините меня, но я для детей старался. Хотел по приезду обрезание сделать своим сыновьям. На такой праздник ведь немалые деньги нужны. Вот и придумал хранить их в велосипеде. Спасибо, дядя Гриша, за всё! В выходные приглашаю всех на туй. Сделаю так, как Вы сказали, - со вздохом согласился Шерали. – Денег я ещё заработал, они в Москве. Буду строить свой дом, пятеро сыновей в семье– это не шутка. Всё - для них.

Ты мне тут байки не рассказывай! Детей надо ежедневно растить: одевать, обувать, воспитывать, а не однодневными праздниками кормить. Понял? Посмотри, какая у тебя красивая семья, вот и береги её, – подытожил Григорий Семёнович.

История этого гастарбайтера закончилась благополучно. А других судьба изрядно потрепала.

Барно

Семья Барно переехала в наш двор в начале двухтысячных. Бек, её муж, тихий, скромный, ни с кем не общался, а оказалось, что во время войны он был полевым командиром, перешедшим в правительственные войска. Его редко видели – утром он уезжал на своём «джипе», возвращался поздно. Соседи говорили, что Барно была его второй женой. Слишком большая разница была у них в возрасте.

Через год после переезда в наш двор муж Барно уехал в Россию на заработки. Вернулся с большими деньгами. Барно, обычно нелюдимая, вдруг начала общаться с соседями, демонстрируя шикарные наряды. Бек купил жене машину. Дети жили – как сыр в масле катались. Однажды Рано спросила, как удалось мужу Барно так быстро и много заработать в России? Та надменно ответила:

- Кто в велосипеде деньги прячет, а кто заработанное тратит сразу на семью.

Через три месяца Барно вновь собирала в дорогу мужа. Такая довольная была и всё молитвы читала, чтобы его не сглазили.

Но ни через год, ни через два Барно так и не дождалась вестей от кормильца. Ходила по инстанциям, но никто ничего не знал. Продала обе машины, отвезла детей к родителям в кишлак и уехала на поиски мужа.

В России, первым делом, обратилась в милицию. Долго искали и выяснили по документам, что год назад её Бек был задержан на границе уже с литовской стороны с пятью килограммами наркотиков. Литовские власти решили его не выдавать российским пограничникам. Значит, искать надо в Литве.

Барно и по-русски говорила плохо, что ж о литовском языке толковать? А тут и поход в посольство: подать запрос, получить визу - деньги уходили, как вода. Барно попросила хотя бы связаться с её Беком по телефону. В посольстве ответили, что в документах женой указана другая женщина, а вторых жён по их законам не бывает. Стало быть, Барно не имеет права на свидание и беседу с осуждённым.

Она возвратилась домой, убитая горем. Сдала в аренду квартиру, чтобы хоть на что-то жить, и уехала к детям в кишлак. Каждый месяц приезжала за деньгами, но ни с кем из нас не общалась.

И всё же, однажды, я столкнулась с Барно нос к носу. Она поздоровалась и ответила на мои расспросы:

- Отдали меня во время войны второй женой за мешок муки и мешок риса – такова моя цена. Бек в документах даже не указал наших детей. И это всего обиднее. Божью кару заслужил мой хозяин, теперь тюрьма – его дом. А мы с детками живём у родителей, денег от сдачи квартиры на мелочи хватает.

Она уходила, а мне было жаль смотреть на когда-то спесивую и богатую молодую женщину. Ничего от той в ней не осталось…

Соро

Про соседку Соро расскажу более трагичную историю.
Наши новые соседи были немолодые, жили в пригороде Душанбе. Муж её Нур, продав отцовский дом, переехал с семьёй – женой и тройняшками-сыновьями в город. Очень сожалел, но другого выхода у него не было. Если в столице такие перебои с электроснабжением, то в кишлаках житья совсем не стало. Нур работал на Душанбинском текстильном комбинате, но вскоре там начались сокращения и многие остались не у дел. В том числе и муж Соро. Куда податься мужику? Конечно, на заработки в Россию. Нур был очень работящий. Деньги домой посылал регулярно. Пацаны - Комрон, Рахмон и Даврон после окончания школы тоже решили поехать на помощь отцу.

Пока дети были при ней, Соро не выделялась пристрастием к нарядам и побрякушкам. Но как только мальчики уехали, она стала транжирить присылаемые деньги. Каждый день покупала себе новые отрезы, шила платья, одевалась как невеста на выданье. Соседи с недоумением воспринимали её походы в ювелирные магазины. А уж как демонстрировала нам всё новые и новые золотые изделия с драгоценными камнями – просто неловко было за неё. Соседушки собирались на топчане теперь редко, но Соро специально поджидала здесь хоть кого-нибудь, похвастаться богатыми обновками. Чтобы жене не было одиноко, Нур привёз свою племянницу Озоду пожить с ней. Но девушка сразу стала прислужницей, Золушкой, которой и не грозило превратиться в принцессу. Соро, как богатая тётушка, даже кичилась тем, что приютила нищенку.

- Ты почему так относишься к племяннице, в рабыни её записала? - укоряла я Соро. – А сама для чего наряжаешься каждый день? Ведь на свадьбы и банкеты не ходишь! Не к добру это…

- А у меня три сын-близнеца, Зульфия-апа! В один день сделаем свадьбу и всем невестам сразу подарки будут, - беспечно отвечала Соро.

Я же не отставала:

- За модой не угонишься, каждый день меняется. Не успеешь оглянутся, и всё устареет. А платья, ношенные, после себя невесткам подаришь? Если ты такая добрая, начни с племянницы.

- Ты зачем здоровые зубы на золотые поменяла? – подлила масла в огонь Саодат-апа. – Всю жизнь шью золотом и знаю - ему не место во рту. А твоим мужикам известно, на что ты тратишь их тяжко заработанные деньги? Им, я думаю, на чужбине нелегко живется.

- Денежки, надо собирать, а не одним днём жить. Тряпки и украшения здоровья и счастья не прибавят. Думай своей головой-то! – поддержала нас Рано.

- Да, наверное, вы правы, соседушки мои. Но поймите, я в жизни мало хорошего видела. Завидовала другим, мечтала разбогатеть и накупить себе, чего душа желает. Хотела, чтобы теперь и мне завидовали, - оправдывалась Соро. – Мои гастарбайтеры стараются, сил и здоровья не жалеют, а я пользуюсь.

- Фу, какое слово выучила - гастарбайтеры! – не выдержал Григорий Семёнович. – В войну я от фашистов наслушался. Правда, звучало оно тогда фремдарбайтер, значит принудительный работник. Не вина наших мужиков, а беда, что приходится с насиженных мест срываться и на чужбине чужую работу делать. За все хорошее, за все заработанные нелёгким трудом деньги, твои родные не заслужили такого отношения. А ты их не ценишь. Этого слова - гастарбайтер и слышать не хочу. Поняла?

- Хорошо, дядя Гриша, больше не буду. Самой стыдно, повторяю, как попугай. Извините! – понурилась Соро.

Прошло несколько месяцев. Соро ждала с нетерпением на побывку мужа и сыновей.

Первыми приехали Нур и сын Даврон. На них лица не было. А вслед им из квартиры Соро стали доноситься стоны и рыдания. Мы с дядей Гришей поспешили поддержать соседей, ещё не зная об их страшном горе. Выяснили, что два славных мальчика, Комрон и Рахмон, прибудут домой в цинковых гробах. Их убили пьяные подонки за то, что заступились за русскую девушку, которую мучили прямо на улице....

Не передать словами, что было с Соро на похоронах. Она рвала на себе волосы, кидала на землю вещи, деньги, украшения и просила Бога вернуть ей сыновей.

Я стояла и смотрела на всё происходящее с ужасом и плакала вместе с ней. А в мозгу стучала мысль: почему же некоторые наши женщины только в горе начинают понимать, что самое ценное в этом мире - родные, любимые, близкие. И дети-кровиночки, которых не вернёшь, если потеряешь.

Я не знала, как успокоить обезумевшую от горя мать в один день хоронившую сразу двух сыновей. Кара ли это, судьба, или случай?! Не дай Бог такого даже врагу!

Трудно бывает понять людям, что материальные блага никогда не станут выше духовных. Никто не сможет научить другого жить правильно - по закону человечности. Только жизнь. Иногда так жестоко...

ЧАСТЬ X

ПРОЩАЙ ТОПЧАН

Ничто Не Заменит Старой Дружбы

Ну вот, читатели, пришло время рассказать и о моей судьбе. Многое я пережила со своими соседушками и в горе, и в радости. Никого из них не осуждала, всех жалела и молилась, как за родных. Надеюсь, и меня они помнят.

Муж мой Рахим уже был доктором наук, когда в Академии прошла волна сокращений. До выхода на пенсию оставалось всего три года, но его отправили досрочно. Аргументы привели убедительные - нужны молодые кадры. Докторскую диссертацию муж защищал в Москве. Написал друзьям о ситуации, просил помочь с любой работой.

Через некоторое время стал собираться в Москву. Я расстроилась от предстоящей разлуки, но он меня успокаивал:

- Зульфия, милая, ты же пенсионерка, но трудишься до сих пор. И я не привык лежать на диване. Негоже в мои годы бездельничать. Обязательно найду хорошую работу, а потом и тебя к себе заберу.

- Не могу перечить, но я врач и убеждена, в наши годы менять климат опасно. Хотя, если решение принято, отговорить не смогу, - ответила я.

- Дочка Фатима уехала с мужем в Германию – этого ты сама хотела. Она там и лучшее медицинское образование получила, и счастье своё нашла. Хотя и далеко живёт, но в гости к нам приезжает. А сына Фарруха – отличника и медалиста мы с тобой отправили в Московский университет имени Баумана. К нашей радости, по окончании его оставили на кафедре, готовится докторскую защищать. Жаль, что живёт в Подмосковье, а то бы я у него устроился. Ничего, буду в выходные навещать, - убеждал меня Рахим. И грустно добавил:

- А вот тебе будет трудно, одна остаёшься. Мы впервые расстаёмся, может быть, надолго. Но не грусти, ты обязательно приедешь ко мне, и мы будем вместе.

Мы предполагаем, а Бог располагает. Рахим в Москве благодаря друзьям нашёл работу. Но какую? Устроился вахтёром в престижном многоэтажном доме. На этаже у него было крошечное отдельное помещение с удобствами.

В наших телефонных разговорах муж убеждал, что всё сложилось удачно. Жильцы сразу полюбили интеллигентного дядю Рахима, сожалели, что доктору наук, археологу приходится заниматься не своим делом. На что он отвечал стихами:

Очерёдность есть во взлёте и падении,
Даже сидя на Луне, ты смотри на Землю.

И с улыбкой добавлял:

- Любую работу надо не бояться и уважать. Я вот у себя в Академии наук Таджикистана в последнее кризисное время зарплатой не мог похвалиться. А здесь получаю в три раза больше. На всё хватает, и даже жене посылаю. Сын и дочь жалеют меня за вахтёрскую должность, убеждают о себе подумать и отдыхать. А я же советской закалки человек – до пенсии буду работать!

Уезжал мой Рахим в Москву летом. До холодов никаких проблем со здоровьем у него не было. А зимой началась эпидемия гриппа и он подхватил вирус. Лечился, но болезнь дала тяжелые осложнения. И сильный кашель доктора никак не могли остановить.

Фаррух написал мне об этом и попросил приехать.

Мы в Душанбе тоже мучились этой зимой. Наш трансформатор украли «со всеми потрохами». А новый найти в холода было невозможно.

Видя, как соседи каждый день срубают деревья и жгут костры, Григорий Семёнович просто слёг. Сердце его разрывалось на части, но он понимал, людям и особенно детям без тепла не выжить.

Я зашла к Григорию Семёновичу проведать его и попрощаться. Но, увидев его состояние, не стала говорить о поездке. Он был совсем плох.

- Знаю, собираешься к мужу, - тихо начал дядя Гриша. - Это хорошо. В Москве условия для жизни полегче. Здесь тоже, думаю, наладится, но я уж не доживу. Всех похоронил – и молодых и старых. Бог меня столько лет хранил для чего-то. Нет Фархада, Ширин, Матрёнушки, бибиджон, молодых парней – сыновей Соро в цинковых гробах привезли. А сколько соседей уехали. И как они там?.. А я всё живу. Видать, пришло и моё время.

- Не говорите так, дядя Гриша, а как же я? Вы же мне духовный отец, самый близкий человек. Даже не думайте об этом, я Вас не отпущу! – заглушая боль, сказала я.

Руки у него были холодные. Но он смог закончить разговор:

- Вчера увидел, доски с нашего топчана стали жечь - как будто меня жгли. Он был для меня бессловесным другом.

Я закусила губы, чтобы сдержать слёзы, и бессознательно бросила взгляд в окно. Со своими житейскими проблемами, выходит, и не заметила. Сердце защемило. Григорий Семёнович дрожащей рукой взял мою руку и как всегда, без единой ошибки процитировал своего любимого Ремарка: «ничто не заменяет старой дружбы. Годы не прибавляют друзей, они их уносят, разводят по разным дорогам, время испытывает дружбу на разрыв, на усталость, на верность. Редеет круг друзей, но нет ничего дороже тех, что остаются».

Посмотрел на меня угасающим взором и добавил, прощаясь:

- Я со спокойным сердцем ухожу, Зульфия родная моя. Пока ты есть, значит кто-то будет помнить обо мне. Значит, я буду жив в сердцах моих друзей. Не забудь про мою просьбу.

Помнишь, на русском кладбище я рассказал тебе о надгробном камне, который мне выделили от комитета ветеранов войны. Надпись я там сделал: «Здесь лежат старик и горе». Вот и похорони со мной моё горе, не отпускай его гулять по свету. На камне моём надо будет поставить лишь дату смерти. Ты обещала. И всё… Я сидела около моего верного друга и не плакала. Знала, что ему это бы не понравилось…

Последнее Письмо

Сидела долго. Только через какое-то время, пришла в себя и увидела на столе нотариальный документ – дарственная мне от Григория Семёновича на его квартиру. И записка:

Милая Зульфия!

Только ты сможешь сохранить всё, что мне дорого в этой квартире.
И память о том, что происходило здесь за многие годы, которые подарил мне Бог. Старые фотографии, документы – кому они нужны?
А тебе я думаю, будет интересно иногда разглядывать их и вспоминать
свою тётушку Матрёну, и строгого, но справедливого солдата, израненного войной и жизнью Григория Семёновича.
Я знаю, что ты помнишь мою последнюю просьбу. Меня будут хоронить, как одного из последних ветеранов и инвалидов Отечественной
войны. Будут почести. Будут и «интересы». Никого не пускай в квартиру, сейчас забирают и даже крадут награды. Ты их сдай в Музей
Боевой Славы, оформив всё, как положено.

Прощай, Зульфия, и помни.
Твой Гри Горе.

Рыданья вырвались из меня из груди, слёзы хлынули потоком. Я потеряла своего самого близкого наставника и друга. О небо! Такого правильного и честного человека больше нет и родится ли ещё подобный на свете?

На мои вопли стали собираться соседи. Мужчины решили утром поехать в Совет ветеранов, чтобы организовать митинг на похоронах.

Утром оказалось, что из-за обильного снегопада и холода в Совете ветеранов никого не было. Пришлось хоронить нашего дядю Гришу без почестей.

- И не надо! - Подумала я. - Всю жизнь он был скромным человеком, а почести ему сам Бог послал: снег большими белыми хлопьями летел с неба, прощаясь с ним.

Мы поехали на автобусе на русское кладбище – по белым от снега дорогам. Все молчали: из старых соседей уже никого не осталось, а новые так и не сблизились с нами – первыми жителями этих домов. Только Зарриночка, дочь Фархада и Ширин, тихо плакала. Мы с её мужем понимали, какая была для неё эта потеря. Я обняла её, прижала к себе. И она зашептала:

- Дедушка Гриша в последнее время мне и маму, и папу заменял. Я каждый день приносила ему горячее, чтобы он кушал, чай заваривала. Холодно было в квартире, а я свечи зажгу и дедушку стёганным свадебным халатом мужа укутаю. Он мне гладил руки, и, улыбаясь, говорил:

- Ну что, плод сказочной любви, никто тебя не обижает? Если, что, рассказывай, я за тебя любого в бараний рог согну!

- Как теперь без него? И двор пустой, и от топчана один скелет остался. Как-будто вместе ушли, - простонала Заррина.

Тут меня, как горячей водой ошпарили. Я встала и выдала соседям, показывая на гроб:

- Вот, кто сажал деревья, облагораживал двор, строил беседку и поставил топчан. Мы все - ваши соседи под его руководством сотворили ту красоту. Я всё понимаю, холодно, детям нужна горячая пища, но как же вы без общего согласия разобрали топчан?

- Не убивайся, - сказал грузный сосед, сидящий рядом с шофёром, - летом большой навес построим на замену.

Я замолчала, не хотела в такой день раздоры устраивать.

И всё-таки мы похоронили Григория Семёновича с почестями. Нас ждали его друзья-ветераны. Несмотря на холод, узнав о случившемся, старики собрались на кладбище. Слов было мало, но каких! Искренне и с большим чувством каждый говорил о дяде Грише только, как о герое и человеке с большой буквы.

А я, не скрываясь, горько плакала. Понимала, что потеряла друга, без которого жизнь теперь будет без ярких красок...

Как Жить Без Тебя?..

На другой день после похорон на небе уже сияло солнышко. Я поспешила в ветеранский комитет, обговорить вопросы о надгробном камне. Меня приняли хорошо. Сказали, что камень будет готов завтра, но ставить его пока не рекомендовали - земля была сырой. Я согласилась.

Вернулась в свой двор и впервые за эти дни взглянула на топчан. Осела прямо на талый снег - так мне стало плохо. Поднялась через силу вся мокрая, подошла к обезображенному голому скелету. Вот что осталось от топчана. Подумала, это не к добру…

Я смотрела на железные ножки топчана и вспоминала, как перед каждой зимой Григорий Семёнович со всеми соседями проводил хашар – субботник, накрывая доски брезентом, и крепко завязывая с четырёх сторон. Соседние дворы завидовали, как долго живёт наш топчан. А дядя Гриша советовал:

- Надо беречь любую вещь, и тогда она тебе послужит. Всё на свете взаимосвязано: бережёшь близкого – ответит любовью, бережёшь природу - ответит добрыми плодами и красотой, бережёшь себя – дольше живёшь.

С последним утверждением я была не очень согласна, ведь фронтовик наш себя совсем не берёг. Мне врачу известно было, какие боли у него от осколков. Но его доброта к чужим людям – к соседям, давала силу на долгую и значимую жизнь. Да и нелёгкая судьба сильно закалила Григория Семёновича.

Я закрыла глаза, чтобы не видеть этот скелет от нашего топчана, и пошла к себе. Стала звонить мужу, рассказала обо всём. Он очень расстроился, и вдруг страшно закашлялся до хрипов. Как врач я поняла, надо спешить увидеться. Обещала купить билет на ближайший рейс и прилететь.

В Москве меня встречал сын Фаррух с невесткой и сообщил, что Рахима положили в больницу. Из аэропорта я сразу поехала к мужу. Рахим лежал под капельницей, осунувшийся, похудевший, ни кровинки в лице. Испуг сжал моё сердце, но показать этого было нельзя. Попросила историю болезни, просмотрела снимки рентгенографии и поняла, как всё серьёзно. В правом лёгком затемнение, расширение бронхов, а в плевральных полостях собиралась жидкость. Температура была стабильно высокой. Врачи не надеялись на благоприятный исход. Но мой Рахим с надеждой и радостью смотрел на меня.

- Зульфияджон, ты приехала, моя родная? – спросил он тихо, тяжело дыша.

- Надо бы раньше вырваться. Всех в Душанбе лечила, а о тебе забыла. Прости, мой дорогой, - грустно улыбаясь, ответила я.

- Я сам виноват, не послушался тебя, вот и не рассчитал свои силы. В такие годы надо дома жизнь доживать, - оправдывался он.

Мне хотелось кричать, за что меня так испытывает небо? Ненавижу слово гастарбайтер!

Решили везти Рахима домой: пусть увидит ещё раз родные места. Сын организовал всё необходимое для более комфортного перелёта, его жена неустанно хлопотала.

В самолёте всю дорогу Рахим не отпускал мою руку. Обещал больше не оставлять меня. Вспоминал молодые годы, Григория Семёновича и любимый топчан соседушек.

Мы приехали в Душанбе поздно вечером и, не мешкая, направились к моим однокурсникам пульмонологам, дежурившим в отделении. Рахима готовы были положить в интенсивную терапию. Но подруга посоветовала забрать умирающего домой.

Я послушалась её, и мы поехали к себе. Наутро муж попросил показать ему двор, как будто хотел попрощаться. Мы с сыном взяли его под руки и повели подышать весенним ветерком, насладиться первыми яркими лучами солнца.

- Скоро весна, - сказал Рахим. - Дожить бы до неё...

- Вместе доживём! – успокаивала я мужа.

Мы одновременно посмотрели в сторону, где был топчан. А там даже металлической основы уже не осталось. Зато у новых соседей появились ограждения для палисадника.

От жуткого зрелища Рахим расстроился и захотел домой. Он лёг на диван, и уже больше не поднялся.

Хоронили его тихо: приехали родственники, да несколько

коллег из академии. А из старых соседей никого не осталось. Только верная Лола примчалась из другого микрорайона, где они с мужем-поэтом получили многокомнатную квартиру. Мы плакали, не стыдясь друг друга. Прощались с прошлым, с молодостью, с воспоминаниями. Я читала строки из Мирзо Турсунзаде, которые отражали моё состояние:

Если б сердце плавилось от слёз,
У меня б расплавилось оно.
Будь слезам дано смывать жилища,
Стала бы бездомною давно.

А Рахима я похоронила по нашим обрядам, на русском кладбище, земля-то одна. Рядом с мамой, недалеко от могил Григория Семёновича и бабушки Матрёны.

Лола пришла ко мне на годовщину памяти мужа. Мы обе чувствовали, что это наша последняя встреча.

- Зульфия, что собираешься делать? – спросила подруга.

- Уеду к сыну. Двор стал чужим, нет моих любимых соседей. Две квартиры – свою и дяди Гриши продам. Только самое памятное заберу, и куплю рядом с детьми квартирку в Подмосковье. Приезжай ко мне, Лола – тюльпан ты мой. Там красивые места, рядом лес. Мы поставим маленький топчан, будем пить чай, вспоминать свою молодость.

Не осталось теперь таких дворов, какие были прежде, подумала я. А ставших родными людей, что жили рядом, моих милых соседушек и найти нынче трудно.

Прощалась я со своим двором, как с близким другом, которого теряла навсегда...

ГОРОД ГДЕ
СБЫВАЮТСЯ
МЕЧТЫ

Уважаемый читатель,

Вы держите в руках авторский экземпляр книги «Город, где сбываются мечты» замечательной писательницы и удивительной женщины Гульсифат Шахиди.

За своё произведение, как лучшей литературной работы, посвящённой тематике укрепления мира, дружбы и взаимопонимания между народами Гульсифат Шахиди удостоена высокой чести – она награждена золотой медалью «Голубь мира» Международной ассоциации «Генералы мира – за мир», в знак общественного признания и многолетние миротворческие усилия в содействии урегулирования военных конфликтов и помощи жителям конфликтных регионов.

"Город, где сбываются мечты"- удивительная история, переплетающихся человеческих судеб. Охватывая нелёгкое прошлое, соединённая с настоящим, автор повествует о борьбе людей за выживание, о пути прохождения трудностей и возрождении духовных сил человека.

Гульсифат Шахиди окончила факультет журналистики Таджикского университета, занималась научной работой, защитила диссертацию на тему «Таджикско-русские литературные связи 20–30-ых годов XX века». Работала в таджикском филиале МГТРК «Мир» главным редактором радио и телевидения. Публиковалась в печатных изданиях Таджикистана и России.

Вручая золотую медаль «Голубь мира» наблюдательный совет Международной ассоциации «Генералы мира – за мир», в составе которого генералы многих стран мира, высоко ценят творчество автора этой книги, и выражает надежду на выход в свет новых произведений, как доказательство прекрасного таланта Гульсифат Шахиди.

А.Скаргин Генеральный директор
Международной ассоциации «Генералы мира – за мир»

Дорогие друзья!

Судьба дала мне шанс представить вам книгу моей коллеги Гульсифат Шахиди под названием «Город где сбываются мечты».

По счастливому стечению обстоятельств я стала первой читательницей и редактором рассказов, издающихся на русском языке.

Гульсифат Шахиди – автор с богатым журналистским опытом, переплавленным в художественную форму, ярко и образно рассказывает о судьбах людей разных поколений, не сломленных трагическими событиями гражданской войны в Таджикистане 1990-1993 годов.

Каждый рассказ пронизан человеческой болью и сопереживанием автора, оказавшегося в эпицентре военных действий. В героях читатели легко узнают себя, близких, знакомых, соседей по улице. И, несомненно, полюбят замечательных парней Али и Шерназара, дедушку по имени Хорошо, и очаруются девочкой Некбахт, от имени которых ведётся повествование.

Книга пронизана любовью к родному Таджикистану, к солнечному городу Душанбе, краше которого нет на свете, к своему народу, сохранившему дух и традиции древней арийской культуры.

Автор насыщает повествование стихотворными строками из творчества таджикско-персидских поэтов, обогащая современный русский язык и предлагая вдуматься в жизненный смысл их бессмертных творений.

Четыре рассказа «Я сделаю тебя счастливой», «Всё будет хорошо», «Любовь побеждает всё», «Если б я властелином судьбы своей стал…» объединены единой темой и верой автора в светлое будущее своей родины.

Мне тоже не безразлична судьба Таджикистана, где я прожила 20 лучших лет своей жизни. С Гульсифат Шахиди мы познакомились в редакции республиканской газеты «Комсомолец Таджикистана». Гуля (так мы стали ласково называть её) – молодая мама и выпускница журфака таджикского университета, а я журналистка с небольшим творческим стажем и дипломом факультета журналистики Казанского университета, и тоже мать сына-дошкольника .

Мы сдружились сразу: много говорили о жизни, о профессии, о детях. Муж Гульсифат – известный и перспективный в то время композитор Толиб Шахиди принял меня в их семью, как родную. Я всю жизнь увлекалась театром и кино, и Толиб знакомил меня с друзьями композиторами, художниками, литераторами, артистами и режиссёрами. Как всё это пригодилось в редакции культуры Таджикского отделения ТАСС – ТаджикТА, куда вскоре меня пригласили на работу.

С Гулей мы были близки не только творчески, но и по-человечески. Хорошо помню её маму – белокожую и голубоглазую. Я называла её на русский лад тётя Маша. Как-то спросила о происхождении необычного имени её дочки Гульсифат. «Вераджон», - ласково ответила она, - гуль по-таджикски цветок, сифат – качество. Значит, Гульсифат – цветок, собравший все лучшие свойства».

Я потом, отмечая успехи Гули радуясь за неё, всё время приговаривала: «сифат – это знак качества. За тобой не угонишься!».

Жизненные невзгоды и переживания подорвали здоровье Гулиной мамы. Её доброе сердце не выдержало. На похоронах я утешала окаменевшую от горя подругу и уже чувствовала – сама тоже совсем скоро осиротею. А через несколько месяцев умерла моя мама. Теперь Гуля, обнимая меня за плечи, горячо убеждала, что мы должны жить за наших родителей и ради наших детей.

Гражданская война 90-х годов раскидала нас в разные стороны. Мы с мужем переехали в Тульскую область, мои друзья – Шахиди осели в Москве. Все 20 лет моей жизни в России я переписывалась с верными коллегами -душанбинцами. Они рассказывали мне обо всех новостях в театрах республики, о переменах в жизни. Не потеряла я и связи с семьёй Шахиди.

Не раз мы с Гулей и Толибом обсуждали проблемы разобщения наций. Нас одинаково тревожат усиливающиеся тенденции неприятия выходцев из Средней Азии в российских городах.

Многовековой опыт человечества и любая религия учат тому, что у зла и добра нет национальности, а вот в каждой нации есть и хорошие, и плохие люди.

Читайте, мои дорогие земляки, рассказы Гульсифат Шахиди. Быть может, все вместе мы поймём, что делаем не так в этой жизни, и что сумеем изменить в судьбе и в стране.

Вера Дейниченко, журналистка

1. Я СДЕЛАЮ ТЕБЯ СЧАСТЛИВОЙ

Рассказ Али

День длиною в жизнь...

Никогда не думал, что дни могут быть такими длинными. Впервые я чувствовал каждую секунду, каждое мгновение, каждый вздох... Все было подчинено мыслям, воспоминаниям и думам о тебе. Я понял, что время иногда идёт медленно только для того, чтобы мы имели возможность неспешно перебирать в памяти страницы прошлого и рассматривать сквозь эту призму настоящее.

Наконец-то, после долгой дороги в аэропорт, пройдя все контрольно-пропускные пункты, я занял своё кресло. Самолёт взлетел навстречу моему долгожданному свиданию с родным городом, с любимой, которая была смыслом моей жизни...

Память как прочитанная книга – я перелистываю страницы жизненного пути, порой трудного и непредсказуемого. Иногда не верится, что это всё случилось со мной...

... Я познакомился со своей учительницей, когда мне было семь лет. Она была родом из Бадахшана, или, как говорили местные, памирка. Приехала к нам с молодым супругом, назначенным директором новой школы, построенной в нашем селе, не найдя понимания у своих родных и у родных мужа.Они приняли решение уехать подальше от косых взглядов. На радость нам, детям приграничного с Афганистаном района, стала работать в нашей школе. Была библиотекарем, преподавала английский язык, вела уроки в начальных классах.

Мой отец был председателем колхоза. В годы перестройки выбирали молодых. Выбрали и его. Он не отказался. Был очень правильным, боролся против нечестных на руку «новых таджиков». Многих, занимавшихся рэкетом, отправил за решетку. Это и сыграло роковую роль в дальнейшей судьбе нашей семьи.

Учительницу свою я называл муаллима. Часто она отдавала мне свой маленький кассетный магнитофон с аудио-курсами английского, чтобы я учился правильно произносить слова. Сама заказывала и привозила в библиотеку множество книг. Именно благодаря ей я полюбил читать не только на родном таджикском, но и русском и английском языках. Мой первый и главный педагог в жизни не уставала повторять, что у меня необыкновенная тяга к языкам, и я, лучший её ученик, добьюсь многого.

Вскоре муаллима родила девочку. Прелестную, голубоглазую, русоволосую, похожую на ангелочка. Нарекла ее Некбахт, что в переводе с таджикского означало «счастливая». Я с удовольствием стал помогать, попросил об этом и свою маму, которая находилась в тот момент в декретном отпуске и ухаживала за моей сестричкой. Мама с удовольствием согласилась. Мы хотели, чтобы муаллима скорее вышла на работу в школу, ведь учителей катастрофически не хватало.

Ничто не предвещало беды. Мы жили в достатке, строили планы,мечтали о светлом будущем. Но в 90-е годы в Таджикистане началась гражданская война. Бессмысленная и жестокая. Те, кого она не коснулась, кто знает о ней лишь понаслышке, не поймут моих чувств. Не дай Бог никому такое пережить...

Жители не могли представить себе весь ужас, который принесла война. Российские пограничники только после нападения на их гарнизон начали активные боевые действия. Неспокойные дни и ночи, звуки перестрелки заставили жителей посёлка сильно тревожиться.Как уйти от опасности? Никто не мог понять, откуда у боевиков столько оружия.

В начале войны из тюрем бежало много народу. Среди них был и тот, кого в свое время посадил мой отец. Очень скоро убийца стал главарём нового бандформирования. Жгучее желание вернуться в колхоз и отомстить отцу, было непреодолимым. Это ему удалось.

В тот трагический день я с книжкой, магнитофоном в наушниках сидел у реки и заучивал новый текст. Высокие тугаи закрывали меня от всех. Мне нравилось сидеть здесь часами, читать, учить новые слова и повторять произношение. Мама не отпускала меня, переживая из-за военных событий, но я впервые не послушал её. Я себе этого так и не простил. Хотя, что я смог бы сделать, чем помочь, будь я с ними вместе в те страшные трагические мгновенья?

Я помчался к переправе, увидев толпу бегущих к берегу людей. К переправе двигался вооруженный до зубов отряд боевиков. С афганской территории за их передвижениями следили стражи границы в боевой готовности. Я увидел, как на плот садятся наши соседи, знакомые, родственники, но нигде не было моих родителей и сестрёнки. Заметил мою муаллиму с дочкой на руках, но мужа её рядом не было.

С обеих сторон начался обстрел крупнокалиберными орудиями. Я не успел к отплытию. Бросился в реку и поплыл к плоту, но в него попал снаряд. Сквозь грохот, залпы орудий я слышал крики и стоны людей… Муаллима увидела меня и указала в сторону дочери, барахтающейся в воде.

Последним словом её было «Некбахт». Она так и осталась в моей памяти, с молящим о помощи взглядом, полным надежды, что я помогу её дочери выжить.

По течению реки я уплыл далеко от переправы. Там, где эхо трагедии того страшного дня утихло, мы с маленькой Некбахт выбрались на берег. Она плакала, звала маму. Я не знал, как её успокоить и мы стали плакать вместе. Я смотрел на покрасневшие от слёз глаза малышки и твердил как заклинание:«Я сделаю тебя, «Некбахт», счастливой!»

Передохнув, мы побрели по дороге, там нас подобрали танкисты из российской дивизии. Они торопились на подмогу пограничникам. Когда мы доехали до поселка, я не поверил своим глазам: новые, только что построенные здания, школа - все превратилось в руины. Я побежал к своему дому. Обливаясь слезами, увидел сгоревший дотла отчий дом... Я не мог поверить в то, что там навсегда остались мои родители с сестричкой... Через год узнал, что это было местью того самого подонка - главаря банды.

Я не знал, что мне делать дальше, не понимал, как жить? Если бы не ты, Некбахт, я, не задумываясь, взял бы оружие и пошел мстить за своих родных. Но теперь я отвечал за тебя. Спасибо российским танкистам, возвращавшимся в Душанбинский гарнизон – они взяли нас с собой. Командир подумал, что ты русская и сказал, что девочку-сироту он заберет с собой. Но ты так держалась за меня, что ему пришлось взять и меня. Я побежал к реке, отыскал там магнитофон и книжку – всё, что у меня осталось от прежней жизни и, попрощавшись с беспечным детством, уехал навстречу новой жизни, полной неизвестности и тревог. За один день я повзрослел на много лет...

- Из потока воспоминаний меня выдернула стюардесса, предложившая завтрак. Я вспомнил, что от предполётных переживаний не ел целый день и с удовольствием перекусил.

В Душанбе мы ехали на ГАЗике. Командир слушал мой печальный рассказ о событиях, с удивлением смотрел на Некбахт, не веря, что она таджичка. Узнав, что в Душанбе живёт мой дядя, спросил, знаю ли я его адрес. Услышав отрицательный ответ, пообещал помочь. А ты, маленькая, всю дорогу спала на моих руках.

О Душанбе я знал по телевизионным передачам и рассказам муаллимы – она очень любила город и считала его самым лучшим на свете. Тогда, наверное, я представлял Душанбе Парижем, или Москвой. Звучит смешно, но это было так. Как я ждал этой встречи! Мечтал после школы поступать в университет. Но судьба распорядилась иначе.

Мой дядя в годы перестройки переехал в Душанбе. Семья была большая – 10 детей. Пятеро старших – девочки, а младшие - мальчики. Сестры были уже замужем. Дядя открыл своё частное предприятие – занимался ремонтом машин, сыновья ему помогали.

Командир узнал в адресном столе местожительство моего дяди и отвёз нас к нему. Про события в нашем посёлке знали уже все родственники. Дядя, узнав о трагедии, горевал несколько часов и уже на следующий день устроил поминки. Моё появление было для него полной неожиданностью. Он плакал и радовался одновременно. Сказал, что я буду продолжать учёбу в школе и помогать ему в бизнесе. Я согласился. Робко спросил, как быть с Некбахт?

Дядя предложил найти родственников и отдать им тебя, Некбахт! У меня защемило сердце. Я вспомнил глаза своей учительницы и твёрдо заявил, названная сестричка всегда будет рядом со мной. На том и порешили.

Житьё в доме дяди стало для меня большим испытанием. Но нет худа без добра. Учился я хорошо. А вот труд у дяди в гараже был непосильным для подростка. За полдня работа так изматывала, что я не помнил, как доходил до дома и только ты Некбахт, твой радостный и светлый взгляд помогал мне забыть об усталости. Братья не особо радовались нам, им тоже было нелегко. За хлебом надо было стоять в очереди целую ночь, с продовольствием были постоянные перебои.

Во время гражданской войны открылось много международных организаций, и каждая имела свой гараж. Работы было много. Дядя узнал, что я хорошо говорю по-английски, и я стал работать переводчиком. Мне было трудно, но помогали инструкции к каждой машине, которые всегда лежали в бардачке. Дядя был счастлив, клиентура сразу поменялась. К нам стали обращаться из посольств, и заработки значительно выросли.

Жизнь постепенно налаживалась. Но тебе, Некбахт, было грустно – я, загруженный работой и учёбой, редко виделся с тобой. Уходил, когда ты ещё спала, приходил, когда ты уже спала. А тут ещё младший сын дяди – баловень и грубиян не давал тебе покоя.

Рядом с домом был детский интернат, директор постоянно приезжал ремонтировать машину - старую рухлядь 20-летней давности. Он очень полюбил меня, потому что никто из братьев не брался за ремонт интернатской колымаги, а я никогда не отказывал ему. Знал, что тогда всем было трудно. Я рассказал директору про тебя, Некбахт, назвавшись твоим старшим братом. И он, не задумываясь, предложил оформить тебя в интернат, с условием, что я буду постоянно навещать свою сестричку.

Ты стала любимицей в интернате – все называли тебя куколкой. Мне полегчало на душе, дядя перестал искать твоих родственников.

Нередко на ремонт в гараже у дяди оставлял свой внедорожник представитель ООН из миротворческой миссии. Я заметил, что он внимательно слушает, как я перевожу, смотрит, как работаю. Он предложил мне учёбу в международной школе, которая только что открылась в Душанбе. Одарённым детям-сиротам предоставлялась возможность обучаться бесплатно. Сказал, что напишет ходатайство и характеристику. Я не поверил такому повороту судьбы. Дядя был не в восторге - в его бизнесе я играл важную роль. Но я заверил его, что всегда буду помогать.

Сэр Джон, так звали ООНовца, в назначенный день приехал за мной, повёз меня в школу. По дороге я ему рассказал про тебя, Некбахт, он решил заехать в интернат - обрадовать. Джон пошёл к директору, я - к тебе. Не знаю, о чём они беседовали, но после этого жизнь в интернате изменилась. Получается, ты, моя Некбахт, одним своим присутствием подарила счастье детям-сиротам. Директор не раз говорил мне об этом. В интернате появился новенький микроавтобус, построили небольшой современный корпус, снабжение питанием и одеждой улучшилось. Но это было позже...

ГОРОД, ГДЕ СБЫВАЮТСЯ МЕЧТЫ

...Когда мы ехали в школу, я, смотря на улицы и площади, тенистые аллеи и парки, красивые здания и памятники, осознал, что за суетой будней, за переживаниями, вообще не видел города. А он такой красивый! Сейчас я уже с уверенностью могу сказать - это лучший город на Земле! Я увидел места, о которых рассказывала мне моя любимая учительница: театр оперы и балета, библиотеку имени Фирдоуси, университет, в котором она училась...

Годы учёбы в школе пролетели быстро. Я стал лучшим выпускником, подрабатывал переводчиком английского языка. Ты, Некбахт, была в пятом классе. Училась на "отлично" и всё больше становилась похожей на свою маму. Часто твой взгляд становился грустным. Особенно, когда я делился своими планами об учёбе за рубежом или рассказывал, как иногда помогаю переводить сэру Джону в его поездках по стране. Ты всё чувствовала…

…Эта встреча была неожиданной. Сэр Джон взял меня в поездку в Гарм на встречу с командиром оппозиционного отряда. Ничто не предвещало беды. Таких поездок было много, обстановка в республике постепенно нормализовалась.

Чем меньше оставалось до резиденции командира, тем больше блокпостов. На последнем нас высадили из машины, вышел старший и … я узнал эти хищные глаза. Да, это был тот, кто убил моих родителей, сестричку, соседей. Я запомнил его глаза, когда бандита под конвоем вели в зал суда. Процесс был показательный и шел в актовом зале нашей школы. Учеников отпустили домой, но я задержался в библиотеке.

Бандит поймал мой взгляд и, хотя не узнал меня, понял, я что-то про него знаю. Первое, что он сделал - стал стрелять по нашим ногам. Мы отпрыгивали, а он смеялся. Ощущения - не из приятных. Потом сказал сэру Джону, что он может ехать, а меня возьмут в заложники. Сэр Джон связался с командиром оппозиционного отряда и поставил его в известность. Тот вызвал главу блокпоста. После разговора с командиром бандит отпустил нас со словами «сагбача, ман тура аз таги заминам меёбам - сукин сын, я тебя и под землёй достану!». А я подумал – «это я тебя теперь всюду найду, ты за всё ответишь по полной!»

Больше сэр Джон не брал меня в поездки и решил срочно отправить меня учиться в Европу.

Перед отъездом я часто забирал тебя, моя Некбахт, из интерната и мы гуляли по тенистым улочкам моего любимого города, по главной, центральной аллее, которую душанбинцы называют Аллеей влюблённых. Ходили в старый парк с тысячелетними чинарами и загадывали желания. Ты не догадывалась о главном моём желании - увидеть тебя в белом платье рядом с собой и никогда не расставаться...

Душанбе – это город, где сбываются мечты. И моя мечта обязательно исполнится. Я в это верил. Я же обещал сделать тебя счастливой! Ты никогда не будешь одинокой!

— "Не хотите пообедать?" - вернул меня к действительности голос улыбающейся стюардессы. После еды я хотел вздремнуть, чтобы скоротать время. Но мысли не давали мне покоя.

Перед отъездом на учёбу меня особенно тревожило то, что не смогу наказать того мерзавца, бандита и убийцу. Он мог выследить нас, и тебе, Некбахт, грозила опасность. Я вспомнил случай, когда меня из мастерской дяди привезли в Комитет национальной безопасности по жалобе соседа - якобы я являюсь шпионом, работая с иностранцами. Сэр Джон, узнав об этом, приехал к министру, всё уладил. Министр мне показался рассудительным и честным человеком. На прощанье он сказал: – «Если будут проблемы, обращайся». И я пошёл в министерство, рассказать об убийце моих родных. Министр вспомнил нашу встречу и сразу принял меня. Со вниманием выслушал про блокпост, про бандита, который принёс много страданий людям. Заверил, что хотя бандит сейчас скрывается, скоро будет пойман. На прощанье дал мне свой прямой номер телефона для экстренных случаев.

Вечером того же дня по новостям передали, что в Душанбе был обезврежен один из самых жестоких главарей бандформирований. Утром следующего дня я позвонил министру и поблагодарил его за всё. «Благодари сэра Джона, - сказал он, - именно он дал все координаты и сообщил об опасности».

Боевик очень хотел найти меня, а нашёл свою смерть...

Последний день перед вылетом, мы не могли наговориться с тобой, Некбахт, и я обещал , что ты никогда не будешь одинокой. Ты плакала. Ты была ещё ребёнком. Хотя, если честно, мы, дети войны, очень рано повзрослели...

Перед отъездом я попросил сэра Джона помочь интернату с компьютерами и научил учеников ими пользоваться. В первую очередь тебя... Ты не хотела меня отпускать, и только старенький директор интерната смог тебя успокоить. Я принёс тебе мой любимый старый кассетный магнитофон и книгу - подарки твоей мамы. А директор пообещал мне, что будет беречь тебя, как свою родную дочь.

Учёба за границей давалась мне легко. Сэр Джон тоже был переведён на новое место. И началась наша виртуальная жизнь в сети. Мы были далеко и рядом: много общались, рассказывали друг другу все. Ты расцвела, Некбахт, и стала первой красавицей - так мне казалось. Ведь я любил тебя... Ты становилась похожа на маму не только внешне. Умница, отличница, скромная и прилежная, весь интернат был в тебя влюблён. Так говорил мне директор.

Возможности ездить на каникулы у меня не было, я зарабатывал на свадьбу. Хотел сыграть её в моем городе мечты по окончании нашей учёбы. И ты была согласна...

- Командир экипажа объявил посадку. Я смотрел в иллюминатор и искал глазами тебя, моя любимая.

Ты меня встречала с цветами и ...слезами. Рядом с тобой были наши самые родные и близкие – директор интерната, мой дядя и... всё. Друзей у меня было много, но самых близких и родных я мог сосчитать по пальцам... Как я был счастлив, знал один лишь Бог и ты, моя дорогая. Мы поехали по улицам моего самого любимого города на свете – Душанбе. Он очень изменился за эти годы, стал расти ввысь, становясь похожим на другие города. И всё же оставалась та изюминка, та прелесть, которая всегда заставляла меня восхищаться им – неповторимые краски и пейзажи, которых нет нигде в мире! Прекрасный город, в котором исполнились все мои мечты...

Я понял, что в мире нет плохих мест и плохих народов. Люди бывают разные. Мне в жизни повезло: у меня были хорошие родители, учительница, подарившая мне целый мир, тебя - моя Некбахт. Русский командир, который на свой страх и риск, вывез нас из огня войны. Дядя, поделившийся с нами кровом и хлебом, несмотря на трудности, сэр Джон, который по-отечески отнёсся ко мне и отправил в этот огромный мир... Мир не без добрых людей и мне просто необходимо продолжить их дело – приносить людям радость, добро и счастье. И начну я этот праведный путь с тебя – я сделаю тебя счастливой, моя любимая Некбахт.

2. ВСЁ БУДЕТ ХОРОШО...

Рассказ дедушки

Питерский памирец

Несколько лет назад я приехал в Санкт-Петербург на заработки. Родом я из далёкого горного кишлака Дарморахт, расположенного среди красивых ущелий и высочайших памирских гор, в 2000 метрах над уровнем моря. Называли меня в Питере каким-то неприятным и непонятным для меня, словом гастарбайтер. Я был мастером своего дела и всегда находил работу – строил дачи. Люди в Питере очень похожи на моих соотечественников, такие же приветливые и добродушные. Многие удивлялись моему правильному русскому языку, а особенно моему имени. Мне работалось и жилось хорошо. А главное - мои внучата были довольны, денег на жизнь им теперь хватало. Я называл себя питерским памирцем. И постоянно вспоминал строки из любимого Хайяма:

Меняем реки, страны, города.
Иные двери. Новые года.
А никуда нам от себя не деться,
А если деться — только в никуда...

Этим летом в России было жарко, горели леса, люди все переезжали на дачи. Меня все соседи уже хорошо знали... Говорят, нет худа без добра – это точно. В тот день мне стало плохо, упал в обморок, дачники сразу вызвали скорую помощь, и очнулся я уже в больнице. Здесь меня оформляли как обычно - имя, фамилия, национальность. Медсестра, заполняя историю болезни, не удержалась, сказав – «Ну и фамилия, застрелиться можно. А имя-то»,- и улыбнулась. Когда я сказал, что я памирец, врач меня переспросил, а есть такая национальность? Я ответил - да...

Через несколько минут, после всех процедур, меня повезли в операционную, ко мне подошёл врач в марлевой повязке на лице. На таджикском языке он спросил:

— Хубед, падарджони помирии ман? - Как чувствуете себя, отец мой из Памира? - Сперва я испугался, но его добрые глаза вселили в меня уверенность и я ответил:

— Писарам, бад не, – не так уж плохо, сын мой.

Он успокоил меня, уверив, что всё будет хорошо и, засыпая под наркозом, я был спокоен. Оказывается, у меня был аппендицит и уже начался перитонит. Операция продолжалась ровно 6 часов. Пришёл в себя я уже поздно вечером, был очень слаб. Открыв глаза, увидел рядом доктора, который успокаивал меня перед операцией. Он был без повязки, и у меня сильно защемило сердце. Как он похож на моего младшего сына! Такой же высокий и красивый, вот только глаза миндалевидные.

— Ну как? - спросил меня доктор.
— Живой, слава Богу,- ответил я.

Он пощупал мой пульс, попросил медсестру быть рядом и выполнить все назначения. Попрощался и сказал, что дежурит здесь всю ночь - поменялся с коллегой. Позже я узнал, что он это сделал из-за меня.

Я долго не мог заснуть от боли. Мой доктор часто заходил в палату, добавлял медсестре назначения для меня, и та хлопотала надо мной. Наконец я забылся, утром мне стало легче.

В палату на обход вместе с моим врачом пришёл профессор. Он сказал, что только Фарходу (так звали моего доктора) доверяет такие сложные операции и всё будет хорошо. Мы улыбнулись друг другу, и я понял, доктор рассказал историю моего имени. А дело было так. У моего отца Шовалишоева Кадамшо после женитьбы родилась девочка, а затем каждый год рождались мальчики, но почему-то прожив немного, умирали.

Горю отца не было предела, все говорили, что причиной тому родственный брак. Отцу - потомственному строителю, из очень известного рода хотелось передать своё мастерство по наследству и он очень переживал. Родился я и отец долго не давал мне имени, боялся не выживу. В тот год из Ленинградского университета в наше селение на практику приехали студенты – они учились на востоковедов и изучали памирские языки. Среди них был очень красивый студент из Душанбе, все однокурсники называли его Петровичем (ныне известный в республике учёный). Он был весёлым парнем. Студенты ходили по домам и записывали местный фольклор, рассказы жителей кишлака. Когда они заглянули к нам, отец поведал свою грустную историю. Петрович с обычной веселостью предложил назвать меня самым лучшим именем, с которым я буду жить долго. Узнав, что деда звали Шовалишо, отца звали Кадамшо, он предложил назвать меня Хорошо. И объяснил – хоро –это гранит, шо – это царь, мол пусть здоровье его будет крепким, как гранит. Мой отец, который не знал русского, поспешил в контору и сделал мне метрику. Узнав, как с русского переводится это слово, он радовался ещё больше, ведь я жил на радость всем и был крепышом! Вот так я стал Шовалишоевым Хорошо

Кадамшоевичем. Профессор долго смеялся, потом сказал, что с таким именем точно всё будет хорошо.

А Фарход пообещал мне прислать в палату ещё одного земляка.

Таджикский Армянин

Когда друг Фархода весело представился на чисто таджикском южном диалекте: «Ман Хачик, точики армани ай чигари Кулов» -«я Хачик, таджикский армянин из печенки Куляба, то есть настоящий кулябец» мы засмеялись так громко, что испугали медсестру.

— Ну, что, ещё один потомок Авиценны, больно? - спросила она, делая укол.

Хачик ответил ей, что это Фарход настоящий и достойный потомок Авиценны, а мы так, просто рядом стояли. Когда мы остались одни, я спросил Хачика, откуда у него такое знание таджикского диалекта, и он рассказал мне историю своей жизни.

...Родители Хачатура приехали на всесоюзную стройку – возведение Нурекской ГЭС. Жили в таджикском селении, русских школ в той местности ещё не было, и он до 5 класса учился в таджикской. Все друзья - местные ребята, вот он и стал говорить на диалекте. Потом его отца пригласили работать в главное управление, и они переехали в Душанбе.

— Вот так я стал таджикским армянином, - сказал Хачик с гордостью. И спросил меня, почему при поступлении в больницу, я назвался памирцем.

– На это есть свои причины,- грустно ответил я и отвёл глаза. Хачатур понимающе кивнул и продолжил свой рассказ.

В начале 90-х годов в Душанбе начались националистические волнения. Почему-то подняли армянский вопрос, якобы таджикам негде жить, а городские власти все квартиры отдают армянам. Где-то начались погромы. Семья Хачатура жила на первом этаже многоэтажного дома. Все жители, а в основном это были таджики, встали на защиту. В этом же доме жил и Фарход с родителями и тремя братьями. Их семьи очень подружились.

Хачатур был музыкантом, играл и на старинном армянском инструменте -дудуке, и   на кларнете. Он заразил Фархода и его братьев страстью к музыке. Они создали ансамбль, пользовались популярностью в городе и их с удовольствием приглашали на торжественные мероприятия. Для Фархода и его братьев это было хобби.

В годы гражданской войны Хачатур с Фарходом держались вместе, поддерживали друг друга как могли.

В те неспокойные дни как-то приехал на внедорожнике солидный с виду мужчина. Попросил взять инструменты и сыграть на его семейном торжестве. Они - молодые и неопытные парни согласились, не предупредив родителей. Решили хорошо подзаработать, им было обещано много денег. Повезли их куда-то в горы. Поначалу всё было нормально, но позже... Как они остались живы, один Бог знает.

Через неделю стало известно о смерти известного исполнителя Кароматулло, которого также с группой музыкантов увезли на свадьбу. Никто не вернулся...

У нас говорят: друзья – отражение друг друга. Я порадовался за прекрасного друга моего врача Фархода.

Хачик ушёл, а я ещё долго думал – в те годы всем было нелегко, я был не одинок в своих испытаниях...

Утром следующего дня ко мне пришёл мой врач, я стал его благодарить за спасение, он скромно ответил, что это его работа, а спасибо надо говорить дачникам: если бы не они, вряд ли я остался жив и вместо лекарств процитировал строки из Хайяма:

> *Чем за общее счастье без толку страдать*
> *Лучше счастье кому-нибудь близкому дать.*
> *Лучше друга к себе привязать добротою,*
> *Чем от пут человечество освобождать.*

ПОТОМОК АВИЦЕННЫ

Вечером, как и обещал, Фарход с сияющей улыбкой зашёл ко мне в палату. Он дежурил. Закончив все дела, он удобно расположился у кровати и стал слушать мой грустный рассказ...

...У меня было самое лучшее детство, отец во мне души не чаял, учил всем тонкостям строительного ремесла. Когда я окончил школу, то был уже мастером на все руки. Но отец посоветовал мне поступить в политехнический университет, высшее образование – обязательно!

> – Это точно - осторожно перебил меня Фарход,- ведь не зря говорят, что на Памире и пастухи с высшим образованием.
> – Да, – с улыбкой подтвердил я.

...Я поехал в столицу и поступил на строительный факультет. Через пять лет вернулся дипломированным специалистом. Сколько мы с отцом построили домов! Я женился, и у меня первой родилась девочка, потом два сына.

Дети быстро выросли, дочка уехала учиться в Душанбе, была отличницей, говорила на английском языке, как на

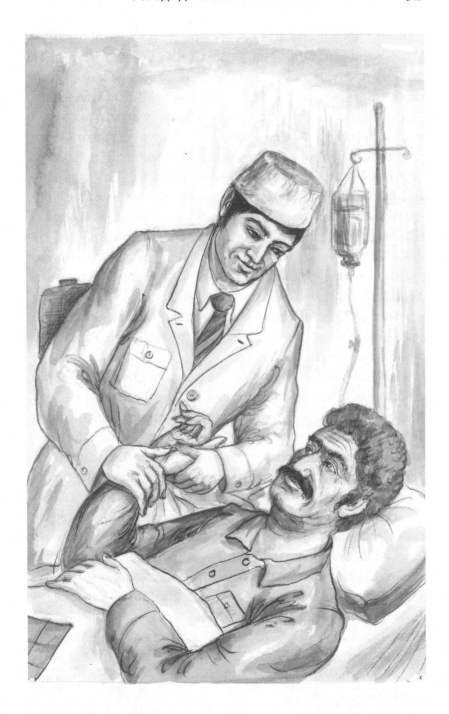

родном. Она полюбила однокурсника и вышла за него замуж. Мы с женой были против – парень не наш, не памирец. Но дочь не послушалась и, обидевшись, уехала далеко от дома работать учительницей в сельской школе. Я тоже обиделся.

Выросли сыновья, старший уехал учиться, потом и младший. Началась перестройка. «Новые таджики» стали строить себе роскошные дома, особенно в столице. Сыновья звали меня к себе, чтобы на каникулах мы работали вместе. Потом старший закончил учёбу, женился. Строек было много, мы хорошо зарабатывали. Когда сыну выделили участок земли на окраине города, мы начали возводить красивый памирский дом. Место было не из лучших: под землёй находились грунтовые воды, но мы же потомственные строители! Хороший дом вырос. Оставались лишь отделочные работы. Я мечтал, что найду свою дочку и привезу сюда её с семьёй, мы помиримся и будем жить как раньше – все вместе. Но судьба распорядилась по-другому...

Началась война. В тот год мы задержались в Душанбе, сыновья хотели скорее отпраздновать новоселье. Я не знал, какое горе меня ждёт. Неподалёку от нашего нового дома, ближе к холмам в кишлаке Теппаи самарканди обосновался один из самых опасных бандитов, которого за жестокость прозвали Гитлером. В одну из своих ночных вылазок он ворвался к моим сыновьям и потребовал идти к нему в банду. Сыновья отказались, и он их расстрелял. Жена, не выдержав таких испытаний, слегла. Последние её слова: «Найди дочку, береги невестку и внучат...»

Первым моим желанием было отомстить, но один в поле не воин, и потом как оставить невестку одну с двумя маленькими детьми? Она меня удерживала от попыток взять оружие, внуки каждый день ждали меня, ведь я стал их единственным кормильцем...Время было очень трудное, работы не было, с продовольствием проблемы. Я решил поехать на заработки в Россию. На работу не принимали – говорили, что слишком стар, посмотрев на меня и дату рождения в паспорте, не верили что смогу хорошо трудиться. И только в Питере нашёл работу, так я и оказался здесь.

Фарход не мог сдержать слёз... Он молчал, было видно, как он переживает, а у меня даже и слёз не осталось, всё выплакал.

– Теперь я понимаю, почему вы решили не называться таджиком, - прервал тишину Фарход. - А дочь вы не нашли?
– Нет, но верю, что она жива. Узнал, что жила в приграничном районе и во время войны многие ушли в Афганистан, - ответил я.

... Ты был первым человеком, кому я рассказал историю своей жизни, мой доктор. Мне стало легче, когда я поделился с тобой этим тяжким грузом, который лежал у меня на сердце. Ты простодушно предложил мне быть его памирским отцом, ты был очень похож на моего младшего сына.

После моей выписки из больницы, названный сын постоянно связывался со мной - отдал свой старый мобильник, пригласил на свою защиту. Как я был горд за своего Фархода! На защите известные профессора говорили о его прекрасной работе, о публикациях в мировых научных журналах. Были отзывы из многих стран, говорили, что он хирург от Бога и у него золотые руки. Особенно мне понравилось, как руководитель подчеркнул, что он представитель народа, который подарил миру Авиценну!

Я от души поздравил Фархода.

– Отец, мы с Вами скоро летим в Душанбе, - огорошил он меня новостью, и добавил: Я приглашаю Вас на свадьбу, билеты на самолёт уже взял.

Это было неожиданностью для меня, ведь столько лет я не мог себе позволить желанную встречу, билеты очень дорогие: легче в Нью-Йорк слетать. Мне жалко было тратить деньги на дорогу, каждый рубль старался посылать внукам. «Какой же ты у меня хороший, Фарход, наконец-то я смогу увидеть своих родных», – радостно подумал я.

В Душанбе – моё сердце

Прилетели в Душанбе мы поздно ночью. Несмотря на это, нас встречало много людей, среди них я увидел невестку с детьми. Внуки стали взрослыми. Это был сюрприз.

Мама Фархода, радостно спросила меня: «Вы памирский папа моего сына?» Я ответил:« Да, мы таджики - одна семья».

Счастливее меня никого на свете не было. Брат Фархода приехал утром за мной и показал город. Какой же он стал красивый! Я смотрел на новые здания и удивлялся. Главное, что теперь всё было спокойно, будто войны никогда и не было. А ведь когда-то я покинул Душанбе с такой тяжестью на душе…

Вечером мы пошли на ужин к Фарходу – они жили теперь в недавно отстроенном красивом доме. Он познакомил со всеми своими родственниками, которые пришли на оши нахор – предсвадебный плов.

Меня ждал ещё один сюрприз. В Душанбе построили Новый Центр исмаилитов, на открытие которого приехал из Лондона сам принц Агахан. Мама Фархода дала мне приглашение на участие в торжестве. Я был на седьмом небе от счастья.

На открытие пришёл чуть ли не первым. Здание было очень красивым: я ходил по залам и наслаждался современной и в то же время традиционной архитектурой, интерьером. Народ постепенно заполнил центральный зал, вышел принц Агахан.

Для меня его появление было каким-то знаком: я понял, что-то в жизни произойдёт. Так и случилось. Журналисты, гости, переводчики начали рассаживаться по местам. Вдруг у меня защемило сердце: среди них была моя дочь, но очень молодая - я не верил своим глазам! Мне сказали, что зовут её Некбахт - так же, как и мою мать!

Сколько было радости от встречи с внучкой Некбахт! Она рассказала свою историю, я свою, мы вместе плакали. Эта встреча была ниспослана нам небесами! Старания тех, кто нас любил, тех, кто помогал унять нашу боль, помогал переносить страдания, не прошли даром.

Проповедь имама, как бальзам, заживляла все мои душевные раны.

Дороги к Истине бывают разные, главное не сворачивать с этого пути. Верить в добро, справедливость, гуманизм, в силу божественного начала и видеть Его частичку в своем сердце.

Люди бывают разные. По поступкам одного человека или группы людей нельзя оценивать весь народ и страну. Одна из основных причин конфликтов в странах –разобщенность народа, деление на своих и чужих. А местничество – результат малообразованности. Надо быть единым народом, чтобы вместе строить цивилизованное общество и стремиться к прогрессу. Надо уметь прощать... О, как прав Хайям:

Когда б я властен был над этим небом злым,
Я б сокрушил его и заменил другим,
Чтоб не было преград стремленьям благородным
И человек мог жить, тоскою не томим...

Когда-то, уезжая из Душанбе, я чувствовал себя потерянным и одиноким, теперь обрёл большую семью. Я стал памирским отцом Фарходу и его братьям, его армянскому другу Хачатуру, а главное – нашёл свою кровиночку - внучку. И она была рада, что нашла меня, своих двоюродных братьев и тётю, гордилась, что у её детей есть дедушка! Она ведь думала, что была сиротой... Она повторила слова своего мужа, ставшего для нее самым близким человеком в трудные годы испытаний: Душанбе – это город, где сбываются мечты. Какое чудо мне подарил Душанбе – город радостных встреч! Мы достроим наш дом и будем жить там одной большой семьей...

Теперь всё будет хорошо!

3. ЛЮБОВЬ ПОБЕЖДАЕТ ВСЁ

Рассказ Некбахт

Бесприданница

Когда я возвратилась после долгой разлуки в свой родной и любимый город, в первую очередь мне захотелось посетить детский дом, увидеть моего учителя – старенького директора. Сколько детей-сирот в ходе бессмысленной гражданской войны в Таджикистане 90-х годов приютил этот дом! Теперь здесь все изменилось, и директор другой. Очень расстроилась, узнав, что моего муаллима не стало, после того, как год назад его «отправили» на заслуженный отдых. Мир праху его! Никогда не забуду слова учителя, которые стали девизом для меня – «сколько любви дашь людям, столько и получишь назад. Только настоящая любовь ломает все преграды и побеждает всё!».

Подъехала я к дому-интернату на маршрутном такси, на таком маленьком китайском микроавтобусе. Непонятно, как можно поместить в салоне столько народу?.. Было жарко, но я смотрела в окно и любовалась моим городом – городом надежд и любви, лучшим городом на Земле! Мне показалось, что он стал ещё краше. Но знакомых лиц мелькало меньше, мне также показалось, что город как-то осиротел. Многие покинули его, и, кто знает, вернуться ли? Мы вернулись...

– Ты платить не собираешься? - с добродушной улыбкой спросил меня водитель.

Я заплатила, объяснив, что засмотрелась по сторонам и, в свою очередь, спросила:

— А почему Вы обращаетесь ко мне на «ты»? Он ответил вопросом на вопрос:
— Ападжон, дутаи? - А что тебя двое, сестра?

Это было сказано так мило и весело, что все мы, кто был в маршрутке, засмеялись, а водитель также весело продолжил:

— Тогда надо и платить за двоих.

Я, конечно, не обиделась на него. Просто пожурила:

— В таком красивом городе должны жить красивые и воспитанные люди, надо учиться культуре общения, - сказала я водителю.
— Буду стараться, - ответил он.

Я уже заметила, что молодёжь в городе стала говорить на южном диалекте. И ко мне с моим литературным обращались «муаллима», а чаще «ойтимулло» - так почему-то называли всех, кто не говорил на этом диалекте. Неужели это деление на «южных» и «северных» у нас будет продолжаться вечно? Думая об этом, я не заметила, как подъехала к своей остановке и ноги сами понесли меня по дороге детства...

Я ходила по знакомым коридорам и увидела знакомый баннер, который сделали в честь Дня мира и единения наши шефы в первый год моего пребывания в детском доме. На баннере была фотография трёх девочек: меня, русоволосой и голубоглазой, белолицей и розовощёкой, и моих подруг, Нилуфар – красивой смуглянки с иссиня-чёрными волосами и миндалевидными глазами, и Зульфии – сияющей курносой, рыжеволосой, кареглазой девчушки с веснушками на лице. Под снимком на баннере было написано: «Дети разных народов – мы мечтою о мире живём!». Было смешно, придумали же такое! Мы таджички, а не дети разных народов, хотя судьбы наши точно разные. Как же мне захотелось с ними встретиться!

Нилуфар даже не знала кто её родители. Мама умерла во время родов, и никто не пришёл её забирать из роддома. Так она оказалась в приюте. Она слыла самой умной и прилежной среди нас. Училась на отлично, много читала. Экстерном окончила школу и уже в 16 лет стала студенткой университета. За хорошую учёбу и активную общественную работу получала Президентскую стипендию, при этом была очень скромной и помогала всем. Писала стихи на таджикском и русском языках. Мы всегда гордились своей подругой. Окончив школу, я вышла замуж и уехала за границу. Некоторое время мы общались с ней по Интернету, но когда Нилуфар вышла замуж, я потеряла её из виду. Очень хотелось узнать, где она теперь.

С Зульфией у меня связь не прекращалась. Но, когда я приехала в Душанбе, мы долго не могли увидеться: подруга моя крутилась в делах и заботах. Она пришла в детский дом, как обычно, с подарками для детей. Мы бросились друг к другу как сёстры, ведь мы столько времени не виделись...

Мне всегда казалось, что мужчина, женившись, берет любимую под своё крыло, бережёт её, стоит скалой, чтобы жена чувствовала себя за Мужем! Так в идеале, но в жизни бывает по-разному... Я поняла это, когда услышала рассказ подруги о Нилуфар.

Нилуфар была первой красавицей города. Много парней добивались её руки, но она ждала большую любовь. И дождалась. На втором курсе познакомилась с красивым молодым человеком, который увидел её и сразу влюбился. Он был художником и, несмотря на молодость, довольно известным. После свадьбы Нилуфар из красивой и цветущей девушки превратилась в уставшую и измученную женщину. Зульфия стала спрашивать подругу о жизни, но она молчала. Всё стало ясно позже. Некоторые из родственников художника были недовольны его выбором, считали невестку сиротой и бесприданницей.

Зульфия, как-то не предупредив подругу, зашла её навестить... и глазам своим не поверила. Та беременная, стояла на «пирамиде» из стола, стула и табуретки и мыла окна дома с улицы. Район Нагорный в Душанбе располагался на холмах и окна домов снаружи располагались высоко от земли. Увидев подругу на таком «возвышении», Зульфия очень испугалась и попросила её срочно спуститься. Но Нилуфар стояла на «пирамиде», пока не закончила работу. Во дворе её ждал большой бак с замоченным постельным бельём. Зульфия помогла подруге постирать и развесить его. Когда они закончили все дела, из дома вышла сестра мужа. Потирая глаза от послеобеденного сна, она с недовольством посмотрела на подруг. Сразу стало ясно, что Нилуфар пришлась не ко двору.

Муж был в мастерской. Зульфия пошла к нему и спросила, почему он не жалеет жену, ведь ей скоро рожать. Днём она занята бытом, ночью книжками – вообще не отдыхает, превратилась в старушку. Он ответил: «Мама сказала, что это полезно, легче будет рожать». С тяжёлым сердцем подруга уходила от Нилуфар. А утром узнала, что у неё были преждевременные роды и ребёнок погиб...

Всё познаётся в сравнении

Я никогда не думала, что Нилуфар – такая открытая и смелая - могла молча выдерживать такие испытания. И правда, любовь всесильна...

Сестра художника была своенравной и избалованной женщиной, чувствовалось, что очень завидовала брату. Всегда обсуждала и осуждала других, типа только она идеальна. В народе говорят, нельзя осуждать кого-то, особенно, если у тебя есть дочь... всё возвратится. Это правда. Ей не нравилось в Нилуфар всё, даже имя. Она постоянно жила с матерью, хотя у неё был свой дом. Сама ничего не делала - не умела и не хотела.

Нилуфар терпела, потому что любила мужа, и именно это больше всего раздражало его сестру. Прожили они так десять лет, растили двоих сыновей. Ничего не менялось в их отношениях и в результате недовольные родственники добились своего... Художник развёлся с Нилуфар и женился «на своей». Она оказалась из такой же семьи, из того же города, откуда родом они. Нилуфар с детьми уехала в Россию.

Зульфия была публичным человеком. Известная журналистка – она знала о дальнейшей судьбе художника. Вторая жена его была под стать сестре, та уже не могла ходить в родительский дом, как прежде. И мама художника уже не была хозяйкой, вроде всё стало, как она мечтала: и приданое огромное, и не сирота, и «своя», а жизни не было. Художник всё чаще стал надолго уезжать в командировки. Как-то встретил Зульфию и умолял дать адрес Нилуфар с детьми. Подруга пожала плечами: мол, не знаю ничего.

Вторая жена долго терпеть не стала. Когда мать художника тяжело заболела, невестка вывезла из дома всё ценное, оставив голые стены и, уехала к родителям. Ни разу не навестила больную.

Нилуфар, узнав о болезни свекрови, решила вернуться. Все дни была рядом с больной, ухаживала, как за родной матерью. Муж понял, какую ошибку совершил, расставшись с Нилуфар... Всё это время свекровь с бывшей невесткой очень много говорили о жизни.

— «Она была такая мудрая, а ведь мы никогда раньше так не общались», - говорила Нилуфар подруге, но

Зульфия не понимала этой привязанности. А Нилуфар объясняла, что сама не знала ни своих родителей, ни бабушек и хотела, чтобы её дети никогда не чувствовали себя сиротами. Свекровь попросила Нилуфар вернуться к сыну, и ради деток остаться жить в доме. А когда поправилась, устроила большой праздник.

— Да, наверное, сиротам надо выходить замуж только за сирот, чтобы всё было хорошо,- закончила свой рассказ Зульфия. – Нилуфар всегда была доброй и умела прощать, я бы так не смогла, -добавила она.

— Она любила, а любовь побеждает всё, – ответила я словами нашего наставника и учителя.

Я хорошо понимала Зульфию. Ей в жизни досталось не меньше. Глядя на неё, никто не мог бы подумать, что на долю этой миниатюрной, хрупкой, но в то же время уверенной и сильной женщины выпали такие испытания...

Как трудно быть женщиной...

...Зульфия с детства была задумчивой и рассудительной. Мы думали, она станет юристом или писателем. В интернате называли её Королевой сочинений. Уж если она начинала писать, то это превращалось в рассказ чувственный и красочный.

Я знала всё про её трудную судьбу (спасибо Интернету!) ведь мы всегда были на связи. Она писала мне подробные письма – сочинения, такие душевные, искренние и сокровенные – настоящая книга жизни! Она всегда в них подчёркивала – во всех наших бедах виновата война.

Да, война принесла много горя и страданий... Многие уже и не вспоминают те тяжёлые годы, потому что она их не коснулась. Нам же – сиротам той бессмысленной войны, никогда не забыть испытания, которые легли на наши маленькие, хрупкие, детские плечи...

В отличие от нас, Зульфия помнила и знала многое о своих родителях. Отец её окончил Киевский мединститут и возвратился на родину не один. Он полюбил однокурсницу, которая приехала в Киев учиться из Казани. После получения дипломов молодые супруги были направлены в Душанбе и стали работать в госпитале. Когда у них родилась дочь, им не пришлось долго выбирать ей имя. Рыжие локоны украшали маленькую головку, и они не раздумывая назвали её «Зульфия» - красивые локоны. Этот ребёнок был плодом искренней любви. Родители в ней души не чаяли. Как молодые специалисты они получили квартиру, купили машину. Счастье так бы и жило в их доме, если б не было войны...

Отец Зульфии был родом из Тавильдары. Когда начались военные действия, этот район стал одним из центров нестабильности. Жить там было опасно, и он решил вывезти своих родителей оттуда в Душанбе. Оставив ранним утром дочь с нянечкой, родители Зульфии обещали уже вечером быть дома. Уехали, и... не вернулись. Так она оказалась в приюте.

В личной жизни ей не повезло. Полюбила, вроде бы, хорошего парня. Он был солистом ансамбля - известным исполнителем, красиво ухаживал. Только после свадьбы Зульфия поняла, что он употребляет наркотики. Через год у них родился ребёнок, а ещё через полгода муж умер от передозировки. С ребёнком на руках она осталась на улице.

Но главное испытание ждало Зульфию впереди. Напротив их съёмной квартиры жил немолодой одинокий мужчина - работник внутренних органов. Он был добродушен и приветлив. А когда в семье случилось горе и Зульфия осталась одна с малышом, он предложил свою помощь. Она была благодарна ему, веря, что сосед делает всё бескорыстно, по-отечески, ведь он был намного старше. Он иногда приходил к ней и рассказывал, что развёлся с женой и живёт один. Зульфия жалела его: готовила вкусные блюда и звала попробовать. Её малыш очень привязался к соседу, называл его дедушкой.

Зульфия, устроилась работать помощницей в хорошую семью. Хозяйка была журналисткой, и сразу разглядела в домработнице творческую натуру. А когда малыш подрос, пригласила Зульфию на работу в свою редакцию. Наша «Королева сочинений» быстро поднялась по карьерной лестнице, стала самостоятельной. Только сосед совсем изменился...

— Как-то после работы я возвращалась домой, - рассказала мне Зульфия. - Вдруг рядом остановилась машина. Это был сосед. Ничего не подозревая, я приняла его предложение подвезти меня. Всю дорогу он читал стихи. Вдруг, извинившись, он повернул в мастерскую по ремонту машин, чтобы проверить «давление в колёсах».

— А знаешь, это мои стихи, - сказал он, - и я их посвятил тебе.

Зульфия была в недоумении:
— Выходит, поэтов не осталось, все подались в политику,бизнес, а может ещё куда... И поэтому теперь работники органов стали поэтами. А я то думаю,

поэтических сборников на прилавках куча, но читать и покупать их некому, - ответила она.

Сосед, не слышал будто, крепко сжал ей руку, притягивая к себе. Зульфия не выдержала и наотмашь ударила в ненавистное лицо. В ужасе выпрыгнула из машины...
Она поняла, что вся его помощь была не бескорыстной. Тот стал угрожать, тогда Зульфия сказала, что пойдёт к нему на работу и всё расскажет. Сосед не оставлял её в покое, и она навела о нём справки. Узнала о его семье, живущей в кишлаке и тёмных делишках. Все сведения собрала в папку и отнесла ему в контору...

— Вот теперь я знаю, почему случилась война, - сказала Зульфия. – Все стали заниматься не своим делом. Это привело к хаосу и беспорядку.
— А мне, кажется, гражданская война происходит от бедности, - возразила я.

Я была в шоке от услышанного. Зульфия сказала, что пережитое станет для неё жизненным уроком. Нельзя верить всем подряд.

— А ведь многие наши девушки, одинокие женщины соглашаются на роль второй жены – кто-то от отчаяния и безысходности, кто-то из-за денег. - Как трудно быть женщиной! - с грустью добавила подруга.

В этом райском уголке земли...

Нилуфар, как и обещала, подъехала позже. Она была не одна – с мужем. Увидев нас, он улыбнулся и спросил:

— Ну как, дети разных народов, все мечтаете?

– Да, мечтаем о мире, любви и, чтобы на земле не было сирот, - подтвердила Зульфия.
– И чтобы не было войны, - добавила я.
– Сегодня я повезу вас в «райский уголок», - сказал муж Нилуфар и мы все поспешили к машине.

По дороге стали вспоминать, как нас – детишек из детдома представитель ООН – сэр Джон в нашем новом микроавтобусе летом возил в зону отдыха на Варзоб – живописное ущелье на выезде из Душанбе. Знойным летом здесь всегда было прохладно. Каждый год мы ждали конца весны, чтобы отдохнуть в этом райском уголке...

Через пятнадцать минут мы были на месте – теперь здесь шло строительство пансионата для детей-сирот. Мой дедушка был главным на стройке, он передавал своё мастерство внукам, которые ни на шаг не отходили от него. И не забывал читать им стихи великих таджикских классиков. Он рассказывал им притчи из «Гулистана» Саади и было слышно, как он читал его стихи:

> *Все племя Адамово - тело одно,*
> *Из праха единого сотворено.*
> *Коль тела одна только ранена часть,*
> *То телу всему в трепетание впасть.*
> *Над горем людским ты не плакал вовек, -*
> *Так скажут ли люди, что ты человек?*

Наш дядя, который в трудные годы войны приютил нас, приехал сегодня со всеми сыновьями и внуками на хашар (субботник). Все были заняты работой. Я искала мужа. Он стоял рядом с мангалом и готовил нам вкусный обед. Увидев меня, он подбежал и взял на руки. Я заметила, как подруги переглянулись, а у меня сжалось сердце, ведь в их жизни не было такого чуда любви, которое мы сохранили с мужем. А мой родной и самый близкий мужчина с улыбкой спросил:

— Некбахт, милая, я сделал тебя счастливой?
— Да, но это только начало. Уверена, ты сделаешь счастливыми детей, которые скоро будут отдыхать в своём пансионате. Как же я люблю тебя, - ты умеешь дарить радость!- ответила я.

...Мы вновь втроём - «дети разных народов», как когда-то в далёком тревожном детстве, сидели на берегу бурной, горной реки и радовались, что теперь у нас большая дружная семья. Какие же мы сироты? Вот сколько нас!

Нам никто не мешал, только младший сын дяди - Назар постоянно издалека смотрел в нашу сторону. Я всё знала, и мигнула Нилуфар, мы громко засмеялись. Зульфия, улыбнувшись, извинилась и пошла к нему. А нам оставила листок бумаги со стихами:

> В этом райском уголке земли,
> Мы, пройдя сквозь муки и страдания,
> Вдруг находим огонёк любви,
> Верьте мне, он стоит ожидания
> В этом райском уголке земли...

Дорога к счастью нелегка, и только любовь делает нас сильными и мудрыми. Если в душе горит, а не тлеет огонёк любви, никто не будет одиноким. Любовь побеждает всё, ломает все преграды, делает нас другими - искренними, милосердными, отзывчивыми, готовыми поделиться радостью.

4. ЕСЛИ Б Я ВЛАСТЕЛИНОМ СУДЬБЫ СВОЕЙ СТАЛ...

Рассказ Шерназара

Ищите рай под ногами матерей

Вы знаете, что такое родиться в многодетной семье, самым младшим, десятым ребёнком? А я знаю, потому что это - про меня.

Появился я в семье, где уже было девять детей – пять старших сестёр и четверо братьев. Назвали меня Шерназар – дословно – «взгляд льва». Но я с пелёнок был таким маленьким и болезненным, что братья называли «мурчашер» - муравьиный лев. Позже старшая сестра рассказала, что моё появление в семье было неожиданным: младшему из братьев было десять лет, и мама была уверена, что больше детей не будет. Узнала она о ребёнке только на третьем месяце беременности.

Перед самым моим рождением наша семья из горного кишлака перебралась в столицу. В годы перестройки жить в селе стало сложно, и отец решился на переезд. Долгие годы он работал водителем у сельского главы и хорошо разбирался в машинах. Это ему помогло найти себя в большом городе – он начал заниматься ремонтом легковых машин, а позже открыл частную мастерскую. Работников нанимать не надо было – все мои братья стали его помощниками. Работы было много, а значит и в семье был достаток. Всё бы так и шло, если б не было этой бессмысленной гражданской войны...

Я был тогда очень маленьким, но помню, что постоянно хотел есть. Когда братья смеялись над моей худобой, мама, улыбаясь, говорила:

— Все свои силы и витамины отдала вам, ему достались только крохи. Зато только он родился в столице - в славном городе Душанбе. Подождите, вы ещё будете им гордиться!

Мне казалось, что я никогда не был сыт. Помню, как в холодное утро в первый год войны мама пришла со мной на руках к хлебозаводу и простояла два часа в очереди, умоляя дать лишнюю буханку по справке о льготах многодетной матери. Ей, конечно же, дали, но почти половину этой буханки по дороге съел я. Наверное, мне по-детски было обидно за постоянное чувство голода, поэтому рос капризным и обидчивым. За что и получал от старших братьев. Мама заступалась за меня, а я всегда прятался за ней, держась за её коленки.

В то военное время всем было нелегко, но я был маленьким и многого не понимал. Отец трудился не покладая рук и вместо вагончика, который он приобрёл при переезде, уже строился наш домик, благо двор был большой. Как-то утром к нашему дому подъехала машина. Отец пошёл за калитку и вернулся с парнем и девочкой моего возраста. Оказалось, что это были мой двоюродный брат Али и его соседка - сирота, их привезли из мест боевых действий. Они остались жить у нас. Не знаю почему, но я ещё больше стал злиться, мне казалось, что теперь я никогда не наемся досыта. Особенно я не любил маленькую Некбахт, ей от меня доставалось больше всех. Но она была очень сдержанной и доброй девочкой, и только тихонько плакала, ожидая возвращения моего двоюродного брата Али со школы или из мастерской, где тот помогал отцу. Он постоянно приносил ей конфетку или печенье, а она всегда делилась со мной. Через три месяца Некбахт устроили в сиротский дом, и я вдруг загрустил...

Теперь-то я знаю, что в детстве характер у меня был не из лёгких. Братья считали, что я выросту злым и вредным. И только Али повторял всем: «Если так говорить, то и будет плохим. Надо постоянно внушать человеку только хорошее, что бы он в это поверил». Но у братьев не было времени на моё воспитание. А мама настолько была занята хозяйством и бытом, что лишь в редкие минуты брала меня на руки, целовала и тихо шептала на ухо: «Держись за Али». По ночам случались перебои с электричеством, и город погружался во тьму, да ещё отключали газ, поскольку Узбекистану было невыгодно продавать топливо бедным соседям. Дома было холодно, но мама согревала меня, я спал в её объьятьях...

Я уже ходил школу, когда многое изменилось в моей жизни. Все братья женились. Старший брат, который жил с нами, получил российское гражданство – благо тогда было это сделать легче – и всей семьей решил переехать в Россию. Али собрался ехать на учёбу далеко за пределы республики и ходил счастливый. Но увидев, как я грущу, стал говорить, чтобы я хорошо учился и тогда смогу приехать к нему. А мама стала болеть и таять на глазах.Потом и вовсе слегла. Али прощался с ней очень странно, как будто навсегда, и только я не понимал, что так оно и было. Мама на прощанье попросила Али не забывать младшего брата. И еще сказала, что хотела бы дожить до того дня, когда она смогла бы гордиться своим младшеньким. Али обещал ей, что так и будет...

Он уехал, взяв с меня слово,что я буду часто навещать сестричку Некбахт в сиротском доме, буду рядом, чтобы она не чувствовала одиночества. А главный наказ Али дал такой: беречь больную маму, приносить каждый день пятёрки из школы и радовать ее – тогда она точно поправится. Али рано понял, что мама – самое большое богатство каждого человека, только не все дети это осознают.

Через месяц ее не стало ... Всё это время, я приходил со школы, радовал её своими пятёрками, она гладила меня по голове и постоянно повторяла: «держись за Али». В день её смерти, я вдруг сразу повзрослел. Помню, что я убежал, где-то прятался. Нашла меня Некбахт: она знала, где я сижу когда обижен. Только ей удавалось найти слова, которые были мне так нужны.

Я долго не мог успокоиться. И отцу было тяжко. Он молча гладил меня по голове – так мы вместе переживали нашу потерю. Меня преследовала картинка из детства, как я прятался за маму, держась за её колени. Воистину, ищите рай под ногами матерей!

Чужого горя не бывает

Каждую неделю на выходные Некбахт приходила к нам и приносила письма от Али. В них он писал, как мама хотела, чтобы я выучился, и все бы мной гордились – это было её желанием, и я должен сделать всё для этого. Как-то раз Некбахт пришла со старым кассетным магнитофоном, книжкой и кассетами, и сказала, что Али смог уехать учиться благодаря этому «маленькому и простому чуду», подарку её матери, погибшей в годы той бессмысленной войны. Она попросила беречь магнитофон, он был единственной вещью, которая напоминала ей о маме.

Я стал усиленно заниматься английским, ходил к Некбахт, чтобы работать на компьютере. Директор разрешал мне, доверял, потому что уважал Али и любил Некбахт, как свою дочь.

Именно такое серьёзное отношение к учебе помогло мне пережить горе утраты и понять, что я не один. Отец радовался моим успехам, и с гордостью показывал всей родне мои дневники с пятёрками, а в конце учебного года прятал их, обещая вернуть, когда я буду взрослым.

Я и Некбахт оканчивали школу в один год. Ждали Али -
он должен был приехать из Америки уже дипломированным
специалистом, магистром по международному праву и
экономике. Мы так хотели обрадовать его своими успехами.
Хотя признаюсь, мне было грустно оттого, что опять предстояла
разлука, и не только с Али. Некбахт готовилась к свадьбе,
после которой молодые должны были уехать заграницу.

Встречать Али поехали отец, Некбахт и директор детдома.
Меня попросили остаться дома, чтобы встретить всех уже у
ворот. И вот он наш Али. Мы не верили глазам своим – как
он возмужал, каким джентльменом стал! Али смотрел на
меня и, похоже не узнавал, видимо я тоже очень изменился.
Мне было приятно, что Али держится со мной на равных и
доверил самые ответственные моменты в проведении всех
свадебных мероприятий. Свадьба, по общему мнению, была
очень скромная. А я красивее и солиднее этого торжества так
больше никогда и не видел.

После свадьбы Али пригласил меня на серьёзный разговор.
Он сказал, что написал письмо в филиал Кембриджского
колледжа в Карачи о моём дальнейшем обучении и получил
положительный ответ. Это было для меня неожиданностью.
Отец вначале был против - переживал, что в Пакистане
неспокойно. Но Али назвал разные страны мира, где была
нестабильная обстановка, вспомнил о гражданской войне в
Таджикистане, и папа больше не возражал.

Я не находил слов, чтобы отблагодарить Али. Он так
поддерживал меня все эти годы, многому научил, несмотря
на то, что мы жили на огромном расстоянии друг от друга. И
ещё я был горд, что Али доверил мне Некбахт: она стала мне
самым близким человеком. «Чужого горя не бывает», - сказал
мне в ответ Али. А потом прочитал стихи Саади:

Все племя Адамово – тело одно,
Из праха единого сотворено.
Коль тела одна только ранена часть,
То телу всему в трепетание впасть.
Над горем людским ты не плакал вовек, -
Так скажут ли люди, что ты человек?

Кто битым жизнью был, тот большего добьётся...

Али и Некбахт уехали. Мне тоже надо было готовиться в дорогу. Отец ходил грустный, но я обещал писать и звонить. Наш дом, в котором все дни свадебных торжеств было полно народу, постепенно опустел. И только подружка Некбахт – Зульфия приходила и наполняла дом радостным смехом. Она называла меня «самбуса», и было за что...

Когда я был маленьким, не мог спокойно пройти мимо тандыра, где готовили и сразу продавали самбусу. Вкусный запах зиры (горный тмин) заполнял всю улицу. Со слезами просил всех купить пирожок, но мне отказывали в этом удовольствии, а я не понимал почему. Как-то Али решил всё-таки отвести меня в самбусочную и купил сразу две большие, горячие самбусы. Сел за стол со мной. Радость моя закончилась сразу, как только я начал есть. Посмотрел по сторонам - везде на столах горками лежала начинка от того лакомства, о котором я так долго мечтал – лук и жир, а посетители ели, в основном, поджаренное в тандыре тесто. И вдруг я увидел известного комического актёра Убайдулло, который расположился рядом и тоже был недоволен своей трапезой. Он мне подмигнул, улыбнулся и вошёл в роль. Стал браниться, ругал кого-то, и постоянно повторял – «мешудаст-ку» - «можно же, оказывается». Вокруг собрались люди. Повар, он же и хозяин тандыра недовольный подошёл к Убайдулло, и спросил в чём дело? Актёр объяснил, что вчера попросил жену испечь самбусу, а та ответила, что

нет мяса. Вот и ругается на неё, показывая на стол с горками лука. - «Мешудаст-ку!»,- закончил он, и все кто был там, стали громко смеяться. Говорят, что после этого случая самбуса стала вкусней и мяса в ней больше, но у меня на всю жизнь пропало желание покупать самбусу на улице...

Летел я в Карачи через Ташкент. Али попросил меня отвезти в подарок его партнёру по бизнесу какой-нибудь сувенир, и я недолго думая взял красивый инкрустированный, ручной работы нож. В каждом доме Центральной Азии такие ножи используются, и все знают, что самые красивые и крепкие делают в нашем древнем Истаравшане. Никогда не прощу себе такую беспечность...

В ташкентском аэропорту меня задержали, 16-летнего парня на ночь оставили в каком-то тёмном подвале. Вывели оттуда в полночь на допрос, долго мучили, задавая на узбекском вопрос за вопросом, а я не мог ничего понять. Наконец привели переводчика – пожилого узбека. Тот спросил о содержимом багажа, я всё помнил и назвал все предметы. Объяснил, что еду в Карачи на учёбу, показал все документы и не забыл о подарке. Видя мою искренность и открытость, они поверили и наутро отпустили. Проводили до самого самолёта, и только прибыв на место, в багаже я не обнаружил ножа...

В Карачи меня встретили как сына. Партнёра по бизнесу Али тоже звали Али, но он был старше моего отца и я называл его аму Али - дядя Али. Я впервые встретил человека, который был само совершенство. Спокойный, добрый, одухотворённый, немногословный, начитанный, умный, умеющий быть на равных со всеми и умеющий объяснять. Он стал мне духовным отцом, другом, учителем, наставником и «ангелом-хранителем» на всю мою жизнь. Благодаря ему мне многое в жизни стало понятным.

Я уже хорошо знал английский и дядя пригласил меня поработать в его конторе. Аму Али открыл мне глаза на многое. Я часто рассказывал ему о своей жизни. Он улыбался и говорил, что всегда надо сравнивать свои испытания с испытаниями других людей, и цитировал рубаи Хайяма:

Кто битым жизнью был, тот большего добьётся,
Пуд соли съевший выше ценит мёд.
Кто слёзы лил, тот искренней смеётся,
Кто умирал, тот знает, что живёт.

Если б я...

Незаметно прошли два года учебы. Сдав все экзамены с положительными результатами, я мог бы продолжить обучение в любом вузе Великобритании, но для этого нужны были большие деньги. Я решил ехать в Душанбе, устроиться в международную организацию и заработать себе на учебу. Какой же я был наивный...

Прилетел я в свой любимый Душанбе окрыленный. Отец был очень рад, устроил небольшой семейный праздник и постоянно повторял:«видела бы мама, как мы все гордимся тобой!» Помогала по дому какая-то женщина. Я спросил у отца: «Кто это?». Он отвел глаза, и брат за него ответил: «Это папина новая жена». Я выбежал на улицу, домчался до мастерской и заплакал.

Вдруг к мастерской подъехал внедорожник, был слышен разговор на повышенных тонах. Какая-то девушка закричала, я подбежал, рванул дверь, и из машины выскочила раскрасневшаяся Зульфия.

Увидев меня, она обрадовалась, схватила за руку и прошептала: «Тебя мне сам Бог послал». Мы пошли в сторону дома, и она рассказала о конфликте. А когда увидела, что я не хочу входить в дом, спросила, в чем дело. Я ответил с обидой, что папа женился, и мне это неприятно. Зульфия меня отругала.

А потом разъяснила, что женщина может жить без мужчины, но мужчине, прожившему всю жизнь с женщиной, трудно в старости без ее помощи. Мы вместе зашли в дом. Отец очень был рад моему возвращению. Извинился, что не рассказал о своей женитьбе: боялся, что я вообще не приеду домой.

После того случая с Зульфией, ее «ухажер» стал мстить нашей семье. Сделал все для того, чтобы отец вообще отказался от своего бизнеса. Братья тоже не могли противостоять ему, решили уехать в Россию. Я вроде и нашел работу в международной организации, но понял – не смогу заработать на дальнейшую учебу. Обо всем этом я написал Али. Он посоветовал мне пойти к министру безопасности, которого очень уважал, и все рассказать ему. Я так и сделал. Конечно, пройти к нему было нелегко, но когда я объяснил, что пришел по совету брата, он вспомнил Али, принял меня, выслушал и помог. С налоговиком, который не давал нам спокойно жить, обещал разобраться. Посмотрев мои документы, он посоветовал мне обратиться от его имени к представителю таджикско-британского холдинга господину Смиту.

Всё лето я работал в холдинге. Господин Смит был доволен, поверил мне, помог и с оплатой учебы, но с условием, что буду отрабатывать свой долг в их компании. Я был на седьмом небе от счастья.

Годы учебы прошли быстро. Было нелегко. Утром я уходил в университет, после обеда работал в британском офисе господина Смита, ночью подрабатывал в ресторане, чистил до полуночи картошку. Но какое это было время! Оказывается, в вузах Британии учились студенты из нашей республики. Мы создали свою таджикскую диаспору в Британии, открыли фонд помощи детям Таджикистана. Такие же диаспоры были и в Америке, и в России. Как нас раскидало по всему миру…

В свой родной и любимый город я возвращался с большими надеждами и наполеоновскими планами. Наверное, многие чувствовали такое, когда после долгой разлуки возвращались на Родину. Встреча была радостной. Гордый за брата, Али не скрывал своего волнения. Отец, вытирая слезы, повторял : «Мама всегда говорила, что мы будем тобой гордиться!»... Зульфия с сыном и Некбахт стояли в сторонке и улыбались, повторяя – «мешудаст-ку!» - «можно же, оказывается».

Меня сразу повезли за город, в Варзоб – райский уголок земли – там строили место летнего отдыха для сиротского дома. Как радостно было видеть нашу большую семью, друзей, самых близких мне людей. Этот день стал для меня знаменательным – я сделал предложение Зульфие, и она ответила, что согласна.

Дома меня ждал «сюрприз» - сын жены отца с огромной бородой сидел в большой комнате и перебирал чётки. Я подумал, что сидит домулло (служитель мечети) и поздоровался с почтением. Когда присмотрелся, узнал его и с удивлением спросил:

– Что с тобой?
За него ответил отец:

– Это наш святоша. Представляешь, когда-то люди, чтобы получить сан домулло , где только не учились, поклонялись святым местам, совершали паломничество, творили богоугодные дела. А этот за два месяца – и в святоши. Не то салафит, не то ваххабит. Ничего не делает и всех поучает.
– Отец устал, подай подушки, пусть приляжет, - возмущенно сказал я.
– Устал? Тогда пусть сто раз намаз почитает, - невозмутимо ответил наш «святоша».

– Что? Где, в каком месте Корана сказано о непочтении к родителям и про стократный намаз? – не выдержал я. – Ну-ка встань, когда приходят старшие! Кто тебя такому исламу учит?..

Позже, мне Зульфия объяснила, что это стало проблемой в республике: много молодых людей, особенно девушки, перестали посещать школу, нигде не работают, уходят во всякие религиозные секты и какие-то непонятные группы. Не голодают, их кто-то подкармливает. Одни уезжают на заработки, других превращают в зомби религиозные фанатики. «Хорошо, что такие парни, как ты возвращаются», - постоянно повторяла она.

Надо было устраиваться на работу. Таджикско-британский холдинг стал уже таджикско-китайским, туда меня не взяли. Перед отъездом из Лондона господин Смит, открывший там еще один филиал, предложил мне работу, но я решил во что бы то ни стало вернуться на Родину.

В большом банке мне предоставили работу. Непосредственный мой начальник был молодым и неопытным, из «блатных» - устроился туда с помощью родных. Целыми днями ничего не делал, всю работу взвалив на подчинённых. Кого-то он мне напоминал. Как-то он попросил меня остаться после работы. Вечером в кабинете он ждал меня со своим братом. Это были сыновья того налоговика, который своими угрозами и поборами заставил отца отказаться от бизнеса, и который в ту злополучную ночь угрожал Зульфие. Оказывается, отца их после моего сигнала хотели уволить с работы, но он быстро «подсуетился» и оформил пенсию. Они предложили мне поехать с ними, а когда я отказался, они предупредили, что плохо будет не мне, а Зульфие. Я поехал. У Дома печати на остановке стояла Зульфия. По ее беспокойному и испуганному взгляду я обо всём догадался.

Нас везли долго. Остановились у больших ворот. Провели в дом. Что было потом, я уже не помню. Шум, брань, крики. Я без памяти упал на пол и очнулся в объятьях Зульфии:

– Все в порядке, слава Богу, друзья успели.

Позже я узнал, что кто-то позвонил Зульфие и сказал, что мне грозит опасность, и чтобы она вышла на дорогу. Первым делом она связалась с друзьями, всё рассказала и помчалась мне на выручку. Друзья незаметно преследовали машину и, подъехав, выручили из беды. Все бы хорошо, да только после этого нас стали вызывать в милицию и хотели возбудить дело по факту драки и порчи имущества на даче персонального пенсионера – опять «связи». Пришлось долго доказывать им, что «мы не верблюды».

На работу я больше не пошел. Дома тоже не мог спокойно смотреть на своего сводного брата, хоть выгоняй! Ещё старшая сестра приехала из района – нашёлся муж, уехавший десять лет назад на заработки и без вести пропавший. Оказывается, он все эти годы жил с другой и они родили пятеро детей. Но всё отрицал. А ещё соврал, что мать у него умерла. Что случилось с людьми? Сказать о живой матери, что она умерла, отказываться от своих детей – неужели не мучит таких мужчин совесть?

Али предложил работу в международной организации, но я хотел работать по специальности. Понял, что работая за границей, я смогу больше принести пользы стране и решил уехать.

Оставлял свой любимый город с тоской. Зульфия обещала приехать позже – надо было оформить все документы на себя и на ребенка. Отец опять загрустил. Али согласился помочь мне с отъездом. На прощанье он сказал мне, что жизнь сложна, но только от тебя зависит, как ты ее проживёшь,

несмотря на все испытания. И прочитал мне строки из
любимого Хайяма

> *Если б я властелином судьбы своей стал,*
> *Я бы всю ее заново перелистал.*
> *И безжалостно вычеркнув скорбные строки,*
> *Головою от счастья небо достал!*

Да, если б я мог управлять судьбой, я б сделал так, чтобы
никогда и нигде не было войны, чтобы не было сирот, чтобы
не голодали дети, чтобы родители и сестричка Али были
живы, чтобы мама была жива, чтобы, чтобы, чтобы...

Как мне повезло с тобой, мой дорогой Али. Может имя твое
содержит энергию добра и совершенства? Я об этом говорил
еще Аму Али, но он сказал, что не имя возвышает человека,
а человек – имя. Если у меня будет сын, я обязательно назову
его этим именем.

И все-таки я вернусь в свой любимый Душанбе - город,
где сбываются мечты.

HERTFORDSHIRE PRESS

My Homeland, Oh My Crimea
by Lenifer Mambetova
(2015)

Mambetova's delightful poems, exploring the hopes and fates of Crimean Tartars, are a timely and evocative reminder of how deep a people's roots can be, but also how adaptable and embracing foreigners can be of their adopted country, its people and its traditions.

LANGUAGES ENG / RUS
HARDBACK
ISBN: **978-1-910886-04-5**

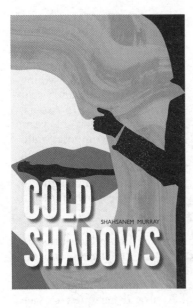

COLD SHADOWS
Shahsanem Murray
(2016)

The story, set at the end of the 1980's, revolves around a group of disparate individuals living seemingly unconnected lives in various countries.

But then a strange incident on the Moscow to Frunze train leads to the gradual exposure of complex web in which their lives, loves and profession's have long been entangled.

Bound together by an intriguing series of incidents, each struggles to survive the hardships and challenges that life throws at them, from radical changes in the political climate to the murky antics of spies and double agents. But behind everything lies love…

LANGUAGES ENG
PAPERBACK
ISBN: 978-1-910886-27-4
RRP: **£12.50**

AYSU AND THE MAGIC BAG
Maide Akan
(2016)

Meet Maide Akan, a young writer, illustrator and eco-designer from Astana, Kazakhstan. She is 11 years old. Maide composes and illustrates stories about Aysu, a Kazakh girl who loves nature and leads a campaign to highlight the environmental issues of our time.

In anticipation of Expo 2017 in Astana, publishing house Hertfordshire Press will publish the first book by Maide Akan. Entitled Aysu and the Magic Bag, the book tells the amazing story of a girl whose life is no different from ordinary children, until one day she meets a magical bird. Thus begin the extraordinary adventures of Aysu and her quest to save the environment. Written with a charm and sophistication which belie her tender years, Maide Akan's narrative is a seamless blend of fantasy and more modern concerns. Beautifully illustrated, her work is sad and poignant, yet full of youthful hope for the future.

ENGLISH
CARDBOARD BOOK
ISBN: 978-1-910886-24-3
RRP: £9.95

The Wormwood Wind
Raushan
Burkitbayeva- Nukenova (2015)

A single unstated assertion runs throughout The Wormwood Wind, arguing, amid its lyrical nooks and crannies, we are only fully human when our imaginations are free. Possibly this is the primary glittering insight behind Nukenova's collaboration with hidden Restorative Powers above her pen. No one would doubt, for example, when she hints that the moment schoolchildren read about their surrounding environment they are acting in a healthy and developmental manner. Likewise, when she implies any adult who has the courage to think "outside the box" quickly gains a reputation for adaptability in their private affairs – hardly anyone would doubt her. General affirmations demonstrating this sublime and liberating contribution to Global Text will prove dangerous to unwary readers, while its intoxicating rhythms and rhymes will lead a grateful few to elative revolutions inside their own souls. Thus, I unreservedly recommend this ingenious work to Western readers.

HARDBACK
ISBN: **978-1-910886-12-0**
RRP: **£14.95**

Land of forty tribes
by Farideh Heyat, 2015

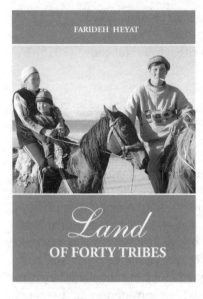

Sima Omid, a British-Iranian anthropologist in search of her Turkic roots, takes on a university teaching post in Kyrgyzstan. It is the year following 9/11, when the US is asserting its influence in the region. Disillusioned with her long-standing relationship, Sima is looking for a new man in her life. But the foreign men she meets are mostly involved in relationships with local women half their age, and the Central Asian men she finds highly male chauvinist and aggressive towards women.

PAPERBACK
ISBN: **978-0-9930444-4-1**
RRP: **£14.95**

АЗИЯ ХОТУН

НАТАЛЬЯ ХАРЛАМПЬЕВА

NATALIA KHARLAMPIEVA

FOREMOTHER ASIA

The *Marziya Zakiryanova Award* for the Best Female Work
at Open Eurasia Literature Festival - 2015

FOREMOTHER ASIA
Natalia Kharlampieva
2016

In this first ever collection of Sakha poems in our English language, the highly talented poet Natalia Kharlampieva weaves openly neo-Impressionistic threads of common heritage, communal faith and shared ethnicity, into an overall tapestry of cultural optimism. Indeed, to Kharlampieva's mind, the unique significance played by independent women (willing to endure every hardship) in these restorative endeavours clearly signals the spiritual strength of Central Asia. A lesson, moreover, she obliquely suggests the West itself still needs to learn. Of course, in Kharlampieva's case, these powerful declamations are set against the grinding impact of icy expanses on Sakha psyches. And as such, Kharlampieva invites the readers of Foremother Asia into a hardy, but delicate world: a narratorial sphere characterised by the need to survive against all odds. Indeed, once her reader's grasp that the capital city of the Sakha Republic is located a mere 450 kilometres south of the Arctic Circle, they will begin to accept the insights of this crisp and original volume as a singular contribution to Global Text. Unanimously applauded as an impassioned book revealing the delights of a recovered national identity, Kharlampieva also captures Natures savage beauty, as well as the harsh existential truths of life in the far North.

HARDBACK
ISBN: **978-1-910886-22-9**
RRP: **£17.50**

Shadows of the Rain
Raushan Burkitbayeva - Nukenova
2016

In this bold and insightful second collection of Neo-Expressionist literatures, Raushan Burkit Bayeva-Nukenova invites her readers to revel in the cogitations of a Kazakh Radical Traditionalist. A literary position provoking the exploration of Eurasian motives, Central Asian reactions to London, nomadic love, and the contours of ethnic memory. Each one of which is lyrically scrutinized - along with the dissonant place of women in our postmodern world. Indeed, unlike her highly successful and probing first volume The Wormwood Wind, the author of this present book seeks to extend her poetic analysis of current affairs, before taking her first tentative footsteps into prose. This may be why pundits are already saying that several diverse strains of autobiographical text stream throughout this fresh and innovative work. All explaining, of course, the obvious value of such a tome as a unique contribution to those literary discernments mapping contemporary femininities exact boundaries. Unarguably, therefore, Raushan Burkit Bayeva-Nukenova's examination of nationality, colour, religion, and cultural backgrounds, will both challenge the assumptions of Western readers, while opening the doors of perception into a uniquely Central Asian perspective.

HARDBACK
ISBN: **978-1-910886-32-8**
RRP: **£19.95**

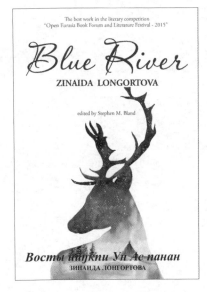

Blue River
Zinaida Longortova
2016

Through her childhood reminiscences, Zinaida Longortova brings to life a remote region in far-northern Russia. Extrapolating the folklore and mythology of the Khanty people from her experiences - set around the simple story of a wounded elk calf - the author explores the bonds between humans and nature. Yet whilst this is a novella about a little known indigenous group, the narrative succeeds in harnessing powerful emotions which speak to us all. A timeless story, at once both joyful and melancholy, Blue River is a beguiling tale for all age groups.

HARDBACK
ISBN: **978-1-910886-34-2**
RRP: **£17.50**